LE MEURTRE
DE ROGER ACKROYD

Agatha Christie

LE MEURTRE DE ROGER ACKROYD

Traduction nouvelle de Françoise Jamoul

Éditions du Masque

Ce roman a paru sous le titre original :
THE MURDER OF ROGER ACKROYD

À Punkie,
qui aime les romans policiers classiques, avec un cadavre, une enquête, et des protagonistes tous soupçonnés à tour de rôle !

© 1926, BY DODD MEAD & COMPANY INC.
© LIBRAIRIE DES CHAMPS-ÉLYSÉES, 1992, pour la nouvelle traduction.

Tous droits de traduction, reproduction, adaptation, représentation réservés pour tous pays.

1
PETIT DÉJEUNER EN FAMILLE

Mrs Ferrars mourut dans la nuit du 16 au 17 septembre, un jeudi. On me fit appeler le vendredi matin à 8 heures précises, soit quelques heures après sa mort. Je ne pouvais bien évidemment plus rien pour elle.

Il n'était guère plus de 9 heures quand je regagnai mon domicile. J'entrai par la porte principale et pris tout mon temps pour suspendre mes vêtements au portemanteau du vestibule. Mon chapeau d'abord, puis le pardessus léger dont j'avais jugé prudent de me munir. Les matinées sont fraîches, au début de l'automne.

Je m'attardai à dessein, assez préoccupé je l'avoue, pour ne pas dire inquiet. Je n'irais pas jusqu'à prétendre qu'à cet instant, je prévoyais déjà les événements que me réservaient les semaines suivantes. J'en étais même fort loin. Mais mon instinct me soufflait que ma tranquillité était gravement menacée.

De la salle à manger, située sur ma gauche, me parvint un bruit de tasses entrechoquées, puis la toux brève et sèche de ma sœur Caroline, et enfin, sa voix.

— C'est toi, James ?

Question superflue : qui d'autre cela pouvait-il être ? Mais c'était bien à cause de Caroline que je m'attardais ainsi, et non sans raison. S'il faut en croire Kipling, la devise de la gent mangouste tiendrait en quatre mots : « Va, cherche et trouve. » Et selon moi, la mangouste conviendrait parfaitement comme emblème à ma sœur Caroline, à supposer qu'elle s'inventât des armoiries. Quant à la devise, le dernier mot suffirait. Caroline n'a jamais besoin d'aller nulle part : elle trouve. Sans bouger de chez elle ni faire le moindre effort. Comment s'y prend-elle ? Je l'ignore mais c'est un fait : rien ne lui reste caché. Ou bien peu de chose. J'incline à croire que domestiques et livreurs lui servent d'agents de renseignements. Et quand elle sort, ce n'est pas pour aller aux nouvelles mais pour les diffuser — autre de ses talents, qu'elle exerce avec un brio confondant.

C'était d'ailleurs ce dernier trait de caractère qui causait chez moi l'hésitation dont j'ai parlé. Que je communique à Caroline le moindre détail sur le décès de Mrs Ferrars et, en une heure et demie tout au plus, la nouvelle aurait fait le tour du village.

En tant que médecin, il va de soi que je suis tenu au secret professionnel. J'observe donc envers ma sœur une discrétion rigoureuse. En pure perte, il faut bien l'avouer, mais au moins n'ai-je rien à me reprocher.

Il y a tout juste un an que le mari de Mrs Ferrars est mort et depuis, sans la moindre preuve, Caroline soutient que sa femme l'a empoisonné. J'ai

beau lui répéter, inlassablement, que Mr Ferrars a succombé à une gastrite aiguë, aggravée par un penchant un peu trop prononcé pour la boisson, rien n'y fait. Elle ignore superbement mon opinion. Il est vrai que les symptômes de la gastrite et de l'empoisonnement par l'arsenic sont assez proches. Mais Caroline fonde ses accusations sur de tout autres critères, et je l'ai maintes fois entendue déclarer :
— Cela va de soi. Il n'y a qu'à la regarder, voyons !

Bien qu'ayant dépassé ce qu'il est convenu d'appeler la première jeunesse, Mrs Ferrars était encore très séduisante et savait ce qui l'avantageait : ses toilettes d'une sobre élégance lui allaient à la perfection. Mais enfin, s'habiller à Paris n'est pas un crime en soi, et si toutes celles qui le font devaient être accusées d'avoir empoisonné leurs maris...

En proie à ces considérations, j'hésitais toujours quand la voix de ma sœur me rappela à l'ordre, non sans une certaine impatience.
— Eh bien, James ? Le petit déjeuner est servi, qu'est-ce que tu attends ?
Je m'empressai de répondre.
— J'arrive, ma chère ! J'accrochais mon pardessus.
— Tu aurais eu le temps d'en accrocher une demi-douzaine !

En quoi elle avait raison. J'entrai dans la salle à manger, déposai le petit baiser rituel sur la joue de ma sœur et m'assis devant mes œufs au bacon, un tantinet refroidis.
— Bien matinal, cet appel, constata Caroline.

— En effet. C'était King's Paddock, pour Mrs Ferrars.
— Je sais.
— Et comment le sais-tu ?
— Par Annie.

Annie, notre bonne à tout faire, est certes une excellente fille, mais une redoutable bavarde. Dans le silence qui suivit, je continuai à manger mes œufs, conscient de la curiosité de ma sœur. Quand elle flaire quelque chose, le bout de son nez long et fin palpite légèrement. C'était le cas.

— Eh bien ?
— Triste histoire. Et rien à faire. Elle a dû mourir pendant son sommeil.
— Je sais, répéta ma sœur.

Pour le coup, je me sentis froissé.

— Tu ne peux pas le savoir ! Je ne savais rien moi-même avant d'arriver là-bas et je n'ai encore rien dit à personne. Si tu tiens cela d'Annie, c'est qu'elle est extra-lucide !
— Je ne le tiens pas d'Annie, mais du laitier. Qui l'a su par la cuisinière des Ferrars.

Comme je le disais, Caroline n'a jamais besoin de courir aux nouvelles : celles-ci affluent spontanément vers elle.

— De quoi est-elle morte ? insista-t-elle. Crise cardiaque ?
— Le laitier ne te l'a pas dit ?

Mon ironie tomba à plat. Caroline ignore le sarcasme et prend toujours tout au pied de la lettre.

— Il n'était pas au courant, annonça-t-elle avec le plus grand sérieux.

Après tout, elle finirait bien par savoir... autant la renseigner moi-même.

— Mrs Ferrars a simplement pris trop de comprimés de véronal. Elle souffrait d'insomnie, ces temps-ci. Elle aura dépassé la dose par erreur.
— À d'autres ! Elle savait ce qu'elle faisait.
Certaines réactions humaines sont vraiment surprenantes. Il suffit d'entendre exprimer par autrui une opinion que l'on préférerait taire pour éprouver le besoin de la nier avec véhémence. J'éclatai en protestations indignées.
— Ah ! toi, alors, avec tes idées saugrenues ! Peux-tu me dire pourquoi une veuve encore jeune, bien portante et fortunée songerait à se suicider, au lieu de profiter de la vie ? C'est absurde !
— Pas du tout. Elle avait beaucoup changé depuis six mois, tu l'as certainement remarqué ? Comme si quelque chose la rongeait. Et elle ne pouvait plus dormir, tu l'as reconnu toi-même à l'instant.
Je m'informai, non sans froideur :
— Et quel est ton diagnostic ? Chagrin d'amour, sans doute ?
Ma sœur secoua la tête, savourant son effet :
— Le remords ! Cela va de soi.
— Le remords ?
— Oui. Tu n'as jamais voulu me croire, quand je soutenais qu'elle avait empoisonné son mari. Maintenant, j'en suis plus convaincue que jamais.
— Ta logique me semble en défaut, rétorquai-je. Il faut du sang-froid pour commettre un meurtre. Une femme capable de cela n'irait pas s'embarrasser de sentiments ni de repentir. Elle profiterait tranquillement des fruits de son crime.
Derechef, Caroline secoua la tête.
— Certaines femmes, peut-être. Mais pas Mrs

Ferrars. C'était une grande nerveuse, qui devait détester la souffrance sous toutes ses formes. Sous le coup d'une impulsion irraisonnée, elle se sera débarrassée d'un mari qu'elle ne pouvait plus supporter. Il est vrai que vivre près d'un homme comme Ashley Ferrars devait représenter une véritable épreuve...

J'approuvai d'un signe de tête.

— Et depuis, elle se rongeait de remords. La pauvre, comment ne pas la plaindre ?

Du vivant de Mrs Ferrars, je doute fort que Caroline ait fait preuve d'une telle mansuétude à son égard. Mais depuis qu'elle s'en est allée là où, c'est fort probable, son élégance parisienne n'a plus cours, ma sœur découvre les douceurs de la compréhension et de la pitié.

D'un ton sans réplique, je décrétai cette idée ridicule. Avec d'autant plus d'assurance que je partageais secrètement les opinions de ma sœur. Tout au moins sur certains points. Mais ses déductions fulgurantes me déplaisent d'autant plus qu'elles se révèlent souvent justes, et je ne tenais pas à l'encourager dans cette voie. Sinon, elle ferait part de ses conclusions à tout le village, et les gens s'imagineraient que j'avais violé le secret professionnel. La vie n'est pas toujours facile.

— Ridicule ? objecta aussitôt Caroline. C'est ce que nous verrons. Je parie dix contre un qu'elle a laissé une confession écrite et détaillée.

— Elle n'a rien laissé du tout ! ripostai-je abruptement, sans prendre garde où je m'aventurais.

Caroline saisit la balle au bond.

— Tu as donc pris la peine de te renseigner ! Au

fond de toi-même, James, tu n'es pas loin de penser la même chose que moi, espèce de vieux renard !

— On ne saurait écarter la possibilité d'un suicide, énonçai-je avec gravité.

— Il y aura une enquête ?

— Peut-être, cela dépend. Si je peux affirmer en toute certitude que cette absorption massive de véronal était accidentelle, l'enquête ne sera sans doute pas nécessaire.

— Et... tu peux l'affirmer en toute certitude ? demanda ma sœur d'un ton sagace.

J'évitai de répondre et quittai la table.

2

COUP D'ŒIL SUR LE TOUT-KING'S ABBOT

Avant de m'étendre davantage sur ma conversation avec Caroline, je crois opportun d'esquisser à grands traits ce que j'appellerai notre géographie locale. King's Abbot, notre village, ressemble sans doute à beaucoup d'autres. Cranchester, la grande ville la plus proche, se trouve à douze kilomètres. Nous possédons une gare importante, un petit bureau de poste et deux magasins qui se font concurrence et où l'on trouve à peu près tout ce qu'on veut. Tous les hommes valides s'empressent de partir dès qu'ils sont en âge de le faire, mais nous ne manquons ni de vieilles filles ni d'officiers à la retraite. Quant à nos passe-temps et distractions favorites, un verbe suffira pour les décrire : cancaner.

Seules, deux maisons méritent le nom de « domaine » à King's Abbot. L'une est King's Paddock, que Mrs Ferrars tenait de son défunt mari. La seconde, Fernly Park, appartient à Roger Ackroyd. Ackroyd est si parfaitement conforme au type classique du gentilhomme campagnard qu'il en devient invraisemblable. Et c'est bien ce qui m'a toujours intéressé en lui : ce côté « plus vrai que nature ». Il me rappelle ces opérettes surannées, où des hommes en tenue de sport et à la face vermeille apparaissent immanquablement au début du premier acte. Dans un décor de verdure, ils entonnent presque toujours une chanson où il est question de se rendre à Londres pour s'y amuser. On donne des revues, de nos jours, et le gentilhomme campagnard a quitté la scène.

Naturellement, Ackroyd n'est pas un gentilhomme campagnard à proprement parler. C'est un industriel qui, si je ne me trompe, a tiré une fortune colossale de la fabrication de roues de voitures. Il frise la cinquantaine, arbore un visage rougeaud et des manières affables. Très lié avec le pasteur et, bien qu'on le dise « fort près de ses sous », il participe généreusement aux collectes paroissiales. Il patronne les matches de cricket, les clubs de jeunes gens et les maisons d'accueil pour invalides de guerre. En un mot, il est l'âme de notre paisible village.

Il faut savoir qu'à l'âge de vingt et un ans, Roger Ackroyd était tombé amoureux d'une très jolie femme, de cinq ans son aînée, et l'avait épousée. Mrs Paton était veuve et avait un fils. Leur union fut brève et douloureuse : disons-le tout net, Mrs Ackroyd s'adonnait à la boisson — et il ne lui avait fallu que quatre ans pour en mourir.

Les années passèrent, sans que Roger Ackroyd se montrât disposé à tenter une seconde aventure matrimoniale. L'enfant que lui laissait sa femme n'avait que sept ans à la mort de sa mère. Il en a maintenant vingt-cinq. Ackroyd l'a toujours considéré comme son propre fils et l'a élevé comme tel. Mais c'est un enfant terrible et, pour son beau-père, une source continuelle d'inquiétude et de soucis. Malgré cela, tout le monde l'aime, chez nous. Ralph est si beau garçon, et si séduisant !

Comme je l'ai déjà signalé, les potins vont bon train au village. Et très vite, chacun put s'apercevoir que Roger Ackroyd et Mrs Ferrars semblaient s'entendre à merveille. Quand elle perdit son mari, leurs liens parurent se resserrer davantage encore. On les voyait toujours ensemble et il était communément admis que, dès la fin de son deuil, Mrs Ferrars deviendrait la nouvelle Mrs Roger Ackroyd. D'un certain point de vue, on trouvait même que cette union serait particulièrement bien assortie. De notoriété publique, Mrs Ackroyd s'était noyée dans l'alcool et l'on pouvait en dire autant d'Ashley Ferrars. En somme, que ces deux victimes de la boisson trouvent un réconfort l'une près de l'autre semblait la solution idéale. N'avaient-ils pas porté la même croix ?

Les Ferrars ne s'étaient installés à King's Abbot qu'un an plus tôt, mais il y avait beau temps que Roger Ackroyd servait de cible aux commérages. Pendant l'enfance et l'adolescence de Ralph, d'innombrables gouvernantes s'étaient succédé à Fernly Park, suscitant chacune à son tour la méfiance de Caroline et de son cercle de commères. Et je crois pouvoir affirmer que, depuis quinze ans — au moins —, tout King's Abbot s'attendait de pied ferme à voir Ackroyd épouser une de ces dames.

La dernière d'entre elles, — créature soi-disant redoutable et qui répond au nom de miss Russell —

règne depuis cinq ans sur la demeure. Soit deux fois plus longtemps déjà que toutes celles qui l'ont précédée. Et l'on s'accorde sur le fait que, sans l'arrivée de Mrs Ferrars, Ackroyd aurait eu bien du mal à échapper à ses filets.

Une autre circonstance a joué en sa faveur : l'apparition inattendue d'une belle-sœur veuve, pourvue d'une fille, et qui débarquait du Canada. Mrs Cecil Ackroyd, veuve du jeune frère de Roger Ackroyd — le mauvais sujet de la famille —, s'était installée à Fernly Park. Et, selon Caroline, avait remis définitivement miss Russell « à sa place ».

Qu'entend-elle au juste par cette formule rébarbative et plutôt réfrigérante ? Je l'ignore. Mais je sais que miss Russell arbore une mine pincée et un sourire que je qualifierais d'acide. En outre, elle fait montre d'une sympathie débordante pour « cette pauvre Mrs Ackroyd, obligée de vivre à la charge de son beau-frère. Le pain de la charité est si amer, n'est-ce pas ? Pour ma part, je serais bien malheureuse de ne pas travailler pour gagner ma vie ! »

J'ignore ce que put penser Mrs Cecil Ackroyd des liens qui se nouaient entre Mrs Ferrars et son beau-frère, mais une chose est sûre : il valait beaucoup mieux pour elle qu'il ne se remariât pas. Elle se montrait toujours charmante envers Mrs Ferrars, quand elles se rencontraient, et même particulièrement chaleureuse. Mais Caroline prétend que cela ne prouve rien.

Voilà donc à quoi s'occupait King's Abbot, toutes ces dernières années. Nous avons littéralement disséqué tout ce qui concernait Roger Ackroyd et assigné à Mrs Ferrars sa place exacte dans le tableau. Et voici qu'une pièce de ce puzzle vient d'être dérangée. Nous qui discutions déjà de ce mariage plus que probable et de nos présents de noces, nous voilà projetés en pleine tragédie.

C'est en pensant à tout cela, et à quelques autres choses encore, que je partis pour ma tournée de visites. La routine habituelle, aucun cas intéressant en vue. Et cela valait sans doute mieux, car mes réflexions me ramenaient sans cesse à la mort mystérieuse de Mrs Ferrars. Avait-elle mis fin à ses jours ? En ce cas, elle avait certainement laissé une lettre pour expliquer ses intentions. À ma connaissance, les femmes résolues à se suicider révèlent volontiers les raisons de leur geste fatal. Elles ont un sens inné du spectacle.

Quand l'avais-je vue pour la dernière fois ? Il devait y avoir une semaine, au moins. Elle s'était comportée tout à fait normalement, étant donné les... disons : les circonstances.

Tout à coup, la mémoire me revint. Je l'avais aperçue pas plus tard que la veille, sans lui parler toutefois. Elle se promenait avec Ralph Paton, ce qui m'avait surpris : j'ignorais la présence de ce dernier à King's Abbot. A vrai dire, je le croyais définitivement brouillé avec son beau-père ; il ne lui avait pas donné signe de vie depuis près de six mois. Mrs Ferrars et lui avaient fait, bras dessus, bras dessous, une de ces longues promenades propices aux confidences — et elle paraissait fort désireuse de le convaincre.

C'est en évoquant cette scène, je crois pouvoir l'affirmer sans me tromper, que j'éprouvai pour la première fois le pressentiment dont j'ai parlé. Rien de bien précis encore, non. Mais une sorte de prémonition de ce que nous réservait l'avenir. Ce doux tête-à-tête entre Mrs Ferrars et Ralph Paton, surpris la veille, me laissait une impression désagréable. J'y pensais toujours, lorsque je me retrouvai face à Roger Ackroyd.

— Sheppard ! s'exclama-t-il. Moi qui espérais justement vous rencontrer ! C'est terrible, n'est-ce pas ?

— Alors, vous savez déjà ?

Il acquiesça, et je pus voir à quel point il accusait le coup. Ses bonnes joues rouges semblaient avoir fondu, sa mine joviale et son teint fleuri n'étaient plus qu'un souvenir. Il déclara d'un ton posé :

— Et vous ne connaissez pas encore le pire. Écoutez, Sheppard, il faut que je vous parle. Vous serait-il possible de me raccompagner ?

— Maintenant ? Difficilement. Il me reste trois malades à voir et je dois être chez moi à midi pour ma consultation.

— Alors, cet après-midi ? Non, venez plutôt dîner, ce sera mieux. 7 heures et demie, si cela vous convient ?

— Entendu, je dois pouvoir m'arranger. Mais de quoi s'agit-il ? Un problème avec Ralph ?

La question m'avait échappé, mais elle tombait sous le sens. Ralph lui avait toujours causé tellement de soucis... Ackroyd ne parut pas comprendre. Il me dévisagea d'un œil éteint et je commençai à me rendre compte qu'il se passait quelque chose de grave. De vraiment grave. Jamais je ne l'avais vu aussi désemparé.

— Ralph ? répéta-t-il d'un ton absent. Oh non ! il ne s'agit pas de lui, il est à Londres. Ciel, voici la vieille miss Gannett ! Je ne tiens pas à lui parler de cette horrible histoire. À ce soir, Sheppard. 7 heures et demie.

J'approuvai d'un signe de tête et il s'empressa de me quitter, me laissant tout pensif. Ralph, à Londres ? En tout cas, il était venu à King's Abbot la veille, dans l'après-midi. Il avait dû rentrer dans la soirée, ou ce matin à la première heure. Pourtant, les propos d'Ackroyd ne laissaient rien supposer de tel. À l'entendre, ils ne s'étaient pas revus depuis des mois.

Je n'eus pas le temps de creuser la question plus avant : miss Gannett fondait sur moi, assoiffée de nouvelles. Cette demoiselle ressemble étrangement à ma sœur Caroline, à un détail près toutefois : il lui manque ce flair infaillible qui permet à ma sœur de se faire une opinion immédiate, et confère à ses manigances une sorte de grandeur. Hors d'haleine, miss Gannett passa aussitôt à l'attaque.

Pauvre chère Mrs Ferrars ! Une bien pénible affaire, n'est-ce pas ? Et tous ces gens qui affirmaient qu'elle se droguait depuis des années ! Mais les gens sont si malveillants... Pourtant, c'est triste à dire, il y a souvent une trace de vérité dans les pires calomnies. Pas de fumée sans feu ! On racontait aussi que Mr Ackroyd avait découvert le pot aux roses et rompu les fiançailles. Car il y avait eu fiançailles, miss Gannett en possédait la preuve indubitable. Et moi aussi, naturellement : les médecins ne savent-ils pas tout ? Seulement voilà, ils savent aussi se taire...

Et de me vriller de son regard perçant, pour tenter de surprendre une éventuelle réaction de ma part. Dieu merci, ma longue intimité avec Caroline a porté ses fruits. J'ai acquis l'art de rester insensible aux approches et de ne pas me compromettre. En l'occurrence, je félicitai chaudement miss Gannett de ne pas se joindre au clan des mauvaises langues. Puis, satisfait de cette riposte imparable, je m'éloignai sans lui laisser le temps de se reprendre, l'abandonnant à sa perplexité.

Tout songeur, je rentrai chez moi où m'attendaient plusieurs patients. Je croyais avoir expédié le dernier et me préparais à passer quelques minutes dans le jardin avant le déjeuner, quand je m'avisai qu'il me restait une cliente. Quand elle se leva, j'eus la surprise de reconnaître miss Russell. Pourquoi cette surprise ? Rien ne la motivait, sinon le fait que cette demoiselle bénéficie d'une santé de fer. Elle paraît tout simplement inaccessible à la maladie. La gouvernante de Roger Ackroyd est une grande et belle personne au regard sévère et à la bouche pincée, d'allure plutôt revêche. Si j'étais femme de chambre ou cuisinière sous ses ordres, je crois que je m'enfuirais à son approche.

— Bonjour, Dr Sheppard, dit miss Russell. Je vous serais très obligée de bien vouloir jeter un coup d'œil à mon genou.

Je m'exécutai mais, je l'avoue, n'en fus pas plus avancé pour autant. Et la description plutôt vague qu'elle me donna de ses douleurs me parut fort peu convaincante. De la part d'une femme moins intègre, j'aurais volontiers supposé qu'il s'agissait d'un prétexte pour me soutirer des informations sur la mort de Mrs Ferrars. Si le soupçon m'en traversa l'esprit, je dus bien vite reconnaître que j'avais mal jugé ma patiente, en tout cas sur ce point précis. Elle ne fit qu'une brève allusion à cet événement tragique. Toutefois il était clair qu'elle souhaitait s'entretenir avec moi.

— Eh bien, finit-elle par dire, merci pour ce flacon de liniment, docteur. Bien que je ne croie pas beaucoup à son efficacité.

Je n'y croyais pas davantage mais protestai pour la forme. Apres tout, le remède ne lui ferait pas de mal, et il faut bien prêcher pour sa paroisse. Miss Russell promena sur ma rangée de flacons un regard désapprobateur et annonça :

— Je me méfie de toutes ces drogues, docteur. Elles peuvent être très dangereuses. Tenez, la cocaïne, par exemple.

— Là-dessus, tout ce que je peux vous dire...

— Son usage est très répandu parmi la haute société.

Miss Russell est beaucoup plus au courant que moi des habitudes du grand monde, j'en suis convaincu. Aussi ne me risquai-je pas à en discuter avec elle et la laissai poursuivre.

— Simple curiosité, docteur. Supposons qu'une personne soit devenue l'esclave de la drogue : existe-t-il un traitement ?

Une telle question exige une réponse détaillée et je fis à ma patiente un bref exposé qu'elle écouta avec attention, ce qui raviva mes soupçons. Persuadé qu'elle cherchait à me soutirer des informations sur la mort de Mrs Ferrars, j'ajoutai :

— Prenez le véronal, par exemple..

Mais, curieusement, le véronal ne parut pas l'intéresser, bien au contraire. Elle orienta la conversation sur certains poisons aussi rares qu'impossibles à déceler et voulut savoir s'ils existaient bien.

— Ah ! miss Russell, vous avez lu des romans policiers !

Elle en convint sans se faire prier.

— Le poison, expliquai-je, est l'ingrédient le plus classique du roman policier. Il doit être rarissime, provenir si possible d'Amérique du Sud, et de préférence d'une obscure tribu qui l'utilise pour y tremper ses flèches. Il provoque une mort instantanée que la science occidentale est incapable d'expliquer. C'est à cela que vous pensez ?

— Exactement. Un tel poison existe-t-il vraiment ?

Je secouai la tête d'un air désolé.

— Je crains que non. À part le curare, naturellement.

Je m'étendis longuement sur le curare mais, cette fois encore, miss Russell parut se désintéresser de la question. Elle me demanda si j'en gardais dans mon armoire à poisons, et j'eus le sentiment de baisser dans son estime en répondant par la négative. Puis elle déclara qu'elle devait rentrer et je la reconduisis jusqu'à la porte de mon cabinet. C'est à cet instant précis que le gong annonça le déjeuner.

Ainsi, miss Russell se délectait de romans policiers ! Je ne l'aurais jamais cru, et penser à elle sous ce jour m'amuse infiniment. Je la vois très bien sortir de l'office pour réprimander une femme de chambre maladroite, puis y retourner en hâte pour se replonger avec délices dans *Le Mystère de la Septième Mort*, ou quelque chose d'approchant.

3
L'AMATEUR DE COURGES

Au déjeuner, j'avertis Caroline que je dînerais à Fernly. Elle ne souleva aucune objection, bien au contraire.

— C'est parfait, tu vas tout savoir. Au fait, qu'est-ce qui cloche avec Ralph ?

— Avec Ralph ? m'étonnai-je. Mais... rien du tout.

— Alors pourquoi n'est-il pas à Fernly Park, et que fait-il aux *Trois Marcassins* ?

Je ne mis pas une seconde en doute l'affirmation de Caroline. Si elle déclarait que Ralph Paton séjournait à l'auberge du village, il ne pouvait être ailleurs. Sous le coup de la surprise, je faillis à ma règle d'or : toujours garder mes informations pour moi.

— Ackroyd m'avait dit qu'il était à Londres, observai-je.

— Tiens donc ! fit Caroline dont le nez remua, signe qu'elle méditait le renseignement. Il est arrivé hier aux *Trois Marcassins, et* il y est toujours. Hier soir, il est sorti avec une jeune fille.

La nouvelle ne m'étonna guère : Ralph sortait pratiquement chaque soir avec une fille. Mais qu'il ait choisi King's Abbot pour théâtre de ses ébats me donnait à réfléchir. La capitale est tellement plus amusante ! Je m'informai :
— Avec une des employées ?
— Non, justement. Il a rejoint cette jeune fille en ville, et j'ignore qui elle est.

Pénible aveu, dans la bouche de Caroline.
— Mais je peux deviner, enchaîna-t-elle, inlassable.

J'attendis patiemment la suite.
— C'était sa cousine, cela va de soi.
— Flora Ackroyd ? m'exclamai-je, ébahi.

Naturellement, Flora Ackroyd et Ralph Paton n'ont aucun lien de parenté, mais ce cousinage est tacitement admis par tous. Il y a si longtemps que Ralph est considéré comme le fils de Roger Ackroyd !
— Flora Ackroyd, répéta ma sœur.
— Mais pourquoi n'est-il pas allé à Fernly, s'il voulait la voir ?
— Parce qu'ils sont fiancés, énonça Caroline en savourant chaque mot. Secrètement. Et comme le vieil Ackroyd ne veut rien savoir, ils sont obligés de se cacher.

Je distinguais de nombreuses failles dans la théorie de Caroline mais m'abstins de les relever. Une remarque anodine sur notre nouveau voisin me servit d'échappatoire.

Les Mélèzes, la maison mitoyenne, était occupée depuis peu par un inconnu. Et Caroline, à son grand dépit, n'avait strictement rien pu apprendre sur lui, sinon qu'il était étranger. Son service de renseignements avait fait chou blanc. Cet homme doit se faire livrer du lait, des légumes, de la viande et quelquefois du poisson, comme tout le monde. Mais aucun des fournisseurs concernés ne semble avoir obtenu la moindre information à son sujet. Ce serait un certain Mr Porrot, nom qui recèle un je ne sais quoi d'invraisemblable. La seule chose dont nous soyons sûrs, c'est qu'il s'adonne à la culture des courges.

Mais ce n'est pas ce genre de détails qui intéresse Caroline. Elle veut savoir d'où il vient, ce qu'il fait dans la vie, s'il est marié, comment est ou était sa femme, s'il a des enfants, le nom de jeune fille de sa mère, etc. À mon avis, l'inventeur du questionnaire des passeports devait avoir un caractère assez proche de celui de ma sœur.

— Ma chère Caroline, déclarai-je, je n'ai aucun doute sur la profession qu'exerçait notre voisin. C'est un coiffeur à la retraite, il n'y a qu'à voir sa moustache.

Caroline réfuta mon opinion. Elle soutint que si l'homme avait été coiffeur, il n'aurait pas les cheveux plats mais ondulés, comme tous ses pareils. Je nommai plusieurs coiffeurs de ma connaissance qui avaient les cheveux plats, mais elle refusa de se laisser convaincre.

— Je n'arrive pas à le situer, dit-elle d'un ton ulcéré. L'autre jour, je lui ai emprunté quelques outils de jardinage. Il s'est montré parfaitement courtois mais je n'en ai rien tiré. J'ai fini par lui demander tout net s'il était français, il a répondu que non et... je ne sais pas pourquoi, je n'ai plus osé le questionner. Ce qu'il y a de sûr, c'est qu'il s'exprime dans un anglais invraisemblable et que son accent est à couper au couteau.

Notre mystérieux voisin commence à m'intéresser sérieusement. Un homme capable de river son clou à Caroline et de la renvoyer bredouille, comme la reine de Saba, ne doit pas — quels que soient son accent et ses faiblesses linguistiques — être n'importe qui.

— Je crois qu'il possède un de ces nouveaux aspirateurs à poussière, annonça-t-elle.

Je compris qu'elle méditait déjà de l'emprunter, bon prétexte pour s'informer davantage. Je vis son œil s'allumer à cette perspective et en profitai pour m'esquiver dans le jardin. J'ai un certain goût pour le jardinage. Et je m'appliquais à arracher des pissenlits quand un cri d'avertissement retentit, tout près de moi. Un objet pesant me frôla les oreilles et s'écrasa à mes pieds dans un gargouillis répugnant. Une courge !

Je levai la tête, furibond. Un visage se montra par-dessus le mur, sur ma gauche. Un crâne en forme d'œuf partiellement planté de cheveux d'un noir suspect, une invraisemblable moustache et une paire d'yeux scrutateurs. C'était notre mystérieux voisin, Mr Porrot. Il se confondit en excuses.

— Mille regrets, monsieur, je suis absolument impardonnable. Cela fait quelques mois que je m'adonne à la culture des cucurbitacées. Et voilà que ce matin, je les ai prises en aversion et les envoie promener, en pensée et en action. J'ai donc empoigné la plus grosse et l'ai jetée par-dessus le mur. Je suis affreusement confus, monsieur. J'implore votre pardon.

Ma colère ne résista pas à ce déluge d'excuses.

Après tout, ce malheureux légume ne m'avait pas touché. L'essentiel était que notre nouveau voisin ne prît pas goût au lancement des cucurbitacées par-dessus les murs. J'espérais sincèrement que ce ne serait pas le cas. C'était là un procédé qui ne pouvait faciliter nos rapports de voisinage.

L'étrange petit homme parut déchiffrer mes pensées.

— Rassurez-vous s'exclama-t-il, je n'ai pas pour habitude d'agir ainsi. Mais trouvez-vous croyable, monsieur, qu'un homme se donne tant de mal pour atteindre un certain objectif, à savoir le moment où il pourra occuper ses loisirs à sa guise ; qu'il sue sang et eau pour y parvenir et que, une fois ce but atteint, il regrette le bon vieux temps et les activités qu'il se croyait si heureux d'abandonner ?

— Oui, répondis-je après réflexion, j'estime le phénomène assez fréquent. Il se peut même que ce soit mon cas. Il y a un an, j'ai fait un héritage, suffisant pour me permettre de réaliser un vieux rêve. Voyager, voir le monde... eh bien, comme je vous l'ai dit, cela date d'un an et je suis toujours là !

Le petit homme hocha la tête.

— Les chaînes de l'habitude... Nous travaillons en vue d'un but précis et, celui-ci atteint, nous découvrons à quel point notre tâche quotidienne nous manque. Et notez bien, monsieur, que mon travail était particulièrement intéressant. Le plus intéressant qui soit au monde.

Dans un accès d'humeur carolinienne, et résolu à lui pardonner ses gallicismes, je l'encourageai à poursuivre :

— Ah oui ?

— Je parle de l'étude de la nature humaine, monsieur.

— Certes, approuvai-je avec bienveillance.

Plus de doute, c'était un coiffeur à la retraite. Qui mieux que les coiffeurs connaît les secrets de l'humaine nature ?

— Et j'avais aussi un ami, un vieux compagnon de route. Il m'était très cher, bien qu'il se montrât parfois d'une sottise à faire peur. Croiriez-vous que je regrette jusqu'à sa stupidité ? Sa naïveté, sa rectitude morale, le plaisir que je prenais à l'étonner et à l'enchanter par mes remarquables talents... tout cela me manque plus que je ne saurais dire.

— Il est mort ? m'informai-je avec une mine de circonstance.

— Non, et la vie lui réussit, mais il est à l'autre bout du monde maintenant. En Argentine.

— En Argentine, répétai-je avec envie.

J'ai toujours désiré connaître l'Amérique du Sud. Je soupirai, levai les yeux et rencontrai le regard compatissant de Mr Porrot. Un petit homme très compréhensif, semblait-il.

— Comptez-vous y aller ?

Je secouai la tête en soupirant de plus belle.

— J'aurais pu y aller, il y a un an, mais j'ai agi comme un idiot, et même pire. Je me suis montré trop gourmand et j'ai lâché la proie pour l'ombre.

— Je comprends, dit Mr Porrot. Vous avez spéculé ?

J'approuvai, l'air maussade, mais secrètement amusé. C'était plus fort que moi : ce ridicule petit homme arborait une mine si solennelle, et son langage fleuri s'émaillait de tournures si surprenantes ! Sa question me prit totalement au dépourvu.

— Pas sur les *Pétroles Panthère* ?

J'ouvris des yeux effarés.

— À vrai dire, j'y avais songé. Mais j'ai finalement opté pour une mine d'or, dans l'ouest de l'Australie.

Mon voisin m'observait d'un air bizarre dont le sens m'échappait totalement.

— C'est le Destin, déclara-t-il enfin.

— Comment cela, le Destin ? demandai-je avec humeur.

— Il était écrit que je deviendrais le voisin d'un homme qui s'intéresse de près aux *Pétroles du Porc-Épic* et aux *mines d'or d'Australie occidentale.* Vous n'auriez pas un faible pour les cheveux auburn, par hasard ?

Je le regardai, bouche bée, et il éclata de rire.

— Mais non, je ne perds pas la tête, soyez tranquille, et ma question était ridicule. L'ami dont je vous ai parlé était jeune, il croyait à la bonté des femmes et les trouvait toutes belles, ou presque. Mais vous êtes un homme mûr, vous, un médecin. Vous connaissez la folie et la vanité de la plupart des choses de la vie. Et puisque nous sommes voisins, je vous prie d'accepter ma plus belle courge et de l'offrir à votre charmante sœur.

Il se pencha et se releva en exhibant pompeusement un gigantesque spécimen du genre, que j'acceptai avec toute la solennité requise.

— Eh bien, reprit le petit homme avec chaleur, voici une matinée bien employée puisque j'ai fait la connaissance d'un homme qui me rappelle un ami lointain. Au fait, j'aimerais vous poser une question. Vous devez connaître tout le monde dans ce petit village : qui donc est ce beau garçon brun aux yeux noirs, qu'on voit passer le nez au vent et le sourire aux lèvres ?

Cette description ne laissait aucune place au doute.

— Ce doit être le capitaine Ralph Paton.

— Je ne l'avais jamais vu jusqu'ici.

— Non, cela fait un certain temps qu'il n'est pas venu. C'est le fils de Mr Ackroyd, de Fernly Park. Ou plutôt, son fils adoptif.

Mon voisin esquissa un geste d'impatience.

— Mais bien sûr, j'aurais dû m'en douter ! Mr Ackroyd m'en a souvent parlé.

— Vous connaissez Mr Ackroyd ? m'écriai-je, quelque peu surpris.

— Mr Ackroyd a eu l'honneur de faire ma connaissance à Londres, à l'époque où j'y exerçais. Mais je l'ai prié de ne pas révéler ma profession aux gens du pays.

— Je vois, commentai-je, plutôt amusé par ce qui me parut une prétention sans bornes.

Mais le petit homme enchaîna, plein d'importance :

— Mieux vaut garder l'incognito, je n'aspire pas à la notoriété. Je n'ai même pas pris la peine de corriger la façon dont les gens écorchent mon nom, par ici.

— Vraiment ? hasardai-je, ne sachant trop que dire.

Mr Porrot reprit d'une voix songeuse :

— Le capitaine Ralph Paton... Ainsi, il est fiancé à la nièce d'Ackroyd, la charmante miss Flora.

— Qui vous en a parlé ? demandai-je, ébahi.

— Mr Ackroyd, il y a une semaine environ. Il est enchanté. Lui qui désirait depuis si longtemps que cela finît ainsi... en tout cas, c'est ce que j'ai cru comprendre. Je pense même qu'il a exercé une certaine pression sur le jeune homme, ce qui n'est jamais très sage. Un homme devrait se marier par inclination, et non pour plaire à un beau-père dont il espère hériter un jour.

Je ne savais plus que penser. Je voyais mal Ackroyd prendre un coiffeur pour confident et discuter avec lui du mariage de sa nièce et de son beau-fils. Certes, Ackroyd fait montre d'une extrême bienveillance envers les classes inférieures, mais il n'en possède pas moins le sens aigu de sa dignité personnelle. Je commençais à me demander si ce Porrot était réellement coiffeur. Et, pour dissimuler ma gêne, je saisis le premier prétexte qui me vint à l'esprit.

— Qu'est-ce qui a bien pu attirer votre attention sur Ralph Paton ? Sa bonne mine ?

— Non, pas seulement cela, bien qu'il soit particulièrement beau pour un Anglais. Un véritable Apollon, comme on dit dans les romans. Non, il y a chez ce jeune homme quelque chose qui m'échappe.

Il prononça ces derniers mots d'un ton rêveur qui me laissa une impression indéfinissable. Un peu comme s'il jugeait Ralph à la lumière d'un savoir personnel, que je ne pouvais partager. Et ce fut sur cette impression que je restai car, à cet instant, Caroline m'appela de la maison.

Je rentrai, pour trouver ma sœur le chapeau sur la tête : de toute évidence, elle arrivait du village. Elle attaqua sans préambule :

— J'ai rencontré Mr Ackroyd.

— Ah bon ?

— Naturellement, je l'ai arrêté au passage, mais il semblait vraiment très pressé. Il ne tenait plus en place.

Sur ce point, elle avait sûrement raison. Elle avait dû lui faire le même effet que miss Gannett un peu plus tôt, mais en pire. On se débarrasse moins aisément de Caroline.

— Je l'ai aussitôt questionné au sujet de Ralph, et il est tombé des nues. Il ignorait totalement qu'il était en ville et m'a même dit que je devais me tromper. Me tromper, moi !

— Ridicule. Il devrait mieux te connaître.

— Et là-dessus, il m'a annoncé que Flora et Ralph étaient fiancés.

— Je le savais ! m'écriai-je, assez fier de moi.

— Et qui te l'a dit ?

— Notre nouveau voisin.

Caroline connut un instant d'indécision manifeste. Pendant une ou deux secondes elle hésita comme la boule de la roulette vacillant entre deux cases, puis repoussa l'appât.

— J'ai dit à Mr Ackroyd que Ralph était descendu aux *Trois Marcassins*.

— Caroline ! Il ne t'est jamais venu à l'esprit que tu pouvais faire beaucoup de mal, en parlant à tort et à travers ?

— Que me chantes-tu là ? Les gens ont le droit de savoir ! Et je considère de mon devoir de les avertir. Mr Ackroyd m'en a été extrêmement reconnaissant.

— Et ensuite..., commençai-je, voyant venir d'autres révélations.

— À mon avis, il est allé tout droit aux *Trois Marcassins*. Et s'il l'a fait, il n'y a pas trouvé Ralph.

— Ah non ?
— Non. Parce qu'en revenant par le bois, je...
— En revenant par le bois, toi ?
Caroline eut le bon goût de rougir.
— Il faisait si beau ! s'exclama-t-elle, j'ai eu envie de faire un petit tour. La forêt est superbe à cette époque-ci, avec toutes ces teintes automnales...
Caroline n'éprouve pas le moindre intérêt pour la forêt, quelle que soit la saison. Pour elle, ce n'est qu'un endroit où on se mouille les pieds et où on court le risque de recevoir toutes sortes de choses déplaisantes sur la tête. Non, c'était bel et bien l'instinct de la mangouste qui l'avait conduite jusqu'à notre forêt communale. Dans les environs, c'est la seule cachette possible pour deux jeunes gens qui souhaitent se parler sans être vus par tout le village. Et elle jouxte le parc de Fernly.
— Eh bien ? Continue.
— Donc, je rentrais par le bois, quand j'ai entendu des voix.
Ici, Caroline fit une pause.
— Et alors ?
— L'une était celle de Ralph Paton : je l'ai reconnue tout de suite. L'autre était celle d'une jeune fille. Je n'avais pas l'intention d'écouter, bien sûr...
— Bien sûr que non, ironisai-je ouvertement.
En pure perte pour Caroline, cela va de soi.
— ... Mais je n'ai pas pu m'empêcher d'entendre. La jeune fille a dit quelque chose que je n'ai pas compris et Ralph lui a répondu, furieux semblait-il. « Enfin, mon petit, tu ne vois donc pas qu'il va me couper les vivres, et pour de bon. J'ai lassé sa patience, depuis quelques années, mais cette fois la mesure est comble. Et nous ne pouvons pas vivre

d'amour et d'eau fraîche. Je roulerai sur l'or quand le vieux passera l'arme à gauche. Il est aussi pingre qu'on le dit, mais il est riche comme Crésus et je ne tiens pas à ce qu'il modifie son testament. Alors laisse-moi faire, et ne te tracasse pas. » Voilà exactement ses paroles, je m'en souviens parfaitement. Par malheur, juste à ce moment-là, j'ai marché sur une branche morte ou je ne sais quoi, alors ils ont baissé la voix et se sont éloignés. Comme il n'était pas question que je les suive, je n'ai pas pu savoir qui était la jeune fille.

— De quoi être vexée ! Mais j'imagine que tu t'es précipitée aux *Trois Marcassins*, où tu t'es sentie mal, et que tu es allée au bar demander un verre de cognac, histoire de vérifier si les deux serveuses étaient à leur poste ?

— Cette jeune fille n'était pas une serveuse, déclara sans hésiter Caroline. Je suis même presque certaine que c'était Flora Ackroyd, sauf que...

— Sauf que cela ne tient pas debout.

— Mais si ce n'était pas Flora... alors qui ?

Ma sœur passa rapidement en revue les jeunes célibataires du voisinage, pesant le pour et le contre en étayant chaque hypothèse d'une avalanche de bonnes raisons. Quand elle s'interrompit pour reprendre haleine, je murmurai une vague excuse concernant un patient à voir et m'éclipsai.

Ralph avait déjà dû regagner *Les Trois Marcassins* et je comptais m'y rendre moi-même. Je connaissais très bien Ralph Paton, sans doute mieux que personne à King's Abbot. Car j'avais bien connu sa mère, et cela m'aidait à comprendre certains aspects de son caractère qui déroutaient bon nombre de gens. Ralph était, dans une certaine mesure, une victime de l'hérédité. Sa mère ne lui avait pas transmis son fatal penchant pour la boisson, mais on décelait en lui une certaine faiblesse de caractère. Et, comme l'avait souligné mon nouvel ami le matin même, il était singulièrement beau. Un bon mètre quatre-vingts, des proportions parfaites, la souple aisance d'un athlète et aussi brun que sa mère. Avec cela un visage avenant, hâlé par le soleil et toujours prêt au sourire : Ralph Paton possédait le charme inné des êtres créés pour séduire. Très dépensier, il ne se refusait rien, ne respectait rien, mais n'en était pas moins aimable et ses amis ne juraient que par lui. Serais-je en mesure de l'aider ? J'osais le croire.

Aux *Trois Marcassins*, on m'apprit que le capitaine Paton venait de rentrer. Je montai à l'étage et entrai dans sa chambre sans me faire annoncer. Après ce que j'avais vu et entendu, je craignis un instant d'être mal reçu, mais je m'inquiétais à tort.

— Tiens, Sheppard ! Ravi de vous voir.

Il s'avança vers moi, la main tendue, le visage ouvert et souriant.

— La seule personne de ce maudit patelin que je sois heureux de rencontrer !

Je haussai les sourcils :

— Qu'avez-vous donc contre les gens du pays ?

Ralph eut un rire contraint.

— C'est une longue histoire, docteur ! Les choses ont mal tourné, pour moi. Mais d'abord, si nous prenions un verre ?

— Volontiers, merci.

Il alla sonner, revint vers moi et se jeta dans un fauteuil.

— Autant vous le dire carrément, annonça-t-il

d'un air sombre, je suis dans de sales draps. En fait, je ne vois pas du tout comment m'en sortir.

— Quel est le problème ? demandai-je avec sympathie.

— C'est mon satané beau-père !

— Qu'a-t-il donc fait ?

— Oh ! ce n'est pas ce qu'il a fait qui m'inquiète, mais ce qu'il va sans doute faire.

Un domestique se montra et reçut la commande de Ralph. Après son départ, le jeune homme demeura prostré dans son fauteuil, le visage fermé.

— C'est donc si grave que cela ? demandai-je.

— Je suis au bout du rouleau, cette fois-ci, se contenta-t-il de dire.

Le ton inhabituel de sa voix avait une résonance sincère. Il en fallait beaucoup pour lui faire perdre son insouciance.

— En fait, reprit-il, je ne sais plus où j'en suis. Et que je sois pendu si je m'en sors !

— Si je pouvais vous aider..., hasardai-je timidement.

Mais il secoua énergiquement la tête.

— C'est très chic de votre part, docteur, mais je ne veux pas vous entraîner là-dedans. Je dois me débrouiller tout seul.

Il garda le silence pendant quelques instants, puis répéta d'une voix légèrement changée :

— Oui... je dois me débrouiller tout seul.

4
DÎNER À FERNLY PARK

Il n'était pas tout à fait 19 h 30 quand je sonnai à la porte de Fernly Park. Elle me fut ouverte avec une remarquable promptitude par les soins de Parker, le maître d'hôtel.

La soirée était si belle que j'avais préféré venir à pied. Je pénétrai dans le grand vestibule carré, où Parker me débarrassa de mon pardessus. Ce fut à cet instant précis que le secrétaire d'Ackroyd, affable jeune homme nommé Raymond, traversa le hall pour se rendre dans le cabinet de travail, les bras chargés de paperasses.

— Bonsoir, docteur. Vous êtes venu dîner, ou s'agit-il d'une visite professionnelle ?

Cette question se justifiait, car j'avais déposé ma sacoche noire sur le coffre de chêne. J'expliquai que je m'attendais à être appelé d'un instant à l'autre pour un accouchement, sur quoi Raymond hocha la tête et poursuivit son chemin.

— Passez au salon, lança-t-il par-dessus son épaule, vous connaissez les lieux. Ces dames ne vont pas tarder à descendre et je ne vous demande que le temps de porter ces papiers à Mr Ackroyd. Je lui dirai que vous êtes arrivé.

Parker s'était retiré à l'arrivée de Raymond et je me retrouvai seul dans le vestibule. Je rajustai ma cravate, jetai un coup d'œil dans le grand miroir accroché au mur et me dirigeai vers la porte qui me faisait face, celle du salon.

À l'instant précis où je tournais la poignée, un son me parvint de l'intérieur. On aurait dit le bruit d'une fenêtre à guillotine qui retombe. Je l'enregistrai de façon quasi mécanique, mais sans y attacher d'importance sur le moment. J'ouvris la porte, entrai et faillis me heurter à miss Russell qui sortait. Nous échangeâmes des excuses et, pour la première fois, je me surpris à admirer la gouvernante. Elle avait dû être très belle, et à dire vrai l'était encore. On ne voyait pas le moindre fil blanc dans ses cheveux noirs et il suffisait que son teint se colorât, ce qui était justement le cas, pour qu'elle parût beaucoup moins sévère.

Presque machinalement, je me demandai si elle était sortie, car elle avait le souffle court comme si elle venait de courir.

— Je crains d'être arrivé trop tôt, déclarai-je.

— Oh ! je ne crois pas, Dr Sheppard. Il est 7 heures et demie passées. (Puis elle ajouta :) Je..., j'ignorais que vous dîniez ici. Mr Ackroyd ne m'en avait rien dit.

Sans parvenir à m'expliquer pourquoi, j'eus la vague impression que ma présence ne lui était pas agréable.

— Et ce genou ?

— Toujours la même chose, docteur, merci. Il faut que je vous quitte, maintenant, Mrs Ackroyd va descendre dans un instant. Je... j'étais simplement venue vérifier l'état de fraîcheur des fleurs.

Elle s'éclipsa et je me dirigeai vers la fenêtre, intrigué par son désir manifeste de justifier sa présence. Ce faisant, je pris conscience d'un détail dont j'aurais dû m'aviser beaucoup plus tôt, si seulement j'avais pris la peine d'y songer. À savoir que les baies du salon étaient en fait de hautes portes-fenêtres donnant sur la terrasse. Le bruit que j'avais perçu ne pouvait donc être celui d'un châssis qui retombe.

Par désœuvrement, et sans autre raison que d'échapper à des pensées moroses, je m'amusai à essayer de deviner l'origine de ce bruit. Des charbons jetés dans l'âtre ? Non, c'était un son tout différent. Un tiroir de bureau repoussé ? Non, pas cela non plus.

C'est alors que mon regard fut attiré par une de ces boîtes plates que l'on appelle, je crois, un présentoir, et dont le couvercle vitré permet de voir le contenu. Je me penchai pour l'examiner et découvris deux ou trois objets d'argenterie ancienne, un soulier de bébé du roi Charles 1er, quelques figurines de jade chinoises et une quantité d'ustensiles et de bibelots africains. Afin d'étudier de plus près l'une des figurines de jade, je soulevai le couvercle, il me glissa entre les doigts et retomba.

Instantanément, j'identifiai le bruit que j'avais entendu : celui de ce même châssis, refermé avec précaution. Je répétai le geste une ou deux fois pour ma satisfaction personnelle, puis rabattis le couvercle en arrière et m'absorbai dans un examen minutieux des bibelots. J'étais toujours penché sur la vitrine ouverte lorsque Flora Ackroyd entra.

Nombreux sont ceux qui n'apprécient pas Flora Ackroyd, mais nul ne peut s'empêcher de l'admirer. Et elle sait être si charmante avec ses amis ! La première chose qu'on remarque en elle, c'est sa blondeur scandinave. Elle a des cheveux d'or pâle, des yeux bleus comme l'eau des fjords de Norvège, un teint de lys et de rose. Large d'épaules, les hanches étroites, sa silhouette est un tantinet garçonnière et elle respire la santé. Ce qui, pour l'œil blasé d'un médecin, est on ne peut plus rafraîchissant.

C'est une vraie jeune fille anglaise, simple et droite, comme on n'en rencontre plus beaucoup je dois l'avouer, quitte à paraître vieux jeu. Flora me rejoignit près de la vitrine et — ô hérésie — osa douter que le soulier eût appartenu au roi Charles.

— D'ailleurs, ajouta la demoiselle, tous ces embarras parce qu'untel a porté ou utilisé tel ou tel objet me semblent grotesques. Tenez, la plume avec laquelle George Eliot a écrit *Le Moulin sur la Floss*..., ce n'est jamais qu'une plume, non ? Si vous appréciez vraiment George Eliot, ne vaut-il pas mieux acheter son livre dans une édition ordinaire et le lire ?

— Mais vous, miss Flora, vous ne lisez pas cette littérature surannée, j'imagine ?

— Vous vous trompez, Dr Sheppard. J'adore *Le Moulin sur la Floss*.

Je ne fus pas fâché de l'apprendre : les lectures et les goûts qu'affichent les jeunes filles modernes me donnent des sueurs froides.

— Vous ne m'avez pas encore félicitée, Dr Sheppard. Vous ne savez donc pas la nouvelle ?

Flora me tendit sa main gauche, dont l'annulaire

s'ornait d'une perle unique, montée avec un goût exquis.
— Je vais épouser Ralph, et mon oncle est enchanté. Comme cela, je reste dans la famille.
Je pris ses deux mains dans les miennes.
— J'espère que vous serez très heureuse, ma chère petite !
— Il y a environ un mois que nous sommes fiancés, reprit Flora de sa voix tranquille, mais nous ne l'avons annoncé qu'hier. Mon oncle va faire rénover Cross Stones et nous l'offrir. Nous serons censés exploiter les terres. En fait, nous y chasserons tout l'hiver, passerons la saison à Londres et ensuite nous ferons de la voile. J'adore la mer. Et naturellement, je consacrerai beaucoup de temps aux œuvres de la paroisse et ne manquerai aucune des réunions de mères de famille !

Elle en était là quand Mrs Ackroyd entra dans un frou-frou de jupes et se confondit en excuses pour son retard.

Je regrette d'avoir à l'admettre, mais je déteste Mrs Ackroyd. Cette femme est un fort déplaisant amalgame de colliers, de dents et d'os. Ses petits yeux bleu pâle ont la dureté du silex et leur froideur calculatrice dément les paroles aimables qu'elle prodigue si volontiers.

Abandonnant Flora près de la fenêtre, je traversai le salon pour m'approcher d'elle. Elle me tendit une poignée d'os et de bagues et se répandit en discours volubiles.

Étais-je au courant des fiançailles de Flora, si satisfaisantes sous tous rapports ? Ces chers enfants ! Entre eux, cela avait été le coup de foudre.

Et quel beau couple ils formaient, lui si brun et elle si blonde !

— Je ne saurais vous dire, mon cher docteur, quel soulagement ce peut être pour le cœur d'une mère.

Un soupir s'échappa de son cœur de mère, tandis qu'elle m'observait d'un regard aigu.

— Je me demandais justement... Vous êtes un vieil ami de ce cher Roger, et nous savons combien il a confiance en vous. En tant que veuve du pauvre Cecil, je me trouve dans une position très délicate. Et il y a tous ces problèmes fastidieux à régler, des dispositions à prendre., enfin, tout cela... Je suis convaincue que Roger compte faire le nécessaire pour notre chère Flora mais, comme vous le savez, il serre un peu trop les cordons de sa bourse. Je me suis laissé dire que c'était assez répandu chez ces capitaines d'industrie. Et, voyez-vous, je me demandais... si vous ne pouviez pas tâter le terrain ? Flora a tellement d'affection pour vous ! Nous vous considérons comme un vieil ami, réellement, même si nous ne vous connaissons que depuis deux ans.

Une fois de plus, la porte du salon s'ouvrit, ce qui coupa court à ce flot d'éloquence. J'accueillis avec joie cette interruption. J'ai horreur d'intervenir dans les affaires d'autrui, et n'avais pas la moindre intention de sonder Ackroyd sur ses projets vis-à-vis de Flora. Un peu plus et je me voyais forcé de m'en expliquer avec Mrs Ackroyd.

— Je crois que vous connaissez le major Blunt, docteur ?

— Oui, en effet.

Beaucoup de gens connaissent Hector Blunt, ne

serait-ce que de réputation. Il a dû tuer plus d'animaux sauvages que tout autre chasseur vivant, et ce dans les endroits les plus invraisemblables. Au seul énoncé de son nom, chacun s'écrie : « Blunt ? Pas le chasseur de grands fauves, tout de même ? »

Son amitié avec Ackroyd m'a toujours un peu intrigué : ils sont tellement différents ! Hector Blunt doit bien avoir cinq ans de moins qu'Ackroyd. Cet attachement remonte à leur prime jeunesse et, bien qu'ils aient suivi des chemins différents, il est toujours aussi solide. Tous les deux ans environ, Blunt vient passer une quinzaine de jours à Fernly. Et l'énorme trophée de chasse aux bois innombrables qui vous fixe d'un œil vitreux dès que vous entrez dans le hall est un témoignage durable de cette amitié.

Blunt s'était avancé dans la pièce, de son pas si particulier, à la fois hardi et silencieux. C'est un homme de taille moyenne, solidement bâti, sinon massif. Un hâle intense, presque acajou, colore son visage singulièrement inexpressif. Ses yeux gris semblent toujours observer une scène qui se déroulerait à des kilomètres de là. Il parle peu et par syllabes hachées, comme si les mots lui étaient arrachés de force. Ce fut de cette manière abrupte qu'il m'aborda.

— Comment allez-vous, Sheppard ?

Sur ce, il se campa devant la cheminée et son regard glissa par-dessus nos têtes, comme s'il contemplait un spectacle passionnant qui aurait eu lieu à Tombouctou.

— Major Blunt, dit alors Flora, j'aimerais que vous m'expliquiez ce que sont exactement tous ces bibelots africains. Je suis sûre que vous le savez.

On m'avait décrit Hector Blunt comme un misogyne, mais je fus frappé par sa promptitude — pour ne pas dire son empressement — à rejoindre Flora près de la vitrine. Tous deux se penchèrent sur son contenu. Et, de crainte que Mrs Ackroyd n'aborde à nouveau des questions financières, je me hâtai de placer quelques observations sur la nouvelle variété de pois de senteur — découverte dont j'avais appris l'existence le matin même, en parcourant le *Daily Mail*. Mrs Ackroyd ignore tout de l'horticulture, mais elle est de ces femmes qui aiment paraître au courant des nouveautés et elle aussi lit le *Daily Mail*. Ce qui nous permit d'échanger des propos relativement sensés jusqu'à l'arrivée d'Ackroyd et de son secrétaire. Aussitôt après, Parker annonça le dîner.

À table, je pris place entre Flora et Mrs Ackroyd, et Blunt entre celle-ci et Geoffrey Raymond. Le dîner ne fut pas des plus animés. Visiblement préoccupé, Ackroyd avait l'air malheureux et ne mangea pratiquement rien. Mrs Ackroyd, Raymond et moi nous chargeâmes d'entretenir la conversation. Flora semblait très affectée par l'humeur morose de son oncle et, comme toujours, Blunt se réfugiait dans le silence.

Sitôt le dîner fini, Ackroyd glissa son bras sous le mien et m'entraîna dans son cabinet de travail.

— Dès qu'on aura servi le café, nous serons tranquilles, annonça-t-il. J'ai chargé Raymond de veiller à ce que nous ne soyons pas dérangés.

Je l'observai tranquillement, sans en rien laisser paraître. De toute évidence, il était en proie à quelque émotion violente. Il arpenta la pièce pendant quelques minutes puis, lorsque Parker apporta le café, se laissa tomber dans un fauteuil, devant la cheminée.

La pièce respirait le confort. Des étagères chargées de livres tapissaient l'un des murs et les fauteuils, aux proportions accueillantes, étaient recouverts de cuir bleu foncé. Sur le grand bureau, près de la fenêtre, s'alignaient des dossiers étiquetés avec soin, et diverses revues et journaux sportifs s'empilaient sur une table ronde.

Tout en se versant du café, Ackroyd déclara posément :

— J'ai eu un nouvel accès après le repas, récemment. Je vais encore avoir besoin de vos cachets.

Soupçonnant qu'il n'abordait ce sujet médical que pour donner le change au maître d'hôtel, j'entrai dans le jeu.

— J'y avais pensé, et j'en ai apporté.

— Ah ! ça, c'est gentil. Puis-je les avoir tout de suite ?

— Ils sont dans ma sacoche, je vais la chercher. Je l'ai laissée dans le vestibule.

Ackroyd m'arrêta d'un geste.

— Ne prenez pas cette peine, Parker s'en chargera. Voulez-vous nous apporter la sacoche du docteur, Parker ?

— Tout de suite, monsieur.

Parker se retira et j'étais sur le point de parler quand Ackroyd éleva la main.

— Non, attendez ! Je suis dans un tel état de nerfs que j'arrive à peine à me contrôler. Vous ne le voyez donc pas ?

Je ne le voyais que trop bien, et m'en inquiétais fort. Toutes sortes de pressentiments m'assaillirent, mais Ackroyd reprenait déjà la parole.

— Allez voir si cette fenêtre est bien fermée, voulez-vous ?

Quelque peu surpris, je me levai et m'approchai de la fenêtre, à guillotine celle-ci. Les épais rideaux de velours bleu étaient tirés, cachant les vitres, mais le panneau supérieur était ouvert. Je me trouvais toujours derrière les rideaux quand Parker revint avec ma sacoche.

— Tout est en ordre, affirmai-je en réapparaissant de l'autre côté.

— Vous avez bien mis le loquet ?

— Mais oui. Voyons, Ackroyd, que se passe-t-il ?

Parker venait de refermer la porte derrière lui, sans quoi je n'aurais jamais posé cette question. Ackroyd n'en resta pas moins un bon moment silencieux avant de répondre. Une minute exactement.

— J'endure l'enfer, dit-il alors d'une voix lente. Non, oubliez ces maudits cachets. Je n'en parlais que pour Parker, les domestiques sont si curieux ! Venez ici et asseyez-vous. La porte aussi est bien fermée, n'est-ce pas ?

— Mais oui, rassurez-vous. Personne ne peut nous épier.

— Sheppard, personne ne sait ce que j'ai enduré depuis vingt-quatre heures. Si jamais homme a vu son univers s'écrouler sur lui, c'est bien moi. Cette histoire de Ralph est la goutte d'eau qui fait déborder le vase, mais pour l'instant, passons. Le pire c'est... c'est l'autre. L'autre ! Je ne vois aucune solution... Or, il faut que je prenne une décision — et vite.

— Mais que se passe-t-il ?

Ackroyd garda le silence pendant une minute ou

deux, comme s'il lui en coûtait de parler. Quand il commença, ce fut par une question qui me laissa pantois. C'était la dernière chose à laquelle je m'attendais.

— Sheppard, vous avez soigné Ashley Ferrars durant sa dernière maladie, n'est-ce pas ?

— En effet.

Il sembla éprouver encore plus de difficulté à formuler la question suivante.

— Avez-vous jamais soupçonné... l'idée vous a-t-elle seulement effleuré... qu'il ait pu être empoisonné ?

Pendant une bonne minute, ce fut moi qui gardai le silence, puis je me décidai. Après tout, Roger Ackroyd n'était pas Caroline.

— Je vais vous dire la vérité. À l'époque, je n'ai pas eu le moindre soupçon, mais depuis... En fait, c'est une réflexion oiseuse de ma sœur Caroline qui m'a mis cette idée en tête et... je n'ai jamais pu la chasser. Mais elle ne repose sur rien, croyez-le bien.

— Il a bel et bien été empoisonné, affirma Ackroyd.

— Par qui ? m'écriai-je.

— Par sa femme.

— Et comment le savez-vous ?

— C'est elle-même qui me l'a avoué.

— Quand cela ?

— Hier. Mon Dieu... hier ! Il me semble que c'était il y a dix ans !

J'attendis, et il reprit au bout d'un instant :

— Comprenez-moi bien, Sheppard, je vous confie ceci sous le sceau du secret, cela ne doit pas sortir d'ici. Mais ce fardeau est trop lourd pour moi, j'ai besoin de vos conseils. Comme je vous le disais, je ne sais plus quoi faire.

— Et si vous me racontiez toute l'histoire ? Il y a encore beaucoup de choses qui m'échappent. Comment Mrs Ferrars en est-elle venue à tout vous avouer ?

— Voici les faits. Il y a trois mois de cela, je lui ai demandé de m'épouser. Elle a refusé. Je suis revenu à la charge et cette fois, elle a dit oui. À condition toutefois que notre décision ne soit pas rendue publique avant la fin de son deuil. Puisque ce délai d'un an est maintenant révolu, je lui ai rendu visite hier. Je lui ai fait observer que, son deuil ayant pris fin depuis déjà trois semaines, plus rien ne nous empêchait de faire connaître nos intentions. J'avais remarqué chez elle un comportement plutôt bizarre, ces derniers jours. Et brusquement, de façon totalement inattendue, elle s'est effondrée. Elle... elle m'a tout avoué. Sa haine pour cette brute qu'était son mari, son amour croissant pour moi et la... la terrible solution qu'elle avait choisie. Le poison ! Seigneur ! Ce fut un meurtre commis de sang-froid !

Je vis la répulsion, l'horreur inscrites sur le visage d'Ackroyd, telles que Mrs Ferrars avait dû les voir, elle aussi. Ackroyd n'est pas de ces grands passionnés prêts à tout pardonner au nom de l'amour. C'est le type même du bon citoyen. Cet être foncièrement sain, honnête et respectueux des lois avait dû être horrifié par cette révélation et, sous l'effet du choc, par Mrs Ferrars elle-même.

— Oui, reprit-il d'une voix basse et monocorde, elle m'a avoué la vérité. À l'entendre, quelqu'un était au courant de tout, depuis le début. Une personne qui a grassement monnayé son silence. Et

c'est cette tension nerveuse qu'elle ne pouvait plus supporter.
— Et qui était cet homme ?
Soudain l'image de Ralph Paton et de Mrs Ferrars surgit dans ma mémoire. Je les revis tout près l'un de l'autre, leurs têtes se touchant presque, et je connus un moment d'angoisse. Et si... Non, impossible. Ralph m'avait accueilli avec une telle franchise, cet après-midi même... Non, c'était absurde.
— Elle n'a pas voulu me dire son nom, répondit Ackroyd, tout pensif. En fait, elle n'a même jamais dit s'il s'agissait d'un homme, mais naturellement...
— Naturellement, cela ne peut être qu'un homme. Et vous n'avez aucun soupçon ?
Ackroyd gémit et enfouit son visage dans ses mains.
— C'est impossible, cette seule pensée me rend fou. Non, je n'ose même pas vous avouer l'horrible soupçon qui m'a traversé l'esprit, mais il faut bien vous en parler. Certains de ses propos m'ont fait penser que la personne en question vivait sous mon propre toit, mais cela ne se peut pas. J'ai dû me méprendre sur le sens de ses paroles.
— Et que lui avez-vous dit ?
— Que pouvais-je dire ? Elle a bien vu quel choc terrible cela avait été pour moi. Et je me trouvais en face d'un cruel dilemme : où était mon devoir ? Elle avait fait de moi son complice après coup, comprenez-vous ? Et je crois qu'elle s'en est rendu compte bien avant que je n'en prenne conscience moi-même. J'étais sans réaction. Elle m'a demandé vingt-quatre heures et m'a fait promettre de ne rien faire jusque-là. Mais elle refusait énergiquement de me livrer le nom du scélérat qui l'avait fait chanter.

Elle avait peur que je n'aille tout droit lui casser la figure, j'imagine, ce qui l'eût perdue. Elle m'a assuré que j'aurais de ses nouvelles avant que les vingt-quatre heures ne soient écoulées. Mon Dieu ! Je vous le jure, Sheppard, l'idée ne m'a pas effleuré qu'elle songeait à se suicider. Et c'est moi qui l'y ai poussée !

— Mais non, ne noircissez pas les choses. Vous n'êtes aucunement responsable de sa mort.

— Et maintenant, que dois-je faire ? La pauvre femme est morte, à quoi bon réveiller le passé ?

— À quoi bon, en effet ? Je partage votre point de vue.

— Mais il y a autre chose. Comment mettre la main sur le misérable qui a causé sa mort aussi sûrement que s'il l'avait tuée de ses propres mains ? Il savait tout du premier crime et s'est jeté sur sa proie comme un ignoble vautour. Elle a payé sa dette. Mais lui, va-t-on le tenir quitte de la sienne ?

— Vous voulez sa tête ? dis-je d'une voix lente. Cela va faire marcher les langues, sachez-le.

— Je sais, j'y ai pensé. Et j'ai longuement hésité.

— Le gredin doit être puni, je vous l'accorde. Mais il faut songer aux risques.

Ackroyd se leva, arpenta la pièce de long en large et replongea dans son fauteuil.

— Très bien, Sheppard, je crois que je vais m'en tenir là. Si aucun message ne me parvient de sa part, nous laisserons les morts dormir en paix.

Je dressai l'oreille.

— Comment cela, un message de sa part ?

— J'ai l'impression très nette qu'avant de... de partir, elle s'est arrangée pour m'en laisser un. Ne me demandez pas pourquoi, mais c'est ainsi.

— Mais elle n'a laissé ni lettre, ni rien de ce genre ?
— Je suis sûr que si, Sheppard. Et quelque chose me dit qu'en choisissant la mort, elle souhaitait faire éclater la vérité, ne fût-ce que pour se venger de celui qui l'a poussée à cet acte désespéré. Je crois que si j'avais pu la voir à temps, elle m'aurait dit son nom et chargé de faire l'impossible pour la venger... Croyez-vous aux intuitions ? ajouta-t-il en me regardant bien en face.
— Eh bien... oui. Dans une certaine mesure. Et si vraiment elle vous a écrit...

Je m'interrompis : la porte s'ouvrait, sans un bruit. Parker entra, portant un plateau chargé de lettres qu'il tendit à Ackroyd.

— Le courrier du soir, monsieur.

Sur ce, il rassembla nos tasses et se retira.

Mon attention, un instant détournée, se reporta sur Ackroyd. Pétrifié, il fixait d'un œil hagard une longue enveloppe bleue. Il avait laissé tomber les autres lettres sur le tapis.

— Son écriture ! dit-il dans un souffle. Elle a dû sortir poster ceci hier soir, juste avant de... avant de...

Il déchira l'enveloppe, en retira une épaisse liasse de feuillets et me lança un regard aigu.

— Vous êtes sûr d'avoir bien fermé la fenêtre ?
— Certain, répondis-je, étonné. Pourquoi ?
— Toute la soirée, j'ai eu la sensation bizarre d'être observé, épié. Mais qu'est-ce que...

Il se retourna brusquement, et moi de même. Nous avions tous deux cru entendre jouer très doucement la poignée de la porte. Je me levai et allai ouvrir : il n'y avait personne.

— Ce sont mes nerfs, murmura Ackroyd.

Il déplia les épais feuillets et commença à lire d'une voix sourde :

Mon cher, très cher Roger,
Une vie se paie d'une autre vie. Je le sais, je l'ai lu dans vos yeux cet après-midi. Aussi vais-je prendre la seule issue qui s'offre à moi. Je vous laisse le soin de châtier la personne qui, depuis un an, a fait de ma vie un enfer. Cet après-midi, je n'ai pas voulu vous dire son nom, mais maintenant je vais le faire. Je n'ai ni enfants ni proches parents à ménager, aussi ne craignez pas de publier la vérité. Et si vous le pouvez, Roger, mon très cher Roger, pardonnez-moi le tort que j'allais vous causer, puisque, le moment venu, je n'ai pas pu m'y résoudre...

Sur le point de tourner la page, Ackroyd s'interrompit.

— Pardonnez-moi, Sheppard, dit-il d'une voix mal assurée, mais je dois poursuivre cette lecture en privé. Ces lignes ont été écrites pour moi, et pour moi seul.

Il remit la lettre dans l'enveloppe et la posa sur la table.

— Je la lirai plus tard, quand je serai seul.

— Non ! m'écriai-je impulsivement. Lisez-la maintenant.

Ackroyd me jeta un regard surpris et je me sentis rougir.

— Je vous demande pardon, je ne parlais pas de la lire à haute voix, non. Je voulais dire : avant que je parte.

Ackroyd secoua la tête.

— Non, j'aime mieux attendre.

Mais, sans bien savoir pourquoi moi-même, j'insistai de plus belle :

— Lisez au moins le nom de cet homme !

Mais Ackroyd est aussi têtu qu'une mule. Plus vous le poussez à agir et plus il s'y refuse. Tous mes arguments restèrent vains.

La lettre lui avait été remise à 9 heures moins 20. Il ne l'avait toujours pas lue quand je le quittai, à 9 heures moins 10 exactement. J'hésitai un instant sur le seuil, la main sur la poignée, et me retournai en me demandant si je n'oubliais rien. Non, apparemment. Je n'avais plus rien à faire ici. Résigné, je quittai la pièce et refermai la porte derrière moi.

Je sursautai en me retrouvant nez à nez avec Parker. Il parut gêné, ce qui me fit penser qu'il avait fort bien pu écouter à la porte. Quel déplaisant personnage, ce Parker, avec son visage adipeux, bouffi de suffisance. Je lui trouvai décidément l'air chafouin.

— Mr Ackroyd ne veut être dérangé sous aucun prétexte, déclarai-je avec froideur. Il m'a chargé de vous le dire.

— Très bien, monsieur. Je... j'avais cru entendre sonner.

Ce mensonge était tellement gros que je ne me donnai même pas la peine de répondre. Parker me précéda dans le hall, m'aida à enfiler mon pardessus et je sortis dans la nuit. La lune s'était cachée, tout semblait plongé dans l'obscurité et le silence. Quand je franchis la grille du parc, l'horloge du clocher égrena neuf coups. Je tournai à gauche, en direction du village, et faillis entrer en collision avec un homme qui arrivait en sens inverse. Il s'adressa à moi d'une voix enrouée :

— Pardon, m'sieur. Fernly Park, c'est bien par là ?

Je le dévisageai. Il avait rabattu son chapeau sur ses yeux et relevé le col de son manteau. Je ne voyais presque pas son visage, mais il me parut jeune. Sa voix était rude et vulgaire.

— Vous êtes à la grille du parc, l'informai-je.

— Merci bien, m'sieur.

Il s'interrompit et, sans nécessité aucune, ajouta :

— C'est que j'suis pas du coin, voyez-vous.

Il reprit sa route et je me retournai sur lui, pour le voir entrer dans le parc. Sa voix me semblait étrangement familière. Elle me rappelait quelqu'un... mais qui ?

Dix minutes plus tard, j'avais regagné mes pénates. Caroline brûlait de savoir pourquoi je rentrais si tôt, et je dus m'exécuter. Je lui fis un compte rendu légèrement transposé de ma soirée, et j'eus la sensation inconfortable qu'elle n'en était pas dupe.

À 10 heures, je me levai, bâillai et proposai que nous allions nous coucher. Caroline m'approuva.

Nous étions vendredi et, chaque vendredi soir, je remonte les pendules. Je les remontai donc, pendant que Caroline vérifiait si les domestiques avaient bien fermé la porte de la cuisine. Il était 10 heures et quart quand nous nous engageâmes dans l'escalier. À peine étais-je sur le palier que la sonnerie du téléphone retentit dans le vestibule.

— C'est Mrs Bates, décréta aussitôt Caroline.

— J'en ai peur, commentai-je d'un ton morose.

Je dévalai les marches et décrochai le combiné.

— Quoi ? Que dites-vous ? Mais certainement, j'arrive tout de suite !

Je remontai quatre à quatre, empoignai ma sacoche et y entassai quelques pansements supplémentaires, tout en criant à Caroline :

— C'était Parker qui appelait de Fernly. On vient de trouver Roger Ackroyd assassiné !

5
LE MEURTRE

Je sortis ma voiture du garage en un temps record et me précipitai à Fernly, où je ne fis qu'un bond jusqu'à la sonnette. Comme on tardait à répondre, je sonnai une seconde fois.

J'entendis cliqueter la chaîne, la porte s'ouvrit et Parker s'encadra dans l'embrasure, figé dans son impassibilité coutumière. Je l'écartai et pénétrai dans le hall.

— Où est-il ? m'écriai-je d'un ton pressant.
— Je vous demande pardon, monsieur ?
— Où est votre maître ? Mr Ackroyd ? Ne restez pas planté là à me regarder, voyons ! Avez-vous averti la police ?

Parker ouvrait des yeux ronds comme s'il avait vu un fantôme.

— La police, monsieur ? Comment cela, la police ?
— Mais enfin, Parker, que vous arrive-t-il ? Si, comme vous le dites, votre maître a été assassiné...

Le domestique émit un hoquet de surprise.

— Monsieur, assassiné ? C'est impossible, docteur !

Ce fut à mon tour de le dévisager.

— Ne m'avez-vous pas appelé, il y a moins de cinq minutes, pour m'annoncer qu'on venait de trouver le corps de Mr Ackroyd ?

— Moi, monsieur ? Certainement pas ! Je n'aurais jamais fait une chose pareille !

— Dois-je comprendre qu'il s'agit d'une mauvaise plaisanterie ? Qu'il n'est rien arrivé à Mr Ackroyd ?

— Excusez-moi, monsieur. Votre correspondant s'est-il présenté sous mon nom ?

— Je vais vous répéter mot à mot ce qui m'a été dit : « Dr Sheppard ? Ici Parker, le maître d'hôtel de Fernly. Voudriez-vous venir tout de suite, docteur ? Mr Ackroyd a été assassiné. »

Parker et moi nous dévisageâmes, totalement déconcertés. Et sa voix eut un accent horrifié quand il retrouva la parole :

— Une plaisanterie de bien mauvais goût, monsieur. Comment peut-on inventer une chose pareille !

— Où est Mr Ackroyd ? demandai-je tout à trac.

— Toujours dans son bureau, je suppose, monsieur. Ces dames sont montées se coucher, et le major Blunt est dans la salle de billard, avec Mr Raymond.

— Je vais juste aller le voir un instant, annonçai-je. Je sais qu'il ne veut plus être dérangé mais tout ceci est bizarre, je ne suis pas tranquille. Je veux simplement m'assurer que tout va bien.

— Mais certainement, monsieur, et je partage votre inquiétude. Voyez-vous un inconvénient à ce

que je vous accompagne jusqu'à la porte, monsieur ?
— Aucun. Suivez-moi.

Parker sur mes talons, je franchis une porte et traversai le petit vestibule d'où partaient les quelques marches menant à la chambre d'Ackroyd, puis je frappai à la porte de son cabinet de travail. Pas de réponse. Je tournai la poignée, mais la porte était fermée à clé.

— Si monsieur veut me permettre...

Avec une agilité surprenante pour un homme de sa corpulence, Parker se laissa tomber sur un genou et appliqua son œil au trou de la serrure.

— La clé est à l'intérieur, monsieur, annonça-t-il en se relevant. Mr Ackroyd a dû s'enfermer et s'endormir, on dirait.

Je me penchai et pus vérifier que c'était bien le cas.

— Tout paraît normal, constatai-je, mais je vais quand même réveiller votre maître, Parker. Je ne pourrai pas rentrer tranquille avant de l'avoir entendu me dire lui-même que tout va bien.

Ce disant, je secouai la poignée et appelai :

— Ackroyd ! Ackroyd, puis-je entrer un instant ?

N'obtenant toujours pas de réponse, je jetai un coup d'œil par-dessus mon épaule et déclarai d'un ton hésitant :

— Je ne tiens pas à affoler toute la maison.

Parker s'éloigna et alla fermer la porte de communication avec le hall d'entrée.

— Cela devrait suffire, monsieur. Le billard, les cuisines et les chambres de ces dames sont de l'autre côté de la maison.

Je l'approuvai d'un signe de la tête et, cette fois,

ébranlai la porte à grands coups. Puis je me baissai et criai, ou plutôt hurlai par le trou de serrure :
— Ackroyd ! Ackroyd, c'est Sheppard. Ouvrez-moi !

Toujours le même silence, pas le moindre signe de vie. Mon regard croisa celui du maître d'hôtel.
— Écoutez, Parker. Je vais enfoncer cette porte, c'est-à-dire... avec votre aide. J'en prends la responsabilité.
— Si monsieur le juge nécessaire..., répondit-il sans conviction.
— Plus que nécessaire : indispensable. Je suis sérieusement inquiet pour Mr Ackroyd.

Mon regard balaya la petite antichambre et s'arrêta sur une lourde chaise de chêne. Parker et moi la soulevâmes comme un bélier et nous élançâmes d'un même élan. À trois reprises, nous la projetâmes contre la serrure. Au troisième coup, celle-ci céda, et nous fûmes précipités dans la pièce.

Ackroyd était assis là où je l'avais laissé, dans un fauteuil, devant la cheminée. Sa tête retombait sur le côté et, tout près du col de sa veste, on distinguait nettement un objet de métal, courbe et luisant.

Parker et moi nous approchâmes du corps affaissé, et j'entendis le maître d'hôtel inspirer bruyamment.
— Poignardé par-derrière, murmura-t-il. Quelle horreur !

Il essuya son front moite avec son mouchoir et tendit vivement la main vers le manche du poignard.
— N'y touchez pas ! m'écriai-je. Appelez immédiatement le poste de police. Racontez-leur ce qui

vient de se passer, puis prévenez Mr Raymond et le major Blunt.
— Très bien, monsieur.
Tamponnant toujours son front, Parker s'éloigna précipitamment et je fis le peu qu'il y avait à faire, prenant grand soin de ne pas déplacer le corps ni de toucher au poignard. Le retirer n'eût d'ailleurs servi à rien, il était clair que Roger Ackroyd était mort depuis un bon moment. Soudain une voix me parvint du couloir, à la fois horrifiée et incrédule : celle de Raymond, le jeune secrétaire.
— Que dites-vous ? Non, c'est impossible ! Où est le docteur ?
Il se montra sur le seuil et s'arrêta tout net, pâle comme un linge. Puis une main l'écarta et Hector Blunt passa devant lui.
— Mon Dieu ! fit la voix de Raymond, dans son dos. C'est donc vrai.
Blunt alla droit au fauteuil et se pencha sur le cadavre. Je crus qu'il allait tenter de retirer le poignard, lui aussi, et je le retins d'un geste ferme.
— Rien ne doit être déplacé, expliquai-je. La police doit trouver le corps dans la position où nous l'avons découvert.
Il m'adressa un bref signe d'intelligence. Ses traits conservaient leur impassibilité coutumière, mais je crus déceler une trace d'émotion sous ce masque d'indifférence. Geoffrey Raymond nous avait rejoints et regardait le corps par-dessus l'épaule du major.
— C'est terrible, murmura-t-il d'une voix sourde.
Il avait recouvré son calme mais, quand il ôta son pince-nez pour en essuyer les verres, je vis trembler sa main.

— Il doit s'agir d'un cambriolage, observa-t-il. Mais comment le malfaiteur est-il entré ? Par la fenêtre ? A-t-on volé quelque chose ?

Comme il s'approchait du bureau, je demandai en pesant bien mes mots :

— Ainsi, pour vous, le vol serait le mobile du crime ?

— En voyez-vous un autre ? Le suicide est hors de question, j'imagine ?

— Aucun homme ne pourrait se poignarder lui-même de cette manière. Il s'agit donc bien d'un meurtre, mais comment l'expliquer ?

— Roger n'avait pas un seul ennemi, déclara le major. Le coupable est sans doute un cambrioleur, mais que cherchait-il ? Apparemment, rien n'a été dérangé.

Il balayait la pièce du regard. Quant à Raymond, il était toujours occupé à inventorier les papiers du bureau.

— On dirait qu'il ne manque rien, et aucun des tiroirs ne semble avoir été forcé, annonça-t-il enfin. C'est un mystère.

— Il y a quelques lettres par terre, observa Blunt.

Je suivis son regard. Trois ou quatre enveloppes étaient restées là où Ackroyd les avait laissées tomber, un peu plus tôt dans la soirée. Mais celle qui avait contenu la lettre de Mrs Ferrars, la bleue, avait disparu. J'ouvrais déjà la bouche pour parler quand un carillon retentit à travers toute la maison. Un bruit de voix confus monta du hall et Parker arriva, flanqué de l'inspecteur de la police locale et d'un agent.

— Bonsoir, messieurs, commença l'inspecteur. Je suis navré d'apprendre ce qui s'est passé. Mr Ac-

kroyd était un homme si bon ! Le maître d'hôtel m'a parlé d'un meurtre. Ne peut-il s'agir d'un accident ou d'un suicide, docteur ?
— Absolument pas.
— Ah ! Vilaine affaire !
Il s'approcha du corps et s'enquit d'un ton bref :
— On ne l'a pas déplacé ?
— Absolument pas. Je ne l'ai touché que pour m'assurer qu'il n'y avait plus rien à faire, ce qui n'était pas difficile à découvrir.
— Bien ! Tout porte à croire, du moins pour l'instant, que l'assassin a pris la fuite. Maintenant, racontez-moi tout. Qui a découvert le corps ?
Je lui exposai les faits en détail.
— Un appel téléphonique, dites-vous ? Du maître d'hôtel ?
— Cet appel ne provenait pas de moi, protesta énergiquement Parker. Je ne me suis pas approché du téléphone de toute la soirée, les autres domestiques pourront vous le confirmer.
— Voilà qui est étrange. Avez-vous cru reconnaître la voix de Parker, docteur ?
— Eh bien... c'est difficile à dire. Je ne me suis même pas posé la question.
— Cela va de soi. Donc, vous êtes arrivé, vous avez défoncé la porte et découvert le pauvre Mr Ackroyd dans cet état. Depuis combien de temps était-il mort, à votre avis, docteur ?
— Au moins une demi-heure... peut-être plus.
— La porte était fermée de l'intérieur, dites-vous ? Et la fenêtre ?
— Je l'avais moi-même fermée au loquet un peu plus tôt dans la soirée, sur la demande de Mr Ackroyd.

L'inspecteur traversa la pièce et alla ouvrir les rideaux.

— En tout cas, constata-t-il, maintenant, elle est ouverte.

En effet, la fenêtre était ouverte, le châssis inférieur remonté au maximum. L'inspecteur tira une lampe-torche de sa poche et en promena le faisceau sur l'entablement extérieur.

— C'est bien par là que l'assassin est sorti... et même entré. Regardez, là !

Dans le rayon puissant de sa torche apparaissaient plusieurs empreintes, nettement visibles. Leur dessin caractéristique était celui de semelles de caoutchouc. L'une d'elles, particulièrement nette, avait la pointe tournée vers l'intérieur de la pièce. Une autre, en sens inverse, la recouvrait en partie.

— C'est clair comme le jour, commenta l'inspecteur. Des objets de valeur auraient-ils disparu ?

Geoffrey Raymond secoua la tête.

— Pas à ma connaissance. Mr Ackroyd ne gardait rien de spécialement précieux, dans cette pièce.

— Hum ! fit l'inspecteur. L'homme a trouvé la fenêtre ouverte, l'a enjambée, a vu Mr Ackroyd assis ici-même — peut-être endormi, qui sait ? — et l'a frappé par-derrière. Puis, perdant la tête, il s'est enfui, non sans laisser des traces évidentes de son passage. Nous ne devrions pas avoir beaucoup de mal à lui mettre la main dessus. Aucun inconnu suspect n'a été vu dans les parages ?

— Oh ! m'exclamai-je subitement.

— Qu'y a-t-il, docteur ?

— J'ai rencontré quelqu'un ce soir en sortant du

parc. Un homme. Il m'a demandé le chemin de Fernly.
— À quelle heure ?
— 21 heures précises, j'ai entendu sonner au clocher du village.
— Pourriez-vous nous le décrire ?
Je m'y employai de mon mieux et l'inspecteur se tourna vers le maître d'hôtel.
— Quelqu'un répondant à ce signalement se serait-il présenté à l'entrée principale ?
— Non, monsieur, il n'est venu personne ce soir.
— À la porte de service non plus ?
— Je ne crois pas, monsieur, mais je vais me renseigner.
Parker s'éloignait déjà quand l'inspecteur l'arrêta d'un geste :
— C'est inutile, merci, je m'en chargerai moi-même. Mais avant tout, je tiens à examiner cette question d'heure d'un peu plus près. Quand Mr Ackroyd a-t-il été vu en vie pour la dernière fois ?
— Probablement par moi, quand je l'ai quitté, avançai-je. À... voyons... environ 9 heures moins 10. Il m'a dit qu'il ne voulait pas être dérangé, et j'ai transmis la consigne à Parker.
— En effet, monsieur, confirma respectueusement ce dernier.
— Je suis certain que Mr Ackroyd était encore vivant à 21 heures 30, intervint Raymond. Je l'ai entendu parler.
— Et à qui parlait-il ?
— Cela, je l'ignore. Mais sur le moment, j'ai tout naturellement supposé qu'il se trouvait encore en compagnie du Dr Sheppard. Je voulais lui poser une question relative à certains documents que

j'étudie, mais en entendant des voix, je me suis rappelé qu'il avait exprimé le désir de s'entretenir avec le docteur sans être dérangé. Je suis donc revenu sur mes pas. Si je comprends bien, le docteur était déjà parti ?
Je fis un signe d'assentiment.
— Je suis arrivé chez moi à 21 heures 15 et ne suis ressorti qu'après avoir reçu cet appel.
— Qui donc se trouvait avec lui à 21 heures 30 ? questionna l'inspecteur. Pas vous, monsieur... heu...
— Major Blunt, annonçai-je.
La voix de l'inspecteur se nuança de respect.
— Le major *Hector* Blunt ?
L'interpellé se contenta de hocher la tête.
— Il me semble que vous êtes déjà venu chez nous, monsieur, reprit l'inspecteur. Sur le moment, je ne vous ai pas reconnu, mais vous étiez l'hôte de Mr Ackroyd en mai dernier.
— Juin, rectifia Blunt.
— En juin, c'est cela. Et pour en revenir à ma question, ce n'était pas vous qui vous trouviez ce soir à 21 heures 30 avec Mr Ackroyd ?
— Non, je ne l'ai pas revu depuis le dîner.
Une fois de plus, l'inspecteur se tourna vers Raymond.
— Vous n'avez rien entendu de cette conversation, j'imagine ?
— À peine quelques mots, répondit le secrétaire. Et ils m'ont paru d'autant plus bizarres que je croyais Mr Ackroyd en compagnie du Dr Sheppard. Si mes souvenirs sont bons, voici leur teneur exacte. « Vos emprunts se sont répétés si fréquemment ces temps-ci que je crains — je cite — de ne pouvoir accéder à votre requête... » Naturellement,

je me suis retiré aussitôt et n'ai donc pas entendu la suite. Mais j'étais plutôt intrigué car le Dr Sheppard...

— N'emprunte ni pour lui ni pour personne, achevai-je.

L'inspecteur parut songeur.

— Une demande d'argent... voilà sans doute un indice important. Et vous dites, Parker, que vous n'avez fait entrer personne ce soir ?

— C'est bien cela, monsieur.

— Il est donc presque certain que Mr Ackroyd a lui-même laissé entrer cet inconnu. Mais je ne vois vraiment pas...

L'inspecteur s'absorba dans une longue rêverie. Plusieurs minutes s'écoulèrent.

— Nous avons au moins une certitude, déclara-t-il enfin, s'arrachant à ses réflexions. À 21 heures 30, Mr Ackroyd était encore en vie et en parfaite santé. À partir de cet instant, personne à notre connaissance ne l'a revu vivant.

Parker se racla la gorge, ce qui attira instantanément sur lui l'attention de l'inspecteur.

— Oui, Parker ?

— Sauf votre respect, monsieur, miss Flora l'a vu un peu plus tard.

— Miss Flora ?

— Oui, monsieur. Vers 10 heures moins le quart. Et c'est après cela qu'elle m'a dit que Mr Ackroyd ne voulait plus être dérangé.

— Était-ce lui qui l'avait chargée de ce message ?

— Pas exactement, monsieur. J'apportais un plateau avec de l'eau gazeuse et du whisky au moment où miss Flora sortait de la pièce. Elle m'a dit que son oncle désirait rester seul.

L'attention que l'inspecteur portait au maître d'hôtel s'aiguisa sensiblement.
— Ne vous avait-on pas déjà dit de ne plus déranger Mr Ackroyd ?
Les mains de Parker se mirent à trembler. Il bégaya :
— Si, si, monsieur... parfaitement, monsieur.
— Et cependant vous vous proposiez de le faire ?
— J'avais oublié, monsieur. Enfin je veux dire, c'est vers cette heure-là que j'apporte le whisky et l'eau gazeuse et que je demande à Monsieur s'il n'a plus besoin de moi. Alors je... je n'ai pas réfléchi, j'ai fait comme d'habitude.
Ce fut à cet instant que je m'avisai de l'agitation pour le moins suspecte de Parker. Il claquait des dents.
— Hum ! fit l'inspecteur. Il faut que je voie miss Ackroyd sur-le-champ. Pour l'instant, nous laisserons cette pièce exactement telle qu'elle est. Il se peut que je revienne lorsque j'aurai entendu ce que miss Ackroyd a à me dire. Je prendrai simplement la précaution de bien fermer la porte et la fenêtre.
Cela fait, l'inspecteur s'éloigna en direction du hall et nous lui emboîtâmes le pas. Il fit une brève halte devant le petit escalier et lança à l'agent par-dessus son épaule :
— Vous feriez mieux de rester ici, Jones. Ne laissez personne pénétrer dans cette pièce.
— Si je peux me permettre, monsieur, intervint respectueusement Parker. Il vous suffirait de fermer la porte qui donne sur le hall pour que personne ne puisse entrer. Cet escalier ne dessert que la chambre et la salle de bains de Mr Ackroyd, il n'existe aucune communication avec le reste de la maison.

Il y a bien eu une porte, autrefois, mais Mr Ackroyd l'a fait condamner. Il aimait se sentir chez lui.

Pour donner une idée des lieux et rendre mon récit plus clair, j'y ai joint un plan succinct de l'aile droite. Comme l'a expliqué Parker, le petit escalier mène à une chambre spacieuse — en fait, deux chambres réunies en une — jouxtant une salle de bains et un cabinet de toilette.

L'inspecteur enregistra d'un coup d'œil la disposition des lieux. Nous passâmes dans le vaste hall, il ferma la porte derrière lui et glissa la clé dans sa poche. Puis il donna à voix basse quelques instructions à l'agent, qui se prépara à partir, et expliqua à notre intention :

— Il va falloir nous occuper de ces empreintes mais, avant tout, je dois parler à miss Ackroyd. Elle est la dernière personne à avoir vu son oncle vivant. A-t-elle été prévenue ?

Raymond fit signe que non.

— Bon, laissons-lui cinq minutes de répit, rien ne presse. Elle sera plus à l'aise pour me répondre si elle n'est pas sous le choc de la mort de son oncle. Dites-lui qu'il y a eu un cambriolage et demandez-lui si elle veut bien s'habiller pour répondre à quelques questions.

Ce fut Raymond qui se chargea de faire la commission.

— Miss Ackroyd descend tout de suite, annonça-t-il en revenant. Je m'en suis tenu à ce que vous m'aviez dit.

Moins de cinq minutes plus tard, Flora descendait l'escalier, drapée dans un kimono de soie rose. Elle semblait inquiète et quelque peu émue. L'inspecteur l'aborda d'un ton courtois.

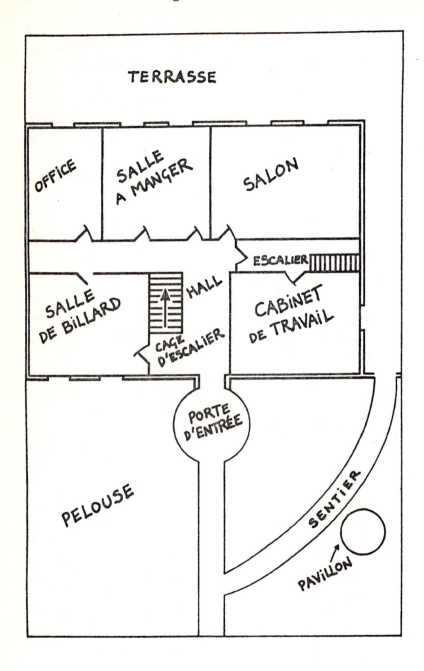

— Bonsoir, mademoiselle. Nous craignons qu'il ne se soit produit une tentative de cambriolage, et nous avons besoin de votre aide. Cette pièce, c'est bien le billard n'est-ce pas ? Entrez, et asseyez-vous.

Sans émoi apparent, Flora prit place sur le vaste canapé adossé au mur et leva les yeux vers l'inspecteur.

— Je ne comprends pas très bien. Qu'a-t-on volé, et que voulez-vous que je vous dise ?

— Simplement ceci, miss Ackroyd. Selon Parker, vous avez quitté le bureau de votre oncle vers 10 heures moins le quart. Est-ce exact ?

— Tout à fait. J'étais allée lui dire bonsoir.

— Et l'heure, est-elle exacte elle aussi ?

— Eh bien... je crois, je n'en suis pas sûre. Peut-être était-ce un peu plus tard.

— Votre oncle était-il seul ? Ou y avait-il quelqu'un auprès de lui ?

— Il était seul. Le Dr Sheppard était parti.

— Avez-vous remarqué si la fenêtre était ouverte ou fermée ?

Flora secoua la tête.

— Je ne saurais le dire. Les rideaux étaient tirés.

— Très juste. Et votre oncle semblait-il aussi calme qu'à l'ordinaire ?

— Oui, je crois.

— Voudriez-vous nous dire exactement ce qui s'est passé entre vous ?

Flora garda un instant le silence, comme si elle rassemblait ses souvenirs.

— Je suis entrée et j'ai dit : « Bonsoir, mon oncle. Je vais me coucher, je suis fatiguée, ce soir. » Il a poussé une espèce de grognement et... je suis allée l'embrasser. Ensuite il m'a complimentée sur ma robe et m'a dit de me sauver parce qu'il était occupé, ce que j'ai fait.

— A-t-il précisé qu'il ne voulait pas être dérangé ?

— Ah oui, j'oubliais ! Il a ajouté : « Préviens Parker que je n'aurai plus besoin de rien et qu'il ne doit pas me déranger. » J'ai rencontré Parker à la porte et lui ai passé la consigne.

— Parfait, commenta l'inspecteur.

— N'allez-vous pas me dire ce qui a été volé ?

— Nous... nous n'en sommes pas très sûrs, répondit l'inspecteur d'une voix hésitante.

Une lueur d'angoisse passa dans les yeux de la jeune fille. Elle bondit sur ses pieds.

— Que se passe-t-il ? Vous me cachez quelque chose.

De sa démarche souple et silencieuse, Hector Blunt vint se placer entre l'inspecteur et Flora. Elle ébaucha le geste de tendre la main et il la prit entre les siennes pour la tapoter doucement, comme il eût fait pour un enfant. Quant à elle, elle se tourna vers lui comme pour chercher dans sa force tranquille le réconfort et la sécurité.

— C'est une mauvaise nouvelle, Flora, annonça-t-il avec calme. Mauvaise pour nous tous. Votre oncle Roger...

— Eh bien ?

— Vous allez recevoir un choc. Un choc terrible. Le pauvre Roger est mort.

Flora s'écarta de lui, les yeux dilatés d'horreur.

— Quand ? chuchota-t-elle. Quand ?

— Très peu de temps après que vous l'avez quitté, dit Blunt, très grave.

Flora porta la main à sa gorge, laissa échapper un faible cri et je m'élançai pour la recevoir dans mes bras. Elle s'était évanouie, et Blunt et moi dûmes la transporter à l'étage où nous l'étendîmes sur son lit. Après quoi, j'envoyai Blunt réveiller Mrs Ackroyd et lui annoncer la nouvelle. Flora ne tarda pas à reprendre ses sens et je conduisis sa mère auprès d'elle en lui indiquant comment la soigner. Puis je redescendis en toute hâte.

6
LE POIGNARD TUNISIEN

Je me trouvai nez à nez avec l'inspecteur qui venait de sortir de l'office.
— Comment va la jeune demoiselle, docteur ?
— Beaucoup mieux. Sa mère est à son chevet.
— À la bonne heure. J'ai interrogé les domestiques, ils sont unanimes : personne n'a été vu à la porte de service ce soir. Votre description de cet inconnu est assez floue. Ne pourriez-vous me donner quelques détails plus précis ?
— Hélas non ! dis-je d'un ton navré, il faisait bien trop noir. L'homme avait relevé le col de son manteau et rabattu le bord de son chapeau.
— Hum ! fit l'inspecteur. Il voulait dissimuler son visage, apparemment. Vous êtes vraiment sûr de ne l'avoir pas reconnu ?
Je répondis par la négative, mais avec un certain manque de conviction. Cette voix m'avait semblé vaguement familière. Non sans hésitation, je fis part de mon impression à l'inspecteur.
— Une voix rude et vulgaire, dites-vous ?
J'acquiesçai, mais la pensée m'effleura que cette

rudesse de ton était presque trop marquée. Si, comme le pensait l'inspecteur, l'homme avait cherché à dissimuler ses traits, il pouvait tout aussi bien avoir tenté de déguiser sa voix.

— Cela vous dérangerait-il de retourner avec moi dans le cabinet de travail, docteur ? J'ai une ou deux choses à vous demander.

J'y consentis et l'inspecteur Davis ouvrit la porte de communication, puis la referma à clé derrière nous.

— Évitons les importuns et les indiscrets, déclara-t-il d'un ton grave et résolu. Alors ?... que signifie cette histoire de chantage ?

— Un chantage ! m'exclamai-je en sursautant.

— Est-ce un effet de l'imagination de Parker ou y a-t-il quelque chose là-dessous ?

— Si Parker a entendu parler de chantage, énonçai-je avec lenteur, c'est qu'il avait l'oreille collée à la serrure.

— Rien de plus probable. Voyez-vous, j'ai mené ma petite enquête sur ses occupations pendant la soirée. Pour être franc, je n'aime pas son attitude. Cet homme sait quelque chose. Quand j'ai commencé à l'interroger, il a senti d'où venait le vent et monté de toutes pièces cette histoire de chantage.

Je pris mon parti sur-le-champ.

— Je ne suis pas fâché que vous abordiez la question, inspecteur. Après beaucoup d'hésitations, j'avais décidé de tout vous dire et n'attendais plus qu'une occasion. La voici.

Je lui fis alors un compte rendu détaillé des événements de la soirée, en tous points conforme à celui que j'ai consigné précédemment. Il m'écouta avec beaucoup d'attention, m'arrêtant de temps à autre pour me poser une question.

— C'est l'histoire la plus extraordinaire que j'aie jamais entendue, déclara-t-il quand j'eus achevé mon récit. Et vous dites que cette lettre a disparu ? Cela s'annonce mal, vraiment très mal. Nous avons maintenant ce que nous cherchions : le mobile du crime.

— Je m'en rends compte.

— Et Mr Ackroyd aurait laissé entendre qu'il soupçonnait un membre de son entourage ? Cela nous laisse le choix !

— Ne pourrait-il s'agir de Parker lui-même ? suggérai-je.

— Cela m'en a tout l'air. Il écoutait à la porte quand vous êtes sorti, c'est flagrant. Un peu plus tard, miss Ackroyd le surprend au moment où il se proposait d'entrer dans la pièce. Imaginons qu'après son départ il ait renouvelé sa tentative. Il poignarde Ackroyd, ferme la porte à clé de l'intérieur, ouvre la fenêtre pour s'enfuir et contourne la maison jusqu'à une porte latérale qu'il a pris soin de laisser ouverte. Cela se tient, non ?

— Presque, mais il reste un détail qui me chiffonne, dis-je d'un ton rêveur. Si Ackroyd avait repris sa lecture après mon départ, comme il en avait l'intention, je serais fort étonné qu'il soit resté les bras ballants à réfléchir pendant une heure. Il aurait immédiatement fait venir Parker pour le confondre, l'aurait traité de tous les noms, et tout ceci à grand tapage. Il était plutôt irascible, rappelez-vous.

— Il n'avait peut-être pas encore eu le temps de lire la lettre jusqu'au bout, suggéra l'inspecteur.

Nous savons qu'il n'était pas seul à 21 heures 30. Si son visiteur est arrivé sur vos talons, et si, juste après son départ, miss Ackroyd est venue dire bonsoir à son oncle, il ne devait pas être loin de 22 heures quand il a pu reprendre sa lecture.
— Et le coup de téléphone ?
— Il avait été donné par Parker, bien entendu. Il a dû appeler avant de réfléchir à ce problème de porte fermée et de fenêtre ouverte. Puis il a changé d'avis, ou s'est affolé, et a décidé de tout nier. Voilà les faits, aucun doute là-dessus.
— Hum !... oui..., acquiesçai-je sans conviction.
— De toute façon, nous pourrons savoir ce qu'il en est par le central. Si l'appel vient d'ici, il ne peut émaner que de Parker. Aucun doute, je vous dis, c'est notre homme. Mais gardez ça pour vous, il ne s'agit pas d'éveiller sa méfiance avant d'avoir toutes les preuves en main. Je ne tiens pas à ce qu'il nous file entre les doigts, aussi ferons-nous semblant d'orienter l'enquête sur le mystérieux inconnu.

Perché à califourchon sur la chaise du bureau, l'inspecteur se leva pour aller observer le mort dans son fauteuil.

— L'arme devrait nous fournir un indice, déclara-t-il en levant les yeux, elle n'est vraiment pas ordinaire. Une pièce unique, semble-t-il.

Il se pencha pour examiner le manche et je l'entendis pousser un grognement de satisfaction. Puis, avec une grande délicatesse, il exerça une pression des deux mains sous la garde et retira la lame de la blessure. Après quoi, prenant toujours grand soin de ne pas toucher la poignée, il alla déposer l'arme dans une grande coupe de porcelaine qui trônait sur la cheminée et reprit en hochant la tête :

— Oui, c'est vraiment une œuvre d'art comme on ne doit pas en rencontrer souvent.

Certes, l'arme était superbe, avec sa lame étroite et effilée, et sa poignée curieusement ciselée où s'entrelaçaient des motifs de différents métaux. Un chef-d'œuvre d'artisanat ! L'inspecteur en éprouva légèrement le fil du bout du doigt et eut une grimace admirative.

— Bigre, quel tranchant ! Un enfant vous planterait ça dans le corps d'un homme aussi facilement que dans du beurre. Un genre de jouet qu'il vaut mieux ne pas laisser traîner !

— Puis-je examiner le corps d'un peu plus près, maintenant ?

— Allez-y.

Je m'absorbai dans une inspection minutieuse.

— Alors ? s'enquit l'inspecteur lorsque j'eus terminé.

— Je vous fais grâce du jargon médical, annonçai-je. Réservons-le pour l'enquête. L'homme qui a porté le coup était droitier et se tenait derrière la victime. La mort a dû être instantanée et sans doute tout à fait imprévue, à voir l'expression du malheureux. Il est probablement mort sans savoir qui était son agresseur.

— Les maîtres d'hôtel ont l'art de s'approcher sans bruit, tout comme les chats, commenta l'inspecteur Davis. Et l'énigme ne sera pas très difficile à résoudre. Tenez, jetez un coup d'œil sur le manche de ce poignard.

Je l'examinai.

— Sans doute ne les voyez-vous pas, mais moi si,

et même très bien. Des *empreintes digitales*, ajouta-t-il en baissant la voix.

Et il recula de quelques pas, pour mieux juger de l'effet produit sur moi.

— En effet, confirmai-je avec flegme. Je m'y attendais un peu.

Je ne vois pas pourquoi je devrais passer pour un débile mental. Je lis les journaux, et même des romans policiers, et je ne suis pas plus bête qu'un autre. Mon attitude eût été toute différente si nous avions trouvé des empreintes de doigts de pied. En l'occurrence, la surprise eût été de mise, et même un certain respect.

L'inspecteur dut être déçu par mon manque d'enthousiasme. Il reprit la coupe de porcelaine et m'invita à le suivre dans la salle de billard.

— Voyons si Mr Raymond peut nous apprendre quelque chose au sujet de ce poignard, dit-il en refermant la porte de communication derrière nous.

Il y donna un tour de clé et nous prîmes le chemin de la salle de billard où nous trouvâmes Geoffrey Raymond. L'inspecteur exhiba sa pièce à conviction.

— Avez-vous déjà vu cet objet, Mr Raymond ?

— Eh bien, je crois... je suis même presque certain que c'est un cadeau du major Blunt à Mr Ackroyd. Une pièce de collection qui provient du Maroc... non, de Tunisie. Alors, voici l'arme du crime ? Incroyable ! Cela semble impossible et pourtant, il n'existe sûrement pas deux poignards identiques. Puis-je aller chercher le major Blunt ?

Sur ce, Raymond s'éclipsa sans attendre la réponse.

— Charmant jeune homme, observa l'inspecteur. Il a quelque chose d'honnête et d'ingénu.

J'en convins. Depuis deux ans que Geoffrey Raymond était le secrétaire d'Ackroyd, je ne l'avais jamais vu perdre son calme ni montrer la moindre humeur. Et son travail avait été, je le savais, on ne peut plus satisfaisant.

Il ne tarda pas à reparaître, accompagné du major Blunt, et s'écria avec émotion :

— J'avais raison, c'est bien le poignard tunisien !

— Mais le major ne l'a pas encore regardé, objecta l'inspecteur.

— Je l'ai vu dès que je suis entré dans le cabinet de travail, dit Blunt avec son flegme habituel.

— Et vous l'avez reconnu ?

Hochement de tête du major.

— Mais vous ne l'avez pas dit, releva l'inspecteur, soupçonneux.

— Ce n'était pas le moment. On peut faire beaucoup de mal en parlant trop vite.

L'inspecteur soutint quelques instants le regard tranquille du major, puis se détourna en grommelant et alla chercher le poignard.

— Vous le reconnaissez formellement, monsieur ? Vous êtes bien sûr de vous ?

— Tout à fait. Aucun doute.

— Et savez-vous où l'on rangeait d'habitude ce... cet objet rare ? Pouvez-vous me le dire, monsieur ?

Ce fut le secrétaire qui répondit.

— Dans la vitrine du salon.

— Quoi !

Tous les regards convergèrent sur moi et l'inspecteur demanda d'un ton encourageant :

— Oui, docteur ?

— ....

— Eh bien ? dit-il encore, toujours encourageant.

— C'est que... c'est si peu de chose, expliquai-je en manière d'excuse. Mais hier soir, quand je suis arrivé pour dîner, j'ai entendu un bruit dans le salon. Le couvercle de la vitrine qu'on refermait.

L'expression de l'inspecteur trahit un profond scepticisme, et même une certaine méfiance.

— Comment savez-vous qu'il s'agissait de ce couvercle ?

Contraint de m'expliquer, je me lançai dans un récit détaillé, interminable et fastidieux, dont je me serais bien passé. L'inspecteur m'écouta jusqu'au bout, puis demanda :

— Lorsque vous avez examiné les bibelots, le poignard était-il toujours à sa place ?

— Je n'en sais rien, je ne me souviens pas de l'avoir remarqué. Mais il pouvait très bien s'y trouver, naturellement.

— Nous ferions mieux d'appeler la gouvernante, fit observer l'inspecteur en tirant le cordon de la sonnette.

Quelques minutes plus tard, mandée par les soins de Parker, miss Russell entra dans la pièce.

— Je ne crois pas m'être approchée de cette vitrine, répondit-elle à la question de l'inspecteur. Je vérifiais la fraîcheur des bouquets. Ah, si ! Je me rappelle, maintenant. La vitrine était ouverte, sans aucune raison d'ailleurs, et je l'ai refermée en passant.

Elle toisa l'inspecteur d'un air agressif, et il reprit :

— Je vois. Et pouvez-vous me dire si ce poignard était à sa place à ce moment-là ?

Miss Russell regarda l'arme d'un œil tranquille.

— Je ne puis vous l'affirmer, je n'ai pas pris le temps de m'y arrêter. Ces dames allaient descendre et je ne tenais pas à me trouver là.

— Je vous remercie.

Une imperceptible hésitation nuança la voix de l'inspecteur, comme s'il se réservait de poser d'autres questions, mais miss Russell prit cette réponse pour une invitation à se retirer et s'éclipsa. Il la regarda disparaître et observa :

— Pas commode, on dirait. Bon, récapitulons. Cette vitrine se trouve en face de l'une des fenêtres avez-vous dit, docteur ?

Raymond répondit pour moi :

— Oui, devant la porte-fenêtre de gauche.

— Laquelle était ouverte ?

— Elles étaient entrouvertes, toutes les deux.

— Bon, je ne crois pas nécessaire de creuser davantage la question pour l'instant. N'importe qui — je dis bien n'importe qui — a pu prendre cette arme quand il lui plaisait, et le moment n'a d'ailleurs aucune importance. Je reviendrai demain matin avec le commissaire, Mr Raymond. Jusque-là, je conserve la clé de cette porte. Je tiens à ce que le colonel Melrose trouve chaque chose à sa place actuelle, très exactement. J'ai appris par hasard qu'il dînait à l'autre bout du comté, où je suppose qu'il passera la nuit...

Il s'empara du vase sous notre regard attentif et déclara :

— Il faut que j'emballe ceci soigneusement, ce sera une pièce à conviction capitale.

Quelques minutes plus tard, comme je sortais de la salle de billard en compagnie de Raymond, celui-ci eut un petit rire amusé. Je sentis qu'il me pressait le bras et suivis la direction de son regard. L'inspecteur Davis semblait solliciter l'opinion de Parker sur un petit agenda de poche.

— Un peu gros, murmura mon compagnon. Ainsi, Parker est le suspect numéro un ? L'inspecteur Davis apprécierait sans doute un échantillon de nos empreintes, qu'en pensez-vous ?

Il prit deux cartes de visite sur le plateau de l'entrée, les essuya avec son mouchoir de soie, m'en glissa une dans la main et garda l'autre. Puis, avec un grand sourire, il les tendit à l'inspecteur.

— À titre de souvenir, annonça-t-il. N° 1, le Dr Sheppard. N° 2, mon humble personne. La carte du major Blunt vous parviendra dans la matinée.

Insouciance de la jeunesse ! L'horrible assassinat de son employeur et ami ne pouvait ternir longtemps la bonne humeur de Geoffrey Raymond. Et peut-être était-ce mieux ainsi, je ne sais. J'ai moi-même perdu depuis longtemps cet entrain si précieux.

Il était très tard quand je rentrai chez moi, et j'espérais que Caroline serait couchée. J'aurais dû mieux la connaître. Elle m'avait préparé un chocolat chaud, et, pendant que je le buvais, elle m'arracha le compte rendu de ma soirée. Je passai sous silence la question du chantage et me bornai à lui décrire les circonstances du meurtre.

— La police soupçonne Parker, dis-je en me levant pour me diriger vers l'escalier. Il semble que de lourdes charges pèsent sur lui.

— Parker ! s'écria ma sœur, tu m'en diras tant !

Faut-il que cet inspecteur soit nigaud... Parker, vraiment ! C'est à n'y pas croire.

Ce fut sur cette déclaration sibylline que nous allâmes nous coucher.

7
OÙ JE DÉCOUVRE LA VÉRITABLE PROFESSION DE MON VOISIN

Le lendemain matin, j'expédiai mes visites avec une hâte condamnable, ma seule excuse étant que je n'avais aucun cas bien sérieux à traiter. À mon retour, Caroline vint à ma rencontre dans le vestibule.

— Flora Ackroyd est ici, m'annonça-t-elle dans un murmure fébrile.

— Quoi !

Je fis de mon mieux pour dissimuler ma surprise.

— Elle t'attend avec impatience. Il y a une demi-heure qu'elle est là.

Caroline prit le chemin de notre petit salon et je lui emboîtai le pas.

Flora était assise sur le canapé, près de la fenêtre. Elle était en deuil et se tordait nerveusement les mains. J'éprouvai un choc en la voyant : toute couleur avait disparu de son visage. Mais quand elle prit la parole, ce fut d'un ton aussi calme et aussi résolu que possible.

— Dr Sheppard, je suis venue vous demander votre aide.

— Bien sûr qu'il va vous aider, mon petit, dit Caroline.

Je crois que Flora se fût volontiers passée de la présence de Caroline. Je suis même certain qu'elle eût infiniment préféré me parler en privé. Mais comme elle voulait aussi gagner du temps, elle se résigna à l'inévitable.

— Je voudrais que vous m'accompagniez aux Mélèzes.

— Aux Mélèzes ? m'écriai-je, effaré.

— Pour voir ce drôle de petit bonhomme ? s'exclama Caroline.

— Oui. Vous savez qui c'est, je suppose ?

— Nous nous imaginions que c'était un coiffeur à la retraite, répondis-je.

Les yeux bleus de Flora s'arrondirent de surprise.

— Mais... c'est Hercule Poirot ! Vous voyez qui je veux dire ? Le détective privé. Il paraît qu'il a fait des choses fantastiques, comme dans les romans policiers. Il a pris sa retraite l'année dernière pour venir se fixer ici. Mon oncle savait qui c'était, mais il avait promis de n'en rien dire à personne. M. Poirot ne voulait pas être importuné.

— C'était donc ça..., énonçai-je avec une lenteur pensive.

— Vous avez sûrement entendu parler de lui ?

— J'ai beau n'être qu'une vieille baderne, comme dit Caroline, j'en ai effectivement entendu parler. Tout récemment.

— Incroyable ! commenta Caroline.

J'ignore à quoi elle faisait allusion. À son propre

manque de perspicacité, sans doute. Je pesai mes mots :

— Vous souhaitez le rencontrer... mais pourquoi ?

— Mais pour qu'il enquête sur ce meurtre, bien sûr ! lança Caroline. Ne sois donc pas aussi stupide, James.

Ma question n'avait rien de stupide, mais Caroline ne voit pas toujours où je veux en venir.

— Vous ne faites pas confiance à l'inspecteur Davis ?

— Bien sûr que non, décréta Caroline. Et moi non plus.

À l'entendre, on aurait pu croire que c'était son oncle qui avait été assassiné.

— Et qui vous dit qu'il acceptera de se charger de l'affaire ? Il a pris sa retraite, rappelez-vous.

— Voilà pourquoi j'aurai besoin de votre aide, reconnut Flora avec simplicité. Il va falloir le décider.

— Êtes-vous sûre de prendre le parti le plus sage ? demandai-je avec gravité.

— Mais oui, elle en est sûre, trancha Caroline. Je l'accompagnerai moi-même, si elle veut.

— Sans vouloir vous offenser, miss Sheppard, je préférerais que ce soit le docteur qui m'accompagne.

Flora sait se montrer directe quand il le faut ; une allusion plus discrète eût été sans effet sur Caroline. Avec tact, la jeune fille justifia la fermeté de ses propos :

— Voyez-vous, c'est le Dr Sheppard qui a découvert le corps. Et, en tant que médecin, il sera mieux placé que quiconque pour éclairer M. Poirot.

— Oui, ronchonna Caroline. Je comprends.

J'arpentai la pièce pendant quelques instants avant de déclarer d'un ton pénétré :

— Flora, suivez mon conseil. Ne demandez pas son concours à ce détective.

Flora bondit sur ses pieds et le sang afflua à ses joues.

— Je sais ce qui vous fait dire cela, et c'est justement pourquoi je suis si impatiente d'agir ! Vous avez peur, mais pas moi. Je connais Ralph mieux que vous.

— Ralph ! s'exclama Caroline. Et qu'est-ce que Ralph vient faire là-dedans ?

Ni l'un ni l'autre, nous ne lui prêtâmes la moindre attention.

— Ralph est peut-être faible, poursuivit Flora. Il a pu commettre des folies, dans le passé — et même de graves erreurs —, mais il est incapable de tuer quelqu'un !

— Non ! protestai-je. Non, je n'ai jamais pensé cela de lui.

— Alors pourquoi êtes-vous passé aux *Trois Marcassins* hier soir en rentrant chez vous, après avoir découvert le corps de mon oncle ?

Je restai muet pendant quelques secondes. Jusque-là, j'espérais que cette visite était passée inaperçue. Je rétorquai :

— Comment l'avez-vous su ?

— J'y suis allée ce matin, après avoir appris par les domestiques que Ralph y était descendu...

Je lui coupai la parole.

— Vous ignoriez donc qu'il était à King's Abbot ?

— Oui, et je n'en revenais pas. C'est incompréhensible. Je suis allée le demander et on m'a répondu, comme on a dû vous le dire hier soir, qu'il était sorti dans la soirée, vers 21 heures... et qu'il n'était pas rentré.

Elle me défia du regard et, comme pour répondre à une pensée qu'elle me prêtait, me jeta avec véhémence :

— Eh bien, qu'y a-t-il d'anormal à cela ? Il a pu aller... n'importe où. Et même retourner à Londres.

— Sans emmener ses bagages ? demandai-je avec douceur.

Flora tapa du pied. Ses joues s'enflammèrent.

— Peu importe, il doit y avoir une explication toute simple.

— Et voilà pourquoi vous voulez voir Hercule Poirot ? Ne vaut-il pas mieux laisser les choses comme elles sont ? La police ne soupçonne aucunement Ralph. Elle s'est orientée sur une tout autre piste.

— Mais si, on le soupçonne, justement ! Ce matin, un policier est arrivé de Cranchester... L'inspecteur Raglan, un affreux petit homme à la mine chafouine. J'ai découvert qu'il était passé aux *Trois Marcassins* avant moi. On m'a répété point par point ce qu'il y avait fait et dit, les questions qu'il avait posées. Il croit certainement que Ralph est le coupable.

— Voilà qui diffère sensiblement de l'hypothèse d'hier soir, observai-je. Cet inspecteur ne croit plus à la théorie de Davis, qui incriminait Parker ?

— Parker, vraiment ! ricana Caroline.

Flora vint poser la main sur mon bras.

— Je vous en prie, Dr Sheppard, allons tout de suite chez ce M. Poirot. Il découvrira la vérité.

— Ma chère Flora, repris-je avec douceur en

effleurant sa main, êtes-vous bien sûre que nous souhaitions la connaître ?
Elle acquiesça en me regardant bien en face.
— Si vous n'en êtes pas sûr, moi, je le suis. Je connais Ralph mieux que vous.
— Ralph est innocent, cela va de soi ! lança Caroline qui n'en pouvait plus de garder le silence. C'est un enfant prodigue, mais un garçon charmant, et d'une exquise courtoisie.
J'eusse aimé dire à Caroline que nombre d'assassins avaient d'excellentes manières, mais la présence de Flora m'en empêcha. Devant une telle détermination, je fus contraint de capituler et nous partîmes sur-le-champ, sans laisser le temps à Caroline de nous assener une tirade supplémentaire. Laquelle n'eût pas manqué de débuter par son expression favorite : « Cela va de soi ! »
Une vieille femme au chef orné d'une gigantesque coiffe bretonne nous ouvrit la porte des Mélèzes. Apparemment, M. Poirot était chez lui. Nous fûmes introduits dans un petit salon où régnait un ordre méticuleux, et nous ne tardâmes pas à voir entrer mon ami de la veille. Il nous aborda en souriant.
— Monsieur le docteur, mademoiselle...
Il s'inclina devant Flora et j'entrai dans le vif du sujet.
— Sans doute avez-vous entendu parler de l'événement tragique survenu hier soir ?
Le visage de mon interlocuteur devint grave.
— Mais certainement, et Mademoiselle a toute ma sympathie. En quoi puis-je vous être utile ?
— Miss Ackroyd souhaite que... que vous...

— Que vous découvriez l'assassin, acheva Flora sans hésiter.
— Je vois, dit le petit homme. Mais la police va s'en charger, non ?
— La police peut se tromper, repartit Flora, et à mon avis c'est ce qu'elle est en train de faire. S'il vous plaît, monsieur Poirot, voulez-vous nous aider ? Si... si c'est une question d'argent...
Poirot l'arrêta d'un geste.
— Pardonnez-moi, mademoiselle. Non que je méprise l'argent...
Une lueur furtive scintilla dans ses yeux :
— Au contraire. Il a toujours compté beaucoup pour moi. Donc si je me charge de cette affaire, comprenez-le bien, je la suivrai jusqu'au bout. Un bon chien n'abandonne jamais la piste. Et vous pourriez bien regretter de n'avoir pas laissé la police agir seule.
— Je veux la vérité, dit Flora en affrontant son regard.
— Toute la vérité ?
— Toute la vérité.
— Alors j'accepte, répondit le petit homme. J'accepte en espérant que vous ne regretterez pas ces paroles. Et maintenant, racontez-moi tout.
— Je préfère laisser ce soin au Dr Sheppard, il est mieux renseigné que moi.
Sur cette injonction, je me lançai dans un exposé détaillé de tous les faits relatés plus haut. Poirot m'écouta attentivement, glissant une question ici ou là mais la plupart du temps silencieux, le regard au plafond. J'achevai mon récit sur mon départ de Fernly en compagnie de l'inspecteur, la veille au soir.

— Et maintenant, conclut Flora, dites-lui tout au sujet de Ralph.

J'hésitai, mais un regard impératif m'enjoignit de parler.

— Vous êtes donc allé à cette auberge, *Les Trois Marcassins*, hier soir en rentrant chez vous ? demanda Poirot quand j'eus terminé. Et pour quelle raison, au juste ?

Je pris le temps de choisir mes mots avec soin.

— J'ai pensé que quelqu'un devait informer ce jeune homme de la mort de son oncle. Après avoir quitté Fernly, l'idée m'est venue que, à part Mr Ackroyd et moi, tout le monde ignorait sa présence au village.

Poirot hocha la tête.

— Parfaitement. Et vous n'aviez pas d'autre raison de vous y rendre, j'imagine ?

— Aucune, répondis-je d'un ton raide.

— Ne cherchiez-vous pas à... disons à vous rassurer au sujet de ce jeune homme ?

— Me rassurer ?

— Je crois, monsieur le docteur, que vous saisissez très bien ma pensée, même si vous prétendez le contraire. À mon humble avis, c'eût été un soulagement pour vous d'apprendre que le capitaine Paton avait passé la soirée à l'auberge.

— Pas du tout !

Le petit détective secoua gravement la tête.

— Vous ne m'accordez pas la même confiance que miss Flora, mais peu importe. Ce qui nous intéresse, c'est la disparition du capitaine Paton, dans des circonstances qui restent à... à éclairer. Son cas est grave, je ne vous le cacherai pas. Bien que je n'exclue pas la possibilité d'une explication toute simple.

— C'est bien ce que je disais ! s'exclama Flora avec chaleur.

Loin d'insister sur la question, Poirot me suggéra de nous présenter sans attendre au poste de police. Il jugea préférable que Flora rentre chez elle et que je sois le seul à l'accompagner pour le présenter à l'officier chargé de l'affaire. Nous nous rangeâmes à son avis.

Devant le poste de police, nous trouvâmes un inspecteur Davis des plus moroses, en compagnie de deux de ses supérieurs : le colonel Melrose, chef de la police du comté, et un autre homme que, d'après la description de Flora, il me fut facile d'identifier — à sa mine chafouine, je reconnus l'inspecteur Raglan, de Cranchester.

Je connais très bien Melrose, et je lui présentai Poirot en expliquant la situation. Le chef de la police parut très froissé, l'inspecteur Raglan, furibond. Davis, lui, semblait savourer discrètement le dépit de ses supérieurs.

— Cette affaire est claire comme le jour, grogna Raglan. Inutile que des amateurs viennent y fourrer leur nez. N'importe quel blanc-bec aurait pu la résoudre hier soir, ce qui nous aurait fait gagner douze heures.

Il foudroya du regard le malheureux Davis, qui conserva un calme imperturbable.

— La famille de Mr Ackroyd agira comme elle le jugera bon, cela va de soi, dit le colonel Melrose. Mais il n'est pas question d'entraver en quoi que ce soit la marche de l'enquête officielle. Naturellement, ajouta-t-il avec courtoisie, je connais la brillante réputation de M. Poirot.

— Malheureusement, rétorqua Raglan, la police ne peut pas faire sa propre publicité !

Ce fut Poirot qui sauva la situation.

— Il est vrai que j'ai renoncé au métier, annonça-t-il, et je n'avais certes pas l'intention de m'y remettre. En outre, s'il y a une chose que je déteste, c'est bien la publicité. Je dois vous prier, au cas où je contribuerais à éclairer le mystère, de ne pas citer mon nom.

L'inspecteur Raglan parut un tantinet moins sombre.

— J'ai entendu parler de certains de vos remarquables succès, accorda le colonel, radouci.

— J'ai beaucoup d'expérience, admit posément Poirot, mais je dois la plupart de mes réussites à l'aide efficace de la police. J'admire énormément la police anglaise. Et si l'inspecteur Raglan m'autorise à le seconder, j'en serai aussi honoré que flatté.

L'expression de l'inspecteur se fit nettement plus indulgente et le colonel me prit en aparté.

— D'après la rumeur, ce petit homme a fait des choses assez étonnantes, murmura-t-il. Et naturellement, nous aimerions beaucoup mieux ne pas avoir à faire appel à Scotland Yard. Raglan me paraît très sûr de lui, mais j'hésite à me ranger à son avis. Vous comprenez, je... hum !... je connais mieux que lui les personnes en cause. Ce Poirot ne semble pas chercher à se faire mousser, qu'en pensez-vous ? Est-ce qu'il saurait travailler... discrètement ?

— ... et pour la plus grande gloire de l'inspecteur

Raglan ? Je vous le garantis, affirmai-je d'un air solennel.

La voix du colonel Melrose retrouva sa sonorité ordinaire.

— Parfait, dit-il d'un ton jovial. Monsieur Poirot, il faut que nous vous exposions en détail nos récentes conclusions.

— Je vous remercie, colonel. Mon ami, le Dr Sheppard, m'a laissé entendre qu'on soupçonnait le maître d'hôtel ?

— Grotesque ! trancha Raglan. Ces domestiques de grande maison sont tellement froussards que leurs moindres gestes ont des allures suspectes.

— Et les empreintes ? hasardai-je.

— Rien à voir avec celles de Parker.

L'inspecteur ébaucha un sourire et ajouta :

— Ni avec les vôtres ou celles de Mr Raymond, docteur.

— Et qu'en est-il de celles du capitaine Ralph Paton ? s'informa Poirot d'un ton égal.

J'admirai à part moi sa façon de prendre le taureau par les cornes et vis le regard de l'inspecteur se nuancer de respect.

— Je vois que vous ne perdez pas de temps, monsieur Poirot, et j'aurai grand plaisir à travailler avec vous, j'en suis sûr. Nous prendrons les empreintes de ce jeune homme dès que nous aurons mis la main sur lui.

— Je ne peux m'empêcher de croire que vous faites erreur, inspecteur, intervint le colonel Melrose avec chaleur. J'ai connu Ralph Paton en culottes courtes ! Il ne s'abaisserait jamais à commettre un meurtre.

— Possible, jeta l'inspecteur d'un ton indifférent.

— Quelles charges relevez-vous contre lui ? demandai-je.

— Il est sorti hier soir à 21 heures précises. Il a été vu aux abords de Fernly Park vers 21 heures 30, mais pas revu depuis. Il semble avoir de sérieux problèmes d'argent. J'ai ici une paire de chaussures à semelles de caoutchouc : elles lui appartiennent. Il en possède deux autres paires pratiquement semblables. J'ai l'intention de les comparer aux empreintes dont nous disposons, et qu'un agent surveille afin qu'elles ne soient pas brouillées.

— Allons-y tout de suite, décida le colonel. M. Poirot et vous nous accompagnerez, je suppose, docteur ?

Le petit homme et moi acquiesçâmes, et nous partîmes tous ensemble dans la voiture du colonel. Impatient d'aller vérifier ses empreintes, l'inspecteur demanda à être déposé devant le pavillon du gardien. En effet, presque à mi-chemin de la maison, un sentier bifurquait sur la droite pour rejoindre la terrasse, près de la fenêtre du cabinet d'Ackroyd.

— Irez-vous avec l'inspecteur, monsieur Poirot, s'enquit le chef de la police, ou préférez-vous examiner d'abord le cabinet de travail ?

Poirot choisit la seconde proposition. La porte nous fut ouverte par un Parker guindé et déférent, qui semblait tout à fait remis de sa terreur de la veille. Le colonel Melrose tira une clé de sa poche, ouvrit la porte de communication et nous fit entrer dans le cabinet de travail.

— À part le fait que le corps a été enlevé, la pièce est dans le même état qu'hier, monsieur Poirot.

— Et... où se trouvait le corps ?

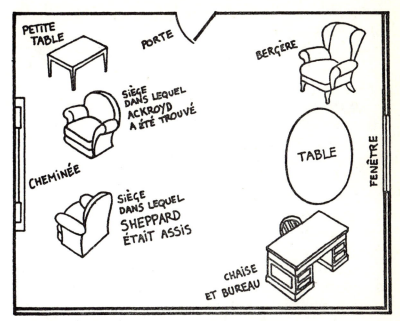

Je décrivis le plus précisément possible la position d'Ackroyd. Le fauteuil était toujours devant la cheminée, et Poirot alla s'y asseoir.

— Et cette fameuse lettre bleue, où se trouvait-elle quand vous avez quitté la pièce ?

— Mr Ackroyd l'avait posée sur cette petite table, à sa droite.

Poirot fit un signe de tête.

— À part cela, chaque chose est exactement à la même place ?

— Oui, enfin je crois.

— Colonel Melrose, auriez-vous l'extrême obligeance de vous asseoir un instant dans ce fauteuil ? Je vous remercie. Maintenant, monsieur le docteur, veuillez être assez bon pour m'indiquer la position exacte du poignard.

Je m'exécutai, tandis que le petit homme allait se placer dans l'embrasure de la porte.

— Le manche était donc bien visible de l'entrée : Parker et vous avez dû le voir tout de suite ?

— Oui.

Poirot marcha vers la fenêtre et lança par-dessus l'épaule :

— Bien entendu, la pièce était éclairée quand vous avez découvert le corps ?

Je répondis par l'affirmative et le rejoignis, tandis qu'il examinait les traces laissées sur l'appui.

— Les semelles présentent le même motif que les chaussures du capitaine Paton, observa-t-il tranquillement.

Puis il revint au milieu de la pièce et la parcourut d'un regard vif, inquisiteur, auquel nul détail n'échappait. Le coup d'œil exercé du professionnel.

— Dr Sheppard, demanda-t-il enfin, êtes-vous observateur ?

— Il me semble, répondis-je, quelque peu surpris.

— Je vois que l'on a fait du feu dans la cheminée. Quand vous avez enfoncé la porte et trouvé le cadavre de Mr Ackroyd, où en était ce feu ? Sur le point de s'éteindre ?

J'eus un rire assez penaud.

— Je... je n'en sais vraiment rien. Je n'y ai pas prêté attention. Peut-être Mr Raymond ou le major Blunt...

Le petit homme eut un léger sourire et secoua la tête.

— On devrait toujours procéder avec méthode, et vous poser cette question fut de ma part une erreur de jugement. À chacun son métier. Si vous me décriviez l'état de la victime, aucun détail ne vous échapperait. Si je voulais des renseignements relatifs aux papiers posés sur ce bureau, Mr Raymond serait en mesure de m'indiquer l'essentiel. En ce qui concerne le feu, je m'adresserai donc à celui dont le rôle est d'observer ce genre de choses. Si vous permettez...

Il alla tirer le cordon de sonnette, près de la cheminée. Une ou deux minutes plus tard, Parker se présenta.

— On a sonné, monsieur ? s'enquit-il d'une voix hésitante.

— Entrez, Parker, dit le colonel Melrose. Ce monsieur souhaite vous poser quelques questions.

L'attention respectueuse de Parker se reporta sur Poirot.

— Parker, commença celui-ci, quand vous avez enfoncé la porte avec le Dr Sheppard, hier soir, et trouvé votre maître décédé, comment était le feu ?

Parker n'eut pas besoin de réfléchir pour répondre :

— Très bas, monsieur. Presque éteint.

— Ah ! s'exclama Poirot avec un accent de triomphe. Et maintenant, regardez autour de vous, mon brave. Cette pièce est-elle exactement dans le même état qu'à ce moment-là ?

Le maître d'hôtel s'exécuta, et son regard s'attarda sur la fenêtre.

— Les rideaux étaient tirés, monsieur. Et la lampe allumée.

Poirot eut un mouvement de tête approbateur.

— Rien d'autre ?

— Si, monsieur. Ce fauteuil était un peu plus en avant.

Il désigna une grande bergère à oreillettes, sur sa gauche, entre la porte et la fenêtre. Je joins à ces notes un plan de la pièce, en marquant ce siège d'une croix.

— À quel endroit, au juste ? demanda Poirot. Montrez-moi.

Le maître d'hôtel écarta la bergère du mur d'une bonne cinquantaine de centimètres et la tourna face à la porte.

— Voilà qui est curieux, murmura Poirot en français et comme pour lui-même, avant de reprendre à notre intention : Personne n'irait s'asseoir dans un fauteuil tiré de la sorte, j'imagine, et je me demande qui a bien pu le remettre à sa place initiale. Serait-ce vous, mon ami ?

— Non, monsieur. J'étais bien trop bouleversé de voir mon maître dans un état pareil.

Poirot me jeta un regard.

— Alors vous, docteur ?

Je fis signe que non et Parker crut bon de préciser :

— Il avait repris sa place quand je suis revenu avec la police, monsieur, j'en suis certain.

— Curieux, répéta Poirot.

— Raymond ou Blunt peuvent très bien l'avoir repoussé, suggérai-je. Cela ne doit pas avoir tellement d'importance ?

— Pas la moindre, affirma Poirot, qui ajouta à mi-voix : Et c'est justement ce qui est si intéressant.

— Veuillez m'excuser un instant, dit le colonel Melrose.

Sur quoi, il quitta la pièce en compagnie de Parker. J'interrogeai le détective :

— Croyez-vous que Parker dise la vérité ?

— À propos du fauteuil, oui. Pour le reste, je ne sais pas. Si vous étiez souvent mêlé à ce genre d'affaires, monsieur le docteur, vous sauriez qu'elles présentent toutes un point commun.
— Ah ! Et lequel ?
— Tous les intéressés ont quelque chose à cacher.
— Même moi ? demandai-je en souriant.
Poirot me dévisagea et déclara sans s'émouvoir :
— Je pense que oui.
— Mais...
— M'avez-vous vraiment tout dit, au sujet du jeune Ralph Paton ? (Il sourit en me voyant rougir.) Oh ! ne craignez rien, je ne forcerai pas vos confidences. Chaque chose en son temps.
— J'aimerais beaucoup que vous me parliez de vos méthodes, répliquai-je précipitamment pour cacher ma gêne. Au sujet du feu, par exemple...
— Rien de plus simple ! Vous avez quitté Mr Ackroyd à... 9 heures moins 10, c'est bien cela ?
— Oui, exactement... si l'on peut dire.
— Bon. À ce moment-là, la fenêtre était fermée au loquet et la porte n'était pas fermée à clé. À 10 heures et quart, quand on découvre le corps, la porte est fermée à clé et la fenêtre ouverte. Qui l'a ouverte ? Il est évident que seul Mr Ackroyd a pu le faire, et cela pour une ou deux raisons. Ou la température de la pièce était devenue insupportable, ce qui ne saurait être le cas puisque le feu était mourant et que le thermomètre est brutalement descendu la nuit dernière. Ou Mr Ackroyd a fait entrer quelqu'un par là. Et dans ce cas, il devait s'agir d'un de ses familiers, n'est-ce pas, puisqu'il venait de se

montrer tellement inquiet au sujet de cette même fenêtre.

— Cela paraît tout simple, en effet.

— Tout est simple, si vous classez les faits méthodiquement. Pour l'instant, notre tâche consiste à identifier la personne qui se trouvait ici hier soir à 9 heures et demie en compagnie de Mr Ackroyd. Selon toute apparence, c'est aussi celle qu'il a fait entrer par la fenêtre. Et bien qu'il ait été vu vivant un peu plus tard par miss Flora, nous ne tiendrons la solution du problème qu'en découvrant l'identité de ce visiteur. La fenêtre a pu rester ouverte après son départ et ainsi livrer passage à l'assassin. Ou alors, la même personne a pu revenir une seconde fois... Ah, voici le colonel !

Le colonel Melrose revenait. Et il avait l'air porteur d'une nouvelle intéressante.

— On a fini par retrouver la trace de cet appel téléphonique : il n'émane pas d'ici. On a demandé le Dr Sheppard hier soir à 22 heures 15 d'une cabine publique, à la gare de King's Abbot. Et à 22 heures 23, le train de nuit part pour Liverpool.

8
UN INSPECTEUR TRÈS SÛR DE LUI

Nos regards se croisèrent. Je m'informai :
— Vous allez enquêter à la gare, j'imagine ?
— Naturellement, mais je ne me fais pas trop d'illusions. Quand on connaît cette gare... vous voyez ce que je veux dire.

Je voyais. King's Abbot n'est qu'un village, mais la gare est un important nœud ferroviaire. Presque tous les grands express s'y arrêtent et des trains y sont dérivés, formés ou reformés. Il y a deux ou trois cabines téléphoniques. À cette heure-là, trois trains du réseau local entrent en gare à intervalles très rapprochés, pour assurer la correspondance avec l'express du Nord qui arrive à 22 heures 19 et repart à 22 heures 23. On se croirait dans une fourmilière, et les chances de remarquer quelqu'un qui téléphone ou monte dans un train sont effectivement des plus minces.

— Mais pourquoi avoir téléphoné ? demanda Melrose. C'est cela qui me paraît le plus bizarre... cela ne tient vraiment pas debout.

Avec un soin méticuleux, Poirot rectifia la position d'un bibelot de porcelaine sur une étagère.

— Soyez certains qu'il y a une raison, lança-t-il par-dessus son épaule.

— Mais laquelle ?

— Quand nous saurons cela, nous saurons tout. Cette affaire est vraiment très intéressante.

Ce fut sur un ton presque indéfinissable qu'il prononça ces derniers mots. J'eus le sentiment qu'il avait sur la question des vues bien à lui et qui m'échappaient complètement.

Il alla se camper devant la fenêtre, regarda au-dehors et demanda sans se retourner :

— Vous dites qu'il était 21 heures quand vous avez croisé cet inconnu à la grille, Dr Sheppard ?

— Oui, j'ai entendu sonner l'heure au clocher.

— Combien de temps lui aura-t-il fallu pour aller jusqu'à la maison... mettons, jusqu'à cette fenêtre par exemple ?

— Cinq minutes par la grande allée. Deux ou trois, pas plus, s'il a pris le sentier de droite pour venir directement ici.

— Mais pour cela, il aurait fallu qu'il connaisse le chemin ? Et qu'il soit... comment dire ? Un familier des lieux.

— Très juste, observa le colonel Melrose.

— Et si Mr Ackroyd avait reçu des étrangers au cours de la dernière semaine, nous pourrions certainement arriver à le savoir ?

— Le jeune Raymond pourrait nous le dire, avançai-je.

— Ou Parker, hasarda le colonel Melrose.

— Ou tous les deux, suggéra Poirot en souriant.

Le colonel s'en fut à la recherche de Raymond et,

une fois de plus, je sonnai Parker. Le commissaire revint presque aussitôt, en compagnie du jeune secrétaire qu'il présenta à Poirot. Geoffrey Raymond, aimable et souriant comme toujours, se montra ravi de faire la connaissance de ce dernier.

— J'ignorais que vous viviez parmi nous incognito, monsieur Poirot. Ce sera pour moi un grand privilège de vous voir à l'œuvre... Hé, là ! que se passe-t-il ?

D'un mouvement vif, Poirot venait de s'écarter de la place qu'il occupait, à gauche de la porte, découvrant la bergère. Et je compris qu'il avait dû profiter d'un moment où je lui tournais le dos pour la remettre dans la position qu'avait indiquée Parker.

— Qu'attendez-vous de moi ? plaisanta Raymond, que je m'y installe pour subir une prise de sang ?

— Mr Raymond, ce fauteuil se trouvait à cet endroit précis quand on a découvert le corps de Mr Ackroyd, hier soir. Quelqu'un l'a remis à sa place. Serait-ce vous ?

— Certainement pas, répliqua le secrétaire sans une seconde d'hésitation. Je ne me rappelle même pas l'avoir vu là, mais si vous le dites... Quelqu'un d'autre l'aura remis en place, voilà tout. Aurait-on détruit un indice ? Ce serait dommage !

— Cela n'a aucune importance, je vous assure. Absolument aucune. En fait, ce que je voulais vous demander, Mr Raymond, c'est ceci : Mr Ackroyd aurait-il, dans le courant de la semaine, reçu la visite d'un inconnu ?

Le secrétaire réfléchit quelques minutes, au cours desquelles Parker fit son apparition.

— Non, répondit enfin Raymond, je ne vois pas. Et vous, Parker, vous en souvenez-vous ?

— Je vous demande pardon, monsieur. Si je me souviens de quoi ?

— D'un inconnu qui serait venu voir Mr Ackroyd cette semaine ?

Le maître d'hôtel réfléchit quelques instants, lui aussi.

— Il y a bien eu ce jeune homme, mercredi... un représentant de Curtis & Troute, je crois.

D'un geste impatient, Raymond écarta cette piste.

— En effet, je me souviens, mais ce n'est pas à ce genre de visiteur que Monsieur fait allusion.

Le secrétaire se tourna vers Poirot pour expliquer :

— Mr Ackroyd estimait qu'un dictaphone à cylindres nous ferait gagner beaucoup de temps et songeait à en acheter un. Curtis & Troute nous ont envoyé un représentant, mais l'affaire ne s'est pas faite. Mr Ackroyd hésitait.

Poirot s'adressa au maître d'hôtel :

— Pourriez-vous me décrire ce jeune homme, mon brave ?

— Oui, monsieur. Il était petit, blond, et portait un complet de serge bleue très strict. Il faisait très bonne impression, pour un homme de sa condition.

Hercule Poirot se tourna vers moi :

— L'homme que vous avez rencontré devant la grille était grand, n'est-ce pas, docteur ?

— Oui. Environ un mètre quatre-vingts, ou davantage.

— Donc, rien de commun entre les deux, conclut le Belge. Je vous remercie, Parker.

Le maître d'hôtel s'adressa à Raymond :

— Mr Hammond vient d'arriver, monsieur. Il a hâte de savoir si l'on a besoin de ses services et serait désireux de s'entretenir avec vous.

— Je vais le recevoir tout de suite, dit le jeune homme, qui sortit sans perdre un instant.

Poirot lança un regard interrogateur au commissaire.

— C'est l'avoué de la famille, expliqua ce dernier.

— Ce jeune Mr Raymond va avoir du pain sur la planche, murmura Poirot. Heureusement, il n'a pas les deux pieds dans le même sabot.

— Je crois, en effet, que Mr Ackroyd voyait en lui un collaborateur précieux.

— Depuis combien de temps était-il son secrétaire ?

— Si je ne me trompe, deux ans.

— Il remplit parfaitement ses fonctions, j'en suis certain. Et quelles sont ses distractions ? Pratique-t-il un sport ?

— Un secrétaire particulier n'a guère de temps à consacrer aux loisirs, observa Melrose en souriant. Raymond joue au golf, je crois, et aussi au tennis, en été.

— Est-ce qu'il s'intéresse aux chevaux, je veux dire : est-ce qu'il va les voir courir ?

— S'il va aux courses ? Non, je ne pense pas qu'il soit un parieur effréné.

Poirot hocha la tête et parut se désintéresser de la question. Son regard balaya lentement la pièce.

— J'ai vu tout ce qu'il y avait à voir ici, semble-t-il.

À mon tour, je promenai mon regard autour de moi et murmurai :

— Si seulement ces murs pouvaient parler !

— Pour cela, commenta Poirot, une langue ne leur suffirait pas. Il leur faudrait aussi des yeux et des oreilles. Mais n'allez pas croire que ces objets inanimés... (il effleura l'étagère supérieure de la bibliothèque)... soient toujours muets. Ces fauteuils, ces tables me parlent aussi clairement que s'ils me transmettaient un message, acheva-t-il en gagnant la porte.

— Quel message ? m'écriai-je. Que vous ont-ils appris aujourd'hui ?

Il se retourna à demi et haussa un sourcil narquois :

— Une fenêtre ouverte, commença-t-il. Une porte fermée. Un fauteuil qui, apparemment, s'est déplacé tout seul. À chacun d'eux j'ai demandé : « pourquoi ? » et ils ne m'ont pas répondu.

Il secoua la tête, bomba le torse et nous gratifia d'un regard filtrant. Il semblait si plein de lui-même qu'il en frisait le ridicule, son accent ne faisait qu'ajouter au grotesque et je me demandai s'il était vraiment à la hauteur de sa réputation. Se pouvait-il qu'il ne la dût qu'à une série de coups de chance ?

Le colonel Melrose dut se faire la même réflexion car il fronça les sourcils et demanda d'un ton bref :

— Souhaitez-vous voir autre chose, monsieur Poirot ?

— Auriez-vous l'extrême obligeance de me désigner la vitrine d'où l'arme fut sortie ? Après quoi, je n'abuserai pas davantage de votre bonté.

Nous nous dirigions vers le salon quand l'agent de service arrêta le colonel et le prit en aparté. Ils échangèrent quelques mots à voix basse, sur quoi Melrose s'excusa de devoir nous laisser seuls, Poi-

rot et moi. Je montrai la vitrine à ce dernier qui, après avoir une ou deux fois soulevé et laissé retomber le couvercle, alla ouvrir la porte-fenêtre et sortit sur la terrasse. Je l'y suivis au moment précis où l'inspecteur Raglan tournait le coin de la maison. Il s'avança vers nous, arborant une mine à la fois rogue et satisfaite.
— Ah ! vous voilà, monsieur Poirot. Cette affaire est on ne peut plus simple, finalement, et vous m'en voyez navré. C'est triste de voir un si gentil garçon tourner mal.
Poirot prit un air déconfit et déclara d'un ton bénin :
— Je crains de ne pouvoir vous être très utile, en ce cas.
— Ce sera pour la prochaine fois, répliqua suavement l'inspecteur. Bien que les meurtres soient plutôt rares dans notre petit coin tranquille.
Poirot leva sur lui un regard admiratif.
— Quel résultat fulgurant, observa-t-il. Et comment avez-vous procédé, si je puis me permettre... ?
— Mais certainement. Première chose : de la méthode. Oui, c'est ce que je dis toujours : de la méthode.
— Ah ! s'exclama le Belge, la méthode ! C'est mon mot-clé, à moi aussi. Méthode, ordre, et les petites cellules grises.
— Des cellules ? s'ébahit l'inspecteur, les yeux ronds.
— Mais oui, les petites cellules grises du cerveau.
— Oh ! je vois. Nous nous servons tous des nôtres, je suppose.
— Plus ou moins, murmura Poirot, et elles diffèrent en qualité, ce qui compte aussi. Tout comme la

psychologie d'un crime : il convient de l'étudier avec soin.

— Ah ! Vous donnez dans tout ce fatras, la psychanalyse et tout ça ? Moi qui suis un homme plutôt terre à terre...

— Ce n'est certainement pas l'avis de Mrs Raglan, l'interrompit Hercule Poirot en s'inclinant.

Quelque peu désarçonné, l'inspecteur rendit la courbette.

— Vous ne m'avez pas compris, dit-il avec un sourire épanoui. C'est fou ce que le même mot peut changer de sens, d'une langue à l'autre ! C'est de ma façon de travailler que je parlais. Et tout d'abord, de la méthode. Miss Ackroyd est la dernière personne à avoir vu son oncle vivant, et ceci à 10 heures moins le quart. C'est un point de départ, vous en conviendrez ?

— Si vous le dites...

— Je l'affirme. À 10 heures et demie, selon le Dr Sheppard ici présent, Mr Ackroyd était mort depuis une demi-heure. C'est bien cela, docteur ?

— En effet, confirmai-je. Peut-être même un peu plus.

— Parfait. Cela nous laisse donc une marge d'un quart d'heure exactement, au cours duquel le crime a forcément été commis. J'ai étudié la liste de toutes les personnes qui se trouvaient à la maison. En face de chaque nom, j'ai noté où elles étaient et ce qu'elles faisaient entre 21 heures 45 et 22 heures 10.

L'inspecteur tendit à Poirot une feuille de papier que je lus par-dessus son épaule. Très lisiblement écrite, la liste était rédigée comme suit :

Major Blunt. — *Dans la salle de billard avec Mr Raymond (qui confirme).*

Mr Raymond. — *Salle de billard (voir plus haut).*

Mrs Ackroyd. — *21 heures 45 : assiste à la partie de billard. 21 heures 55 : se retire pour aller se coucher. Blunt et Raymond l'ont vue monter l'escalier.*

Miss Ackroyd. — *Montée directement en sortant de chez son oncle. (Confirmé par Parker et par la femme de chambre, Elsie Dale.)*

Domestiques :
Parker. — *S'est rendu tout droit à l'office. (Confirmé par la gouvernante, miss Russell, descendue lui parler vers 21 heures 47. Restée environ dix minutes.)*

Miss Russell. — *Voir plus haut. À 21 heures 45, bavardait avec la femme de chambre, Elsie Dale, à l'étage.*

Ursula Bourne (femme de chambre). — *Dans sa chambre jusqu'à 21 heures 55, puis à l'office.*

Mrs Cooper (cuisinière). — *À l'office.*

Gladys Jones (seconde femme de chambre). — *À l'office.*

Elsie Dale. — *Au premier, dans les chambres de maître. Vue par miss Russell et miss Flora Ackroyd.*

Mary Thripp (fille de cuisine). À l'office.

— La cuisinière est ici depuis sept ans, Ursula Bourne un an et demi, Parker un an tout juste, précisa l'inspecteur. Les autres sont nouveaux et, sauf Parker dont l'attitude est un peu douteuse, semblent tous hors de cause.

Poirot lui rendit son papier.

— Voilà une liste on ne peut plus complète... mais je suis certain que Parker n'est pas l'auteur du meurtre, observa-t-il avec gravité.

J'y allai de mon commentaire personnel.
— Ma sœur aussi, et elle se trompe rarement.
Intervention qui passa totalement inaperçue.
— Ce qui disculpe les habitants de la maison, enchaîna l'inspecteur, et nous amène à un fait grave. La gardienne, Mary Black, tirait les rideaux du pavillon hier soir quand elle a vu Ralph Paton franchir la grille et se diriger vers la maison.
— Elle en est sûre ? demandai-je, intéressé.
— Tout à fait, elle le connaît très bien de vue. Il est passé très rapidement devant le pavillon et a tourné à droite pour prendre le raccourci qui mène à la terrasse.
— Et quelle heure était-il ? demanda Poirot, impassible.
— Exactement 21 heures 25, déclara gravement l'inspecteur.
Un silence accueillit sa réponse, et il enchaîna :
— L'affaire est claire, et tout concorde. À 21 heures 25, un témoin voit le capitaine Paton pénétrer dans le parc. À 21 heures 30, ou environ, Mr Geoffrey Raymond entend, dans le cabinet de travail, quelqu'un demander de l'argent à Mr Ackroyd et celui-ci refuser. Que se passe-t-il ensuite ? Le capitaine Paton repart comme il est venu : par la fenêtre. Furieux et déçu, il arpente la terrasse et s'arrête devant la porte-fenêtre du salon. Il est à peu près 10 heures moins le quart et miss Ackroyd est allée dire bonsoir à son oncle. Le major Blunt, Mr Raymond et Mrs Ackroyd sont dans la salle de billard. Le salon est vide. Ralph Paton s'y faufile, prend le poignard dans la vitrine et retourne près de la fenêtre du bureau. Là, il ôte ses chaussures, se hisse à l'intérieur et... bref, inutile d'entrer dans les détails.

Il repart donc, mais n'a pas le courage de retourner à l'auberge et va directement à la gare, d'où il téléphone...

— Pourquoi ? interrogea doucement Poirot.

L'interruption me fit sursauter. Le petit homme s'était penché en avant, une bizarre lueur verte au fond des yeux. L'inspecteur Raglan demeura quelques instants sans voix, désarçonné par la question.

— Il est difficile d'expliquer ce geste, dit-il enfin, mais les meurtriers ont des réactions étranges. Vous sauriez cela, si vous faisiez partie de la police. Les plus intelligents commettent parfois des erreurs stupides. Tenez, venez donc voir ces empreintes.

Emboîtant le pas derrière l'inspecteur, nous contournâmes la terrasse jusqu'à la fenêtre du cabinet de travail. Sur un mot de Raglan, un agent exhiba les chaussures découvertes à l'auberge. L'inspecteur les plaça sur les empreintes.

— Ce sont les mêmes, déclara-t-il avec assurance. Entendons-nous : cette paire-ci n'est pas celle qui a laissé ces empreintes, puisque le capitaine Paton est parti avec. Celles-ci sont du même modèle, mais plus vieilles... Vous voyez comme les motifs sont effacés par l'usage ?

— Mais il doit y avoir quantité de gens qui portent des chaussures à semelles de caoutchouc ? intervint Poirot.

— Naturellement, admit l'inspecteur. Et si j'insiste tellement sur ces empreintes, c'est que j'ai d'autres raisons.

— Et le capitaine Ralph Paton a laissé de pareils indices derrière lui ? murmura pensivement Poirot. Quel jeune homme étourdi, vraiment !

— Mais il faisait très beau, ce soir-là, le sol était sec. Le capitaine n'a pas laissé de traces sur la terrasse ni sur le gravier du sentier. Malheureusement pour lui, il semble qu'une source ait jailli récemment au bout du raccourci. Tenez, regardez.

Le petit chemin gravillonné rejoignait la terrasse à quelque distance de là. Et, non loin de l'endroit où il se terminait, le sol était humide et bourbeux. À partir de là, on retrouvait des empreintes, parmi lesquelles celles de semelles en caoutchouc. En compagnie de l'inspecteur, Poirot fit quelques pas sur le sentier et demanda tout à coup :

— Avez-vous remarqué les traces de souliers de femme ?

L'inspecteur s'esclaffa.

— Évidemment ! Mais plusieurs femmes sont passées par là, et des hommes aussi. C'est le chemin le plus court pour se rendre à la maison, et il est très fréquenté : il serait impossible de débrouiller toutes ces empreintes. Et celles de l'appui de fenêtre sont les seules qui nous intéressent.

Poirot acquiesça d'un hochement de tête.

— Inutile d'aller plus loin, décréta l'inspecteur, comme nous arrivions en vue de la grande allée. Ici, le gravier est à nouveau bien tassé et aussi dur que possible.

Une fois de plus, Poirot hocha la tête. Mais ses yeux étaient fixés sur une maisonnette située devant nous, sur la gauche. On aurait dit un pavillon d'été, assez spacieux, et une allée y conduisait. Poirot s'attarda dans les parages jusqu'à ce que l'inspecteur eût repris le chemin de la maison, puis se tourna vers moi, le regard pétillant.

— Ce doit être le bon Dieu qui vous envoie pour remplacer mon ami Hastings, Dr Sheppard, vous me suivez comme une ombre. Eh bien, que diriez-vous d'aller visiter ce pavillon d'été ? Il m'intéresse.

Sur ce, il alla ouvrir la porte. À l'intérieur l'obscurité était presque totale. Il y avait un ou deux sièges rustiques, un jeu de croquet et quelques transatlantiques repliés.

Le comportement de mon nouvel ami me laissa pantois : il s'était laissé tomber sur le plancher et s'y promenait à quatre pattes. De temps à autre, il secouait la tête d'un air mécontent. Et finalement, il se redressa et s'assit sur ses talons.

— Rien..., murmura-t-il. Peut-être aurais-je dû m'y attendre, mais cela eût pu signifier tant de...

Il s'interrompit, soudain en alerte, et tendit la main vers le bord d'une des chaises dont il détacha quelque chose.

— Qu'est-ce que c'est ? m'écriai-je. Qu'avez-vous trouvé ?

Il sourit et ouvrit la main, m'en découvrant le contenu : un morceau de batiste blanche empesée.

Je le pris, l'examinai avec curiosité et le lui rendis.

— Eh bien, mon ami, demanda-t-il en me dévisageant avec acuité, que pensez-vous que ce soit ?

— Un morceau de mouchoir déchiré, suggérai-je avec un haussement d'épaules.

D'un geste aussi vif que le premier, il ramassa un petit tuyau de plume, de plume d'oie me semblat-il.

— Et ceci ? lança-t-il avec un accent de triomphe, de quoi croyez-vous qu'il s'agisse ?

Je me contentai de le regarder, médusé.

Il glissa la plume dans sa poche et contempla à nouveau le lambeau de chiffon blanc.

— Un morceau de mouchoir ? dit-il d'une voix songeuse. Vous avez sans doute raison. Mais rappelez-vous ceci : *une bonne blanchisseuse n'amidonne pas les mouchoirs.*

Et, avec un hochement de tête triomphant, il rangea soigneusement le bout de chiffon dans son carnet.

9
LE BASSIN AUX POISSONS ROUGES

Nous reprîmes ensemble le chemin de la maison, sans même apercevoir l'inspecteur. Sur la terrasse, Poirot s'arrêta, face au parc, et promena son regard autour de lui.

— Belle propriété, dit-il enfin, une note de respect dans la voix. Qui en hérite ?

Je faillis sursauter. Aussi bizarre que cela pût paraître, je ne m'étais jamais posé la question. Poirot m'observait avec attention.

— On dirait que je vous ouvre des horizons, docteur. Vous n'aviez jamais envisagé cet aspect des choses ?

— Non, répondis-je sans détours. Et je voudrais bien l'avoir fait plus tôt !

L'attention de Poirot s'aiguisa.

— Je me demande bien ce que vous entendez par là, dit-il d'une voix rêveuse... Oh, non ! Inutile de me répondre, vous ne m'ouvririez pas le fond de votre pensée.

— Tout le monde a quelque chose à cacher, rétorquai-je en souriant, citant ses propres paroles.

— Exactement.

— Vous le pensez toujours ?

— Plus que jamais, mon ami, mais cacher quelque chose à Hercule Poirot n'est pas si facile : il possède un flair de limier.

Tout en parlant, mon compagnon descendait les marches qui menaient à ce qu'on appelait le jardin hollandais.

— Allons faire quelques pas, lança-t-il par-dessus son épaule, il fait si bon aujourd'hui.

À sa suite, je m'engageai sur un chemin qui descendait entre les ifs, sur la gauche. Une allée s'en détachait. Bordée de parterres fleuris soigneusement ordonnés, elle menait au centre du jardin, là où un rond-point dallé servait de cadre à un bassin à poissons rouges. Il y avait aussi un banc de pierre. Mais Poirot ne prit pas cette allée et bifurqua sur un sentier qui remontait en pente douce, entre les arbres. Là aussi nous trouvâmes un siège, à l'endroit où l'on avait éclairci le bosquet pour ménager un magnifique point de vue sur la campagne environnante. De là-haut, le regard plongeait directement sur le rond-point dallé et le bassin.

— L'Angleterre est vraiment très belle, dit Poirot en contemplant le paysage d'un air rêveur. (Puis il sourit et ajouta en baissant la voix :) Les jeunes Anglaises aussi, d'ailleurs, mais... chut ! Taisons-nous, mon ami, et regardons plutôt ce charmant tableau.

Ce fut alors que j'aperçus Flora. Elle descendait d'un pas dansant le sentier que nous venions de quitter. Elle fredonnait un petit air et, malgré sa robe de deuil, tout en elle exprimait la joie. Soudain, elle pirouetta sur la pointe des pieds dans un envol de jupes noires, renversa la tête en arrière et éclata de rire. Au même instant, un homme surgit d'entre les arbres : Hector Blunt. La jeune fille sursauta et son expression se modifia légèrement.

— Vous m'avez fait peur ! Je ne vous avais pas vu.

Blunt ne répondit rien et, pendant une bonne minute, se contenta de la dévisager.

— Ce que j'aime en vous, dit Flora avec une pointe de malice, c'est le brio de votre conversation.

Blunt dut en rougir sous son hâle et, quand il prit la parole, sa voix me parut changée. J'y discernai une sorte d'humilité qui ne lui ressemblait pas.

— Je n'ai jamais été brillant causeur, même quand j'étais jeune.

— Ce qui remonte à loin, j'imagine, observa Flora avec le plus grand sérieux.

Si je perçus la note moqueuse de sa voix, je crois qu'elle échappa à Blunt, qui se borna à répondre :

— Très loin, c'est vrai.

— Et quel effet cela fait-il d'être vieux comme Mathusalem ?

Cette fois, la raillerie était plus sensible, mais Blunt avait d'autres idées en tête.

— Vous vous souvenez de cet homme qui vendit son âme au diable pour retrouver sa jeunesse ? C'est le sujet d'un opéra.

— C'est à Faust que vous pensez ?

— Tout juste. Pas banale, son histoire. Beaucoup d'entre nous aimeraient bien pouvoir en faire autant.

— À vous entendre, on vous prendrait pour un

vieillard cacochyme ! lança Flora d'un ton mi-figue, mi-raisin.

À nouveau, Blunt s'enferma dans le silence. Puis, le regard au loin comme s'il s'adressait à l'un des arbres environnants, il annonça qu'il était temps pour lui de regagner l'Afrique.

— Pour une de vos expéditions de chasse ?
— En principe. Enfin, comme toujours.
— L'animal accroché dans le hall, c'est vous qui l'avez tué, non ?

Blunt hocha la tête, rougit et débita tout d'une traite :

— Si vous aimez les belles peaux de bête, je pourrai vous en envoyer quelques-unes.
— Oh oui, s'il vous plaît ! s'écria Flora. Vraiment, vous n'oublierez pas ?
— Je n'oublierai pas, promit Hector Blunt. (Puis, sortant subitement de sa réserve :) Il est temps que je parte, ce genre de vie n'est pas fait pour moi. Ce n'est pas mon style. Un ours comme moi n'est pas à l'aise en société, je ne dis jamais ce qu'il faut dire. Vraiment, il vaut mieux que je m'en aille.
— Mais pas tout de suite ! s'exclama Flora. Pas... pas au moment où nous avons tous ces ennuis. Oh, je vous en prie ! Si vous partez...

Comme elle se détournait, Blunt demanda très simplement et sans détours :

— Vous souhaitez que je reste ?
— Nous le souhaitons tous...
— Non, coupa Blunt d'un ton net. Je veux dire : vous, personnellement.

Flora se tourna lentement vers lui et leurs yeux se rencontrèrent.

— Je souhaite que vous restiez, si une telle déclaration change quelque chose pour vous.
— Cela change tout, dit Hector Blunt.
Un silence s'établit, et ils s'assirent sur le banc de pierre, près du bassin aux poissons rouges. Ni l'un ni l'autre ne semblait savoir de quoi ils pourraient bien parler ensuite.
— Il... il fait vraiment très beau ce matin, finit par dire Flora. Voyez-vous, je ne puis m'empêcher d'être heureuse malgré... malgré les événements. C'est épouvantable, non ?
— C'est tout à fait naturel, affirma Blunt. Vous ne connaissiez votre oncle que depuis deux ans, n'est-ce pas ? On ne peut donc pas s'attendre à ce que vous éprouviez un chagrin immense, et il vaut bien mieux ne pas faire semblant.
— Vous avez le don de consoler les gens, observa Flora. Avec vous, tout paraît si simple...
— Mais tout est simple, rétorqua le chasseur de fauves.
— Non, pas toujours.
Flora avait baissé la voix et je vis Blunt tourner la tête pour la dévisager, comme s'il s'arrachait à la contemplation de la côte africaine. Il dut tirer ses propres conclusions de son changement de ton car, après un silence prolongé, il déclara abruptement :
— Aucune raison de vous inquiéter, croyez-moi. Au sujet de ce jeune homme, je veux dire. Cet inspecteur n'est qu'un âne. Tout le monde sait bien que... bref, ça ne tient pas debout : il ne peut pas être coupable. Ni personne de la maison. Le criminel est un cambrioleur, c'est la seule solution possible.
Flora se tourna vers lui :

— C'est vraiment ce que vous pensez ?
— Pas vous ? rétorqua-t-il aussitôt.
— Moi ?... Mais si, bien sûr.
Un autre silence plana, que Flora rompit brutalement :
— J'aimerais... je vais vous dire pourquoi je me sentais si heureuse ce matin. Même si vous devez me juger sans cœur, je préfère que vous le sachiez. C'est parce que cet avoué... vous savez, Mr Hammond ? Il nous a parlé du testament. Oncle Roger m'a laissé vingt mille livres, vous vous rendez compte ? Vingt mille belles et bonnes livres, quelle merveille !
Blunt marqua une certaine surprise.
— Est-ce donc si important pour vous ?
— Important ? Mais c'est bien plus que cela, pour moi, cela veut dire... tout ! La liberté, la vie, la fin des calculs, des privations, des mensonges...
— Des mensonges ? lança brutalement Blunt.
Un instant désarçonnée, Flora reprit d'une voix incertaine :
— Vous voyez sûrement ce que je veux dire... Faire semblant d'être reconnaissant envers vos parents riches qui vous abandonnent leurs vieilles nippes. Porter les manteaux, les jupes et les chapeaux de l'année d'avant... tout ça, quoi !
— Je ne m'y connais guère en chiffons, mais je vous ai toujours trouvée plutôt élégante.
— Oui, murmura Flora d'une voix sourde, mais à quel prix ! Bah ! ne parlons plus de ces mesquineries ! Je suis si heureuse, je suis libre ! Libre d'agir à ma guise. Libre de ne pas...

Elle s'interrompit tout net et Blunt demanda aussitôt :

— De ne pas quoi ?
— Rien d'important, j'ai déjà oublié.
Blunt, qui tenait un bâton à la main, le plongea brusquement dans l'eau comme s'il visait un point particulier.
— Mais que faites-vous, major Blunt ?
— Il y a quelque chose qui brille, là-dedans, je me demandais ce que c'était... une broche en or, peut-être. Mais j'ai remué la vase et on ne la voit plus.
— C'était peut-être une bague, suggéra Flora, comme celle que Mélisande a perdue dans l'eau.
— Mélisande, répéta Blunt d'un ton rêveur. C'est bien un personnage d'opéra, n'est-ce pas ?
— En effet, et vous semblez en savoir long sur l'opéra.
— Il arrive qu'on m'y invite, dit Blunt sans enthousiasme. Curieuse façon de se distraire, ce tintamarre. C'est pire que les Noirs avec leurs tam-tams !
Flora éclata de rire.
— Je me souviens de Mélisande, reprit Blunt. Elle avait épousé un homme qui aurait pu être son père.
Il lança un petit caillou dans le bassin et, quand il se tourna vers Flora, son attitude avait changé du tout au tout.
— Miss Ackroyd, si je puis faire quelque chose pour vous... Au sujet du capitaine Paton, je veux dire. J'imagine par quelles affres vous devez passer.
— Merci, laissa tomber Flora d'un ton sec, mais il est tout à fait inutile d'intervenir. Tout se passera bien, pour Ralph. J'ai déniché le plus merveilleux

des détectives, et il va tirer toute cette affaire au clair.

Je commençais à trouver notre situation assez gênante. Nous n'étions pas exactement en train d'épier les deux personnages qui bavardaient dans le jardin puisqu'il leur suffisait de lever la tête pour nous voir. Néanmoins, je leur aurais signalé plus tôt notre présence si mon compagnon ne m'en avait dissuadé en me pressant le bras d'un geste ferme. Il souhaitait que je me taise, aucun doute là-dessus. Mais subitement, il passa à l'action, bondit sur ses pieds et s'éclaircit la gorge.

— Je vous demande mille pardons ! s'écria-t-il. Je ne saurais laisser Mademoiselle m'accabler de compliments sans me montrer. Qui écoute aux portes a parfois, dit-on, de mauvaises surprises, ce qui est loin d'être mon cas en l'occurrence. Pour ne pas rougir de honte, il faut que je vienne déposer mes excuses à vos pieds.

Je dévalai le sentier sur ses talons, et nous rejoignîmes les autres près du bassin. Flora fit les présentations.

— Major, voici M. Hercule Poirot, dont vous avez certainement entendu parler.

Poirot s'inclina.

— Je connais le major Blunt de réputation, déclara-t-il avec courtoisie. Monsieur, je suis heureux de vous avoir rencontré. J'ai besoin de certaines informations que vous pouvez me fournir.

Blunt lui jeta un regard interrogateur.

— Quand avez-vous vu Mr Ackroyd en vie pour la dernière fois ?

— Au dîner.

— Et depuis, vous ne l'avez plus revu, ni entendu parler ?
— Revu, non. Entendu, oui.
— Et dans quelles circonstances ?
— Je me promenais sur la terrasse...
— Pardon, mais quelle heure était-il ?
— Environ 9 heures et demie. Je faisais les cent pas en fumant devant la porte-fenêtre du salon quand j'ai entendu la voix d'Ackroyd, dans son cabinet de travail.
Poirot ôta de sa manche un minuscule brin d'herbe.
— Mais de l'endroit où vous vous trouviez, vous ne pouviez certainement pas entendre parler dans le cabinet de travail, murmura-t-il.
Il ne regardait pas Blunt, mais moi, oui. Et, à ma grande surprise, je vis rougir le major.
— Je suis allé jusqu'à l'angle de la terrasse, expliqua-t-il de mauvaise grâce.
— Ah bon ? fit Poirot, suggérant le plus délicatement possible qu'il attendait d'autres détails.
— J'avais cru voir... une femme disparaître dans les buissons. Enfin, quelque chose de blanc, juste une silhouette. J'ai dû me tromper. Et c'est à ce moment-là que j'ai entendu Ackroyd parler à son secrétaire.
— À Mr Geoffrey Raymond ?
— Oui, ou enfin c'est ce qu'il m'a semblé. Apparemment, c'était une erreur.
— Mr Ackroyd n'a donc pas prononcé son nom ?
— Non.
— Alors, si je puis me permettre, pourquoi avoir supposé...
Blunt se lança dans une explication laborieuse :

— Pour moi, cela ne pouvait être que Raymond, et pour une raison fort simple. Juste avant que je ne sorte, il avait annoncé qu'il allait porter quelques papiers à Ackroyd. Il ne m'est pas venu à l'esprit qu'il pouvait s'agir de quelqu'un d'autre.

— Vous rappelez-vous les paroles que vous avez entendues ?

— Désolé, mais cela semblait très anodin, de toute façon. Je n'ai saisi que quelques mots, j'avais la tête ailleurs.

— C'est sans importance, major. Et... quand vous êtes entré dans le cabinet de travail, après la découverte du corps, avez-vous remis un fauteuil à sa place, contre le mur ?

— Un fauteuil ? Non. Pourquoi aurais-je fait ça ?

Sans répondre, Poirot haussa les épaules et se tourna vers Flora :

— Il y a une chose que je souhaite apprendre de vous, mademoiselle. Lorsque vous examiniez les bibelots de la vitrine avec le Dr Sheppard, le poignard s'y trouvait-il, oui ou non ?

Flora se rebiffa, le menton haut :

— L'inspecteur Raglan m'a déjà posé cette question, et la réponse n'a pas changé. Je suis certaine que le poignard *n'était pas* dans la vitrine. Lui pense que si, et que Ralph est venu furtivement le prendre un peu plus tard. Il ne me croit pas. D'après lui, je ne cherche qu'à protéger Ralph.

— Et ce n'est pas le cas ? demandai-je avec gravité.

Flora tapa du pied.

— Vous aussi, Dr Sheppard ! Cette fois, c'est trop !

Poirot fit adroitement diversion :

— Vous aviez raison, major Blunt, il y a un objet brillant dans ce bassin. Voyons si je peux l'atteindre.

Il s'agenouilla près du bord, remonta sa manche jusqu'au coude et plongea le bras dans l'eau, très lentement, afin de ne pas la troubler. Malgré toutes ses précautions, des remous se produisirent dans la vase et il fut contraint de retirer son bras, la main vide. Il contempla d'un air écœuré son avant-bras couvert de boue et je lui offris mon mouchoir, qu'il accepta avec force démonstrations de gratitude.

— Il va être l'heure du déjeuner, observa Blunt en consultant sa montre. Nous ferions mieux de rentrer.

— Voulez-vous déjeuner avec nous, monsieur Poirot ? proposa Flora. J'aimerais vous faire connaître ma mère. Elle... elle a beaucoup d'affection pour Ralph.

Le petit homme y alla d'une courbette.

— J'en serais enchanté, mademoiselle.

— Vous restez aussi, Dr Sheppard ?

J'hésitai.

— Oh si, j'insiste !

Comme je souhaitais rester, j'acceptai l'invitation sans plus de cérémonie. Et notre petit groupe prit le chemin du retour, Flora et le major Blunt en tête. D'un signe discret, Poirot me désigna la jeune fille.

— Quelle chevelure magnifique ! observa-t-il à mi-voix. De l'or pur ! Elle et ce beau ténébreux de capitaine Paton formeront un couple parfait, ne pensez-vous pas ?

Je lui jetai un regard interrogateur. Mais il s'absorba dans un nettoyage méticuleux de sa manche, où tremblaient quelques gouttelettes microscopiques. Avec ses yeux verts et ses petites manies tatillonnes, il me faisait penser à un chat.

— Et toute cette peine pour rien ! déplorai-je avec sympathie. Que pouvait-il bien y avoir dans le bassin ? Je me le demande.

— Vous voulez voir ?

Devant mon regard effaré, Poirot hocha la tête.

— Mon bon ami, dit-il avec une douceur nuancée de reproche, Hercule Poirot ne courrait pas le risque de créer du désordre dans sa toilette sans être sûr d'atteindre son but. Ce serait aussi ridicule qu'absurde, et je ne suis jamais ridicule.

— Mais votre main était vide !

— Il faut parfois savoir se montrer discret, docteur. Dites-vous toujours tout à vos patients, absolument tout ? Je ne crois pas. Non plus qu'à votre excellente sœur, n'est-ce pas ? Avant de montrer ma main vide, j'avais laissé tomber dans l'autre l'objet qu'elle contenait. Vous voulez le voir ?

Il ouvrit tout grand sa main gauche, découvrant le petit cercle d'or posé sur sa paume : une alliance de femme. Je la pris.

— Regardez à l'intérieur, ordonna Poirot.

Je m'exécutai et lus l'inscription suivante, très finement gravée : *Avec l'amour de R., le 13 mars.*

Je levai les yeux vers Poirot, mais il examinait son image dans un petit miroir de poche. Il concentrait toute son attention sur ses moustaches et m'ignorait complètement. Je compris qu'il n'était pas disposé aux confidences.

10

LA FEMME DE CHAMBRE

Nous trouvâmes Mrs Ackroyd dans le hall d'entrée, en compagnie d'un petit homme sec, au menton agressif et au regard gris et pénétrant. Le parfait spécimen de l'homme de loi.

— Mr Hammond déjeune avec nous, annonça Mrs Ackroyd. Mr Hammond, vous connaissez le major Blunt, n'est-ce pas ? Et ce cher Dr Sheppard, un ami très proche de ce pauvre Roger, lui aussi. Et, voyons...

Elle s'interrompit et dévisagea Poirot d'un œil perplexe.

— M. Hercule Poirot, maman, intervint Flora. Je vous en ai parlé ce matin.

— Mais oui, bien sûr, ma chérie... bien sûr, dit Mrs Ackroyd d'une voix incertaine. Il est là pour retrouver Ralph, c'est bien cela ?

— Pour découvrir qui a tué oncle Roger, maman.

— Oh ! je t'en prie, ma chérie, pitié pour mes nerfs ! Je suis littéralement effondrée, ce matin. Qui eût pu s'attendre à pareille tragédie ? C'est épouvantable. Je ne puis m'empêcher de croire qu'il s'agit d'un accident. Roger aimait tant manipuler ces objets bizarres. Il aura fait un geste maladroit...

Un silence poli accueillit cette hypothèse. Je vis Poirot se glisser aux côtés de l'avoué et lui parler à voix basse. Ils se retirèrent dans l'embrasure d'une fenêtre où je les rejoignis, non sans hésitation.

— Peut-être suis-je indiscret ?...

— Pas du tout, protesta Poirot avec chaleur. Vous et moi sommes associés dans cette enquête, monsieur le docteur, et je serais perdu sans vous. Je désirais m'informer un peu plus auprès de ce bon Mr Hammond.

— Si je comprends bien, avança prudemment l'avoué, vous agissez au nom du capitaine Ralph Paton ?

— Pas du tout, j'agis dans l'intérêt de la justice. Miss Ackroyd m'a demandé d'enquêter sur la mort de son oncle.

Mr Hammond tiqua :

— J'ai peine à croire que le capitaine Paton soit impliqué dans cette affaire de meurtre, si accablantes soient les charges qui pèsent contre lui. Le fait qu'il ait eu besoin d'argent ne suffit pas à...

— Il avait donc besoin d'argent ? intervint vivement Poirot.

L'avoué haussa les épaules.

— C'est un mal chronique, chez Ralph Paton, lança-t-il d'un ton sec. L'argent lui file entre les doigts et il avait sans cesse recours à son beau-père.

— Et l'a-t-il fait récemment, au cours de l'année, par exemple ?

— Difficile à dire. Mr Ackroyd ne m'en a pas parlé.

— Je comprends. Et je suppose, Mr Hammond, que vous connaissez les dispositions testamentaires de Mr Ackroyd ?

— Assurément. C'est le principal objet de ma visite.

— Donc, sachant que j'agis au nom de miss Ackroyd, vous ne voyez pas d'objection à me les communiquer ?

— Elles sont très simples, et je vous fais grâce du jargon professionnel. Donc, une fois payés divers petits legs...

— À savoir ?...

Mr Hammond parut quelque peu surpris par cette interruption.

— Mille livres à sa gouvernante, miss Russell. Cinquante livres à la cuisinière, Emma Cooper. Cinq cents livres à son secrétaire, Mr Geoffrey Raymond. À différents hôpitaux...

Poirot leva la main :

— Ah ! les donations charitables... aucun intérêt pour moi.

— Entendu. Mrs Ackroyd touchera, sa vie durant, les intérêts d'un capital de dix mille livres en titres. Miss Ackroyd hérite d'une somme de vingt mille livres, entièrement disponible. Le reste, y compris cette propriété et les actions de la firme Ackroyd & Fils, revient à son fils adoptif, Ralph Paton.

— Mr Ackroyd était donc riche ?

— Très riche. Le capitaine Paton sera un jeune homme extrêmement fortuné.

Un silence plana. Poirot et l'avoué échangèrent un regard.

— Mr Hammond..., appela Mrs Ackroyd d'un ton geignard.

L'avoué la rejoignit près de la cheminée et Poirot me prit par le bras. Il m'attira tout contre la fenêtre et, forçant légèrement le ton, déclara à voix haute :

— Admirez ces iris... Magnifiques, n'est-ce pas ? Quelle pureté de lignes ! C'est ravissant.

Tout en parlant, il me pressa le bras et ajouta un peu plus bas :

— Voulez-vous vraiment m'aider ? M'assister dans cette enquête ?

— Bien sûr ! m'écriai-je avidement. Rien ne saurait me plaire davantage. Ma vie est si monotone, si vous saviez ! Il ne se passe jamais rien, ici. C'est étouffant.

— Parfait, nous voici donc associés. Tiens, je sens que le major Blunt ne va pas tarder à nous rejoindre : il n'apprécie pas tellement la compagnie de la chère maman. Profitons de la situation. Comme il y a certains points de détail que je désire connaître, je compte sur vous pour lui poser — comment dire ? « mine de rien » — les questions à ma place.

— Quelles questions ? demandai-je, sur la défensive.

— Je voudrais que vous fassiez allusion à Mrs Ferrars.

— Et comment cela ?

— Le plus naturellement possible. Demandez au major s'il était à Fernly quand Mr Ferrars est mort. Vous suivez ma pensée ? Et pendant qu'il vous répondra, observez bien son expression, mais sans en avoir l'air. *C'est compris ?*

Il ajouta ces derniers mots en français mais ne

put m'éclairer davantage car, à cet instant précis, sa prédiction se réalisa. Avec sa brusquerie ordinaire, Blunt quitta ses interlocuteurs et s'approcha de nous.

Je lui proposai de faire un tour sur la terrasse, ce qu'il accepta. Poirot ne nous suivit pas. Après quelques pas, je m'arrêtai pour examiner une rose tardive et déclarai d'un air détaché :

— Dire qu'il y a un jour ou deux les choses étaient si différentes... comme tout change vite ! Je me revois en train d'arpenter cette même terrasse, mercredi dernier, avec Ackroyd. Il était plein d'entrain, alors. Il y a trois jours de cela et maintenant... il est mort, le pauvre ! Tout comme Mrs Ferrars. Vous l'avez connue, je crois ? Mais oui, bien sûr.

Blunt acquiesça d'un signe de tête.

— Et depuis votre arrivée, l'aviez-vous rencontrée ?

— Je lui ai rendu visite avec Ackroyd. Mardi dernier, je crois. Une femme charmante, bien qu'un peu étrange. Secrète... On ne savait jamais ce qu'elle avait en tête.

J'étudiai ses yeux gris, son regard impassible : ils ne cachaient rien, j'en étais sûr. Je poursuivis :

— Mais vous la connaissiez déjà, je suppose ?

— Depuis mon dernier séjour. Son mari et elle venaient de s'installer ici.

Après un instant de silence, le major ajouta :

— C'est curieux comme elle a pu changer, entre-temps.

— Comment cela, changé ?

— Elle semblait avoir dix ans de plus.

Je m'appliquai à paraître le plus naturel possible :
— Séjourniez-vous ici quand son mari est mort ?
— Non. Bon débarras d'ailleurs, pour ce que j'en sais. Pas très charitable de ma part, mais vrai.
J'en convins, et ajoutai prudemment :
— Ashley Ferrars n'était certes pas le modèle des maris.
— Une vraie brute, vous voulez dire.
— Non, seulement un homme pourri par l'argent.
— Ah, l'argent ! Qu'on en ait ou qu'on en manque, c'est toujours lui la cause du mal.
— Quel mal vous a-t-il fait, personnellement ?
— Je n'ai pas à me plaindre. Je fais partie des heureux.
— Ah oui ?
— Oui... et non. Il se trouve qu'en ce moment je suis un peu à court. J'ai fait un héritage, il y a un an, et, comme un idiot, je me suis laissé entraîner dans des spéculations hasardeuses.
Je compatis à ses déboires et lui racontai les miens. Puis le gong annonça le déjeuner, nous rentrâmes, et Poirot m'attira à l'écart.
— Eh bien ? demanda-t-il en français.
— Rien de suspect chez ce garçon, j'en jurerais.
— Pas la moindre... anomalie ?
— Il a bien fait un héritage, il y a un an, et après ? Ce n'est pas défendu. Cet homme est franc comme l'or et n'a rien à se reprocher, j'en mettrais ma main au feu.
— Très bien, très bien, dit Poirot d'un ton conciliant. Ne vous emballez pas comme cela !

On aurait juré qu'il s'adressait à un enfant capricieux.

Nous entrâmes tous ensemble dans la salle à manger. Dire qu'il ne s'était pas écoulé vingt-quatre heures depuis que j'avais pris place à cette même table pour la dernière fois ! Cela paraissait incroyable.

Le repas terminé, Mrs Ackroyd m'invita à m'asseoir à ses côtés sur un canapé.

— Je ne peux m'empêcher de me sentir blessée, murmura-t-elle en exhibant un mouchoir, apparemment peu fait pour éponger les larmes. Oui, blessée par ce manque de confiance de la part de Roger. C'est à moi qu'il aurait dû léguer ces vingt mille livres, et non à Flora. Les intérêts d'un enfant ne sauraient être mieux placés qu'entre les mains de sa mère.

— Vous oubliez les liens du sang, madame. Flora était la nièce d'Ackroyd. Si vous aviez été sa sœur, et non sa belle-sœur, le cas eût été différent.

La belle éplorée se tamponna délicatement les paupières.

— En tant que veuve de ce pauvre Cecil, j'estime qu'on aurait pu tenir compte de mes prérogatives, larmoya-t-elle. Mais Roger a toujours été très regardant, pour ne pas dire pingre, et nous nous trouvions dans une position difficile, toutes les deux. Il aurait dû faire une pension à la pauvre enfant, mais non ! Il se faisait prier pour payer ses factures et lui demandait sans arrêt à quoi lui servaient toutes ces fanfreluches. Quelle question ! C'est bien d'un homme... mais je ne sais plus où j'en suis. Nous n'avions rien qui fût vraiment à nous, pas un centime, et c'était humiliant pour Flora, vous comprenez. Elle en souffrait, et même beaucoup. Oh ! elle était très attachée à son oncle, bien sûr, mais n'importe quelle autre jeune fille eût souffert, dans sa position. Il faut bien avouer qu'en matière d'argent, Roger avait des idées singulières. Jusqu'aux serviettes de toilette qu'il refusait de remplacer, et je lui avais pourtant dit que les vieilles étaient en loques. Et quelle idée..., enchaîna Mrs Ackroyd en passant brusquement du coq à l'âne, ce qui lui arrivait souvent. Quelle idée de laisser tout cet argent, mille livres, vous vous rendez compte ! Mille livres à... à cette femme !

— Quelle femme ?

— Cette Russell ! Elle a quelque chose de bizarre, je l'ai toujours dit, mais Roger n'admettait pas qu'on la critique. Il lui trouvait beaucoup de force de caractère et répétait qu'il l'admirait et la respectait. On n'entendait parler que de sa droiture, de son détachement et de ses qualités morales. À mon avis, tout cela cachait quelque chose et elle ne songeait qu'à épouser Roger. Mais j'y ai mis le holà et elle m'a toujours détestée, forcément. Moi, je n'étais pas dupe.

Je commençais à me demander si j'avais la moindre chance d'échapper à ce flot de paroles quand Mr Hammond m'en offrit une en venant prendre congé. Je saisis la balle au bond.

— Et à propos de l'enquête, demandai-je en me levant, où préférez-vous qu'elle ait lieu ? Ici ou aux *Trois Marcassins* ?

Mrs Ackroyd me dévisagea, bouche bée.

— L'enquête répéta-t-elle, figée par la consternation. Il ne sera sûrement pas nécessaire d'en arriver là ?

Mr Hammond toussota et laissa tomber, laconique :
— Inévitable, vu les circonstances.
— Mais le Dr Sheppard doit pouvoir s'arranger...
— Je crains que mes pouvoirs n'aillent pas jusque-là, rétorquai-je avec sécheresse.
— Mais si la mort de Roger n'est qu'un accident...
Cette fois, je me montrai brutal.
— Il a été assassiné, Mrs Ackroyd.
Elle laissa échapper un petit cri.
— L'hypothèse de l'accident est absolument indéfendable.
Mrs Ackroyd me jeta un regard de détresse, où je ne crus voir que la crainte stupide des désagréments. Cela ne me rendit pas indulgent.
— Mais s'il y a une enquête, reprit-elle, je n'aurai pas à... à répondre à des questions, et tout ça ?
— Je ne sais pas si cela sera nécessaire. J'imagine que Mr Raymond pourra s'en charger pour vous. Il connaît très bien les circonstances du meurtre et doit être en mesure d'identifier le corps.
L'avoué m'approuva d'un signe de tête et déclara :
— Je ne crois pas qu'il y ait lieu de vous inquiéter, madame. Tous les désagréments vous seront épargnés. Quant à l'argent... avez-vous tout ce qu'il vous faut pour le moment ?
Et, comme elle l'interrogeait du regard, il ajouta :
— En espèces, je veux dire. Ou si vous préférez, en liquide. Sinon, je peux m'arranger pour faire le nécessaire.
— Cela devrait aller, intervint Raymond qui se

trouvait à portée de voix. Mr Ackroyd a tiré un chèque de cent livres, hier.

— Cent livres ?

— Oui, pour payer les gages des domestiques et régler quelques factures. Comme il devait le faire aujourd'hui, la somme est toujours intacte.

— Et où est cet argent ? Dans son bureau ?

— Non, il le gardait toujours dans sa chambre, dans une vieille boîte à faux cols, pour être précis. Drôle d'idée, non ?

— Mieux vaudrait nous assurer qu'il y est encore, estima l'avoué. Allons-y avant que je parte.

— Mais certainement, approuva le secrétaire. Je vous précède... Oh, j'oubliais ! La porte est fermée à clé.

Envoyé aux nouvelles, Parker finit par découvrir que l'inspecteur Raglan s'était rendu à l'office pour un supplément d'enquête. Quelques minutes plus tard, l'inspecteur nous rejoignit dans le hall, clé en main, et nous ouvrit la porte. Nous nous engageâmes dans le couloir, puis dans le petit escalier, pour trouver la porte de la chambre d'Ackroyd grande ouverte. Il faisait sombre à l'intérieur de la pièce. Les rideaux étaient tirés et le lit dans le même état que la veille, préparé pour la nuit. L'inspecteur ouvrit les rideaux, laissant pénétrer le soleil, et Geoffrey Raymond se dirigea vers un bureau en bois de rose dont il désigna le tiroir supérieur.

— Et il gardait son argent là, sans prendre la peine de fermer le tiroir à clé ? observa l'inspecteur. Incroyable !

Une légère rougeur monta aux joues du secrétaire.

— Mr Ackroyd avait la plus totale confiance en son personnel ! s'écria-t-il avec indignation.
— Bien sûr ! se hâta de répondre l'inspecteur. Cela va de soi.
Raymond ouvrit le tiroir. Il en sortit une boîte en cuir de forme ronde, qu'il ouvrit à son tour. De là, il tira un portefeuille rebondi.
— Voici l'argent, dit-il en prélevant une épaisse liasse de billets. Je sais que vous trouverez la somme intacte car Mr Ackroyd l'a rangée dans cette boîte en ma présence, hier soir, en s'habillant pour le dîner. Naturellement, personne n'y a touché depuis.
Mr Hammond lui prit la liasse des mains, compta les billets et releva vivement la tête.
— Cent livres, dites-vous ? Mais il n'y en a que soixante !
Raymond ouvrit des yeux ronds.
— Impossible ! s'exclama-t-il en arrachant les billets des mains de l'avoué pour les compter à haute voix.
Mr Hammond ne s'était pas trompé : il n'y avait que soixante livres.
— Mais... je ne comprends pas ! s'écria le secrétaire, abasourdi.
Alors Poirot se décida à intervenir :
— Vous avez bien vu Mr Ackroyd ranger cet argent hier soir pendant qu'il s'habillait ? Vous êtes certain qu'il n'avait pas déjà disposé d'une partie de cette somme ?
— Certain. Il n'avait rien dépensé du tout. Il a même dit : « Je ne veux pas descendre avec ces cent livres en poche. C'est trop encombrant. »
— En ce cas, c'est tout simple, commenta Poirot.

Ou bien il a disposé de ces quarante livres hier soir, ou bien on les lui a volées.

— On ne saurait mieux dire, approuva l'inspecteur, qui se tourna vers Mrs Ackroyd. Parmi les domestiques, qui a pu entrer dans cette pièce hier soir ?

— La seconde femme de chambre. Pour préparer le lit.

— Qui est-ce ? Que savez-vous d'elle ?

— Il n'y a pas très longtemps qu'elle est ici, en fait. Mais c'est une brave fille de la campagne, comme tant d'autres.

— Il nous faut tirer cela au clair, déclara l'inspecteur. Si Mr Ackroyd a disposé de cet argent lui-même, l'usage qu'il en a fait a peut-être un rapport avec le crime. Selon vous, rien à reprocher aux autres domestiques ?

— Pas à ma connaissance.

— Vous n'avez jamais constaté de disparitions ?

— Non.

— Pas de départs, ou quoi que ce soit d'inhabituel ?

— Si. La femme de chambre qui sert à table s'en va.

— Quand ?

— Elle a donné son congé hier.

— À vous ?

— Oh, non ! Je n'ai rien à voir avec le personnel. C'est miss Russell qui s'occupe des affaires domestiques.

L'inspecteur s'absorba dans une longue réflexion, puis il hocha la tête et déclara :

— Je crois que je ferais bien d'avoir un entretien

avec miss Russell. J'en profiterai pour voir aussi cette Elsie Dale.

Poirot et moi le suivîmes dans le bureau de la gouvernante, où miss Russell nous reçut avec son sang-froid coutumier.

Elsie Dale était à Fernly depuis cinq mois, nous apprit-elle. Une brave fille, travailleuse et des plus comme il faut, avec de bonnes références. En somme, la dernière personne au monde à soupçonner de dérober le bien d'autrui.

— Et l'autre femme de chambre ? Celle qui sert à table ?

— Une fille remarquable, elle aussi. Pondérée, distinguée, et irréprochable dans son travail.

— Alors, pourquoi part-elle ?

Miss Russell pinça les lèvres.

— Ça, je n'y suis pour rien. Mais si j'ai bien compris, Mr Ackroyd l'a accablée de reproches, hier après-midi. C'est elle qui fait le ménage dans le cabinet de travail, et je crois qu'elle a dérangé des papiers posés sur le bureau. Mr Ackroyd était furieux, et elle a donné son congé. En tout cas, c'est ce que j'ai déduit de ses explications, mais peut-être préféreriez-vous lui parler ?

L'inspecteur acquiesça et miss Russell fit appeler Ursula Bourne. J'avais déjà remarqué la femme de chambre qui nous servait à table. Une grande fille à l'opulente chevelure brune tirée sur la nuque et avec des yeux gris au regard tranquille. Elle entra et resta debout devant nous, très droite, fixant sur nous son impassible regard gris.

— Vous êtes Ursula Bourne ? s'enquit l'inspecteur Raglan.

— Oui, monsieur.

— J'apprends que vous partez ?
— Oui, monsieur.
— Et pour quelle raison ?
— J'ai dérangé des papiers sur le bureau de Mr Ackroyd. Il s'est emporté et m'a dit que je ferais mieux de m'en aller, et le plus tôt possible.
— Hier soir, êtes-vous entrée dans la chambre de Mr Ackroyd, pour ranger ou pour toute autre raison ?
— Non, monsieur, c'est le travail d'Elsie. Je ne suis jamais allée dans cette partie de la maison.
— Je dois vous informer, mon petit, qu'une importante somme d'argent a disparu de la chambre de Mr Ackroyd.
Cette fois, la jeune fille sortit de son indifférence. Je vis le rouge lui monter aux joues.
— J'ignorais jusqu'à l'existence de cet argent. Si vous croyez que je l'ai pris et que Mr Ackroyd m'a renvoyée à cause de cela, vous vous trompez.
— Je ne vous accuse pas de l'avoir pris, mon petit. Ne soyez pas si susceptible !
La jeune fille le toisa d'un regard glacial.
— Vous pouvez fouiller mes affaires, lança-t-elle avec dédain, vous n'y trouverez rien.
Poirot se hâta d'intervenir :
— C'est bien hier que Mr Ackroyd vous a donné congé... ou que vous avez pris congé de vous-même, n'est-ce pas ?
La femme de chambre hocha la tête.
— Combien de temps a duré votre entrevue ?
— Notre entrevue ?
— Avec Mr Ackroyd, dans son bureau ?
— Je... je ne sais pas.
— Vingt minutes ? Une demi-heure ?

— Quelque chose comme ça.
— Pas plus ?
— Pas plus d'une demi-heure, en tout cas.
— Merci, mademoiselle.
J'observai Poirot avec curiosité. À petits gestes méticuleux, il redisposait en les alignant quelques bibelots sur la table. Son regard brillait.
— Ce sera tout, dit l'inspecteur.
Ursula Bourne s'éclipsa, et il se tourna vers miss Russell.
— Depuis combien de temps travaille-t-elle ici ? Pourrais-je voir ses certificats ?
Ignorant la première question, miss Russell s'approcha d'un bureau, ouvrit l'un des tiroirs et en tira une liasse de lettres attachées par un trombone. Elle en choisit une et la tendit à l'inspecteur.
— Hum ! tout cela me semble parfait, observa-t-il. Mrs Richard Folliott, Marby Grange, Marby. Qui est cette personne ?
— Une dame très distinguée. Grande bourgeoisie terrienne, répondit brièvement miss Russell.
L'inspecteur lui rendit la lettre.
— Bien ! Voyons l'autre, maintenant. Cette Elsie Dale.
Elsie était une belle fille bien plantée, au visage agréable bien qu'un peu stupide. Elle répondit à nos questions sans se faire prier et s'émut beaucoup de la disparition de l'argent.
— Je ne vois pas ce qu'on pourrait lui reprocher, commenta l'inspecteur après l'avoir congédiée. Et sur Parker, quelle est votre opinion ?
Miss Russell pinça les lèvres, sans répondre.
— Je flaire quelque chose de louche chez cet homme, reprit l'inspecteur d'un ton pensif. Le pro-

blème c'est que je ne vois pas quand il aurait bien pu commettre le crime. Juste après le dîner, il a été accaparé par son service et il a un alibi solide pour le reste de la soirée. Je le sais, j'ai vérifié avec un soin tout particulier... Eh bien, miss Russell, je vous remercie. Nous en resterons là pour l'instant. Il est on ne peut plus probable que Mr Ackroyd ait lui-même disposé de cet argent.

La gouvernante nous gratifia d'un « bon après-midi » des plus secs, et nous nous retirâmes. Je quittai la maison en compagnie de Poirot.

— Je me demande ce que pouvaient bien être ces papiers pour qu'Ackroyd se soit mis dans une colère pareille, dis-je après un silence. Ne pourraient-ils nous fournir un indice ?

— D'après le secrétaire, il n'y avait aucun papier important sur le bureau, observa tranquillement Poirot.

— Sans doute, mais...

— Mais vous trouvez bizarre qu'Ackroyd soit monté sur ses grands chevaux pour un détail aussi insignifiant ?

— Euh... oui, en quelque sorte.

— Mais s'agissait-il vraiment d'un détail insignifiant ?

— Il est vrai que nous ne savons rien de ces papiers, dus-je admettre. Mais Raymond n'a-t-il pas...

— Oublions un instant Mr Raymond. Que pensez-vous de cette fille ?

— Laquelle ? Celle qui servait à table ?

— Oui, la seconde femme de chambre. Ursula Bourne.

— Elle m'a semblé être une fille très bien, hasardai-je en appuyant sur les deux derniers mots.
Poirot, lui, accentua le premier verbe.
— Oui, dit-il en reprenant mes paroles, elle vous a *semblé* être une fille très bien.
Puis, après un instant de silence, il tira quelque chose de sa poche et me le tendit :
— Tenez, mon ami, je voulais vous montrer ce papier.
Le papier en question n'était autre que la liste établie par l'inspecteur, et que ce dernier lui avait remise le matin même. Du bout du doigt, il me désigna une petite croix au crayon, en face d'un nom. Celui d'Ursula Bourne.
— Vous ne l'avez peut-être pas remarqué sur le moment, mon bon ami, mais il y a une personne sur cette liste dont l'alibi n'a pas été confirmé. Ursula Bourne.
— Vous ne supposez pas...
— Dr Sheppard, je dois tout supposer. Ursula Bourne peut très bien avoir tué Mr Ackroyd, mais j'avoue ne pas comprendre ce qui aurait pu l'y pousser. Et vous ?
Il m'observait avec une attention aiguë, si aiguë que j'en fus mal à l'aise.
— Et vous ? répéta-t-il.
— Moi non plus, déclarai-je avec assurance.
Son attention se relâcha. Il fronça les sourcils et murmura, comme pour lui-même :
— Le maître chanteur était un homme, ce qui la met hors de cause. Donc...
Je toussotai.
— Sur ce point... commençai-je d'un ton dubitatif.
Il pivota sur ses talons et me regarda bien en face.

— Quoi donc ? Que voulez-vous dire ?
— Rien. Rien si ce n'est que... pour être exact, Mrs Ferrars a fait allusion à une *personne*, sans plus. Elle n'a pas précisé s'il s'agissait d'un homme, c'est Ackroyd et moi qui l'avons supposé. Cela nous a paru évident.

Poirot ne semblait pas m'entendre : il s'était remis à marmonner entre ses dents.

— Mais alors, c'est possible après tout... oui, bien sûr que c'est possible... mais alors... ah ! il faut que je remette mes idées en ordre. Oui, de l'ordre et de la méthode, je n'en ai jamais eu autant besoin. Tout doit concorder... chaque élément trouver sa place, sinon... sinon je suis sur une fausse piste.

Il s'interrompit et, une fois de plus, se tourna vers moi :

— Où se trouve Marby ?
— De l'autre côté de Cranchester.
— À combien d'ici ?
— Une vingtaine de kilomètres.
— Vous serait-il possible d'y aller ? Demain, par exemple.
— Demain ? Voyons..., nous serons dimanche... oui, je devrais pouvoir m'arranger. Mais que voulez-vous que j'aille y faire ?
— Rendre visite à cette Mrs Folliott. Et recueillir le plus de renseignements possible sur Ursula Bourne.
— Très bien. Mais j'avoue que l'idée ne m'enchante guère.
— Ce n'est pas le moment de faire des difficultés : la vie d'un homme est en jeu.
— Pauvre Ralph ! soupirai-je. Vous le croyez innocent, malgré tout ?

Poirot me dévisagea, très grave.
— Vous voulez savoir la vérité ?
— Bien entendu.
— Alors vous la saurez, mon ami. Toutes les pistes convergent sur lui.
— Quoi !
— Eh oui. Ce stupide inspecteur — car il est stupide — a rassemblé des indices accablants pour lui. Moi, je cherche la vérité, et elle me ramène toujours à Ralph Paton. Mobile, occasion, moyens employés, tout le désigne. Mais je vérifierai toutes les hypothèses, absolument toutes, je l'ai promis à miss Flora. Et elle semblait vraiment très sûre de ce qu'elle avançait, cette enfant. Oui, vraiment très sûre.

11

POIROT EN VISITE

Ce ne fut pas sans une certaine nervosité que je sonnai à la porte de Marby Grange, le lendemain après-midi. J'aurais bien voulu savoir ce que Poirot espérait découvrir et pourquoi il m'avait chargé de cette démarche. Etait-ce pour rester discrètement à l'écart, comme lorsqu'il m'avait prié d'interroger le major Blunt ? Mais ici, le cas était différent et ce scrupule ne me paraissait pas justifié. L'entrée d'une sémillante femme de chambre mit fin à mes réflexions. J'appris que Mrs Folliott était chez elle.

Introduit dans un salon spacieux pour y attendre la maîtresse de maison, je promenai autour de moi un regard curieux. La grande pièce était assez nue, les tentures et les sièges, plutôt râpés. Ça et là, quelques très belles porcelaines et des gravures de maîtres. Aucun doute, j'étais bien chez une grande dame.

Je m'arrachai à l'examen d'un Bartolozzi au moment où Mrs Folliott fit son entrée. C'était une grande femme à la chevelure brune un peu en désordre et au sourire engageant.

— Dr Sheppard..., énonça-t-elle avec un rien d'hésitation.

— C'est bien mon nom, madame. Je vous prie d'excuser mon intrusion, mais je désirais des renseignements sur une femme de chambre qui a été à votre service : Ursula Bourne.

Ce nom produisit un effet instantané. Le sourire de Mrs Folliott s'évanouit et sa cordialité de même. Elle parut soudain très mal à l'aise.

— Ursula Bourne ? répéta-t-elle d'une voix incertaine.

— Oui. Ce nom ne vous dit sans doute plus rien ?

— Oh si ! je me souviens très bien d'elle.

— Elle vous a quittée il y a un an, si j'ai bien compris ?

— Oui. Oui, c'est exact.

— Vous avait-elle donné satisfaction ? Combien de temps est-elle restée à votre service, au fait ?

— Un an ou deux, je ne me rappelle pas au juste. Elle est extrêmement capable et je suis certaine qu'elle vous donnera toute satisfaction, à vous aussi. Ainsi, elle quitte Fernly... je n'étais pas au courant.

— Pouvez-vous m'apprendre quelque chose de plus à son sujet ?

— Quoi, par exemple ?

— D'où elle vient, de quel milieu... ce genre de détails.

La froideur de Mrs Folliott s'accentua sensiblement.

— Je n'en ai pas la moindre idée.

— Où travaillait-elle avant d'entrer à votre service ?

— Je crains de l'avoir oublié.

Sous la nervosité de mon hôtesse perçait une note de colère. Elle redressa la tête en un geste qui me parut vaguement familier.

— Toutes ces questions sont-elles vraiment indispensables ?

Un peu étonné, je me récriai poliment :

— Mais pas du tout, et je n'avais pas l'intention de vous mettre dans l'embarras. Vous m'en voyez navré.

Mrs Folliott se radoucit et je vis reparaître sa gêne.

— Mais vos questions ne m'embarrassent pas, je vous assure. Pas le moins du monde... et d'ailleurs, en quoi le pourraient-elles ? Elles m'ont simplement paru un peu... surprenantes. Oui, c'est bien le mot : surprenantes.

L'un des avantages de la pratique médicale, c'est que vous savez presque toujours quand les gens vous mentent. Rien qu'à son attitude, j'aurais pu deviner que Mrs Folliott répugnait à me répondre. Et même énormément. Sa confusion et son désarroi parlaient d'eux-mêmes : elle avait quelque chose à cacher. Mais quoi ?... Mystère. Il était clair pour moi qu'elle n'avait pas l'habitude des faux-fuyants. Et comme tous les novices en la matière, elle était aussi maladroite que mal à l'aise. Un enfant l'aurait percée à jour.

Mais ce qui était tout aussi clair, c'est qu'elle n'avait pas l'intention de m'en dire plus. Et ce n'était certainement pas elle qui m'aiderait à éclaircir le mystère entourant Ursula Bourne, quel qu'il fût. Frustré dans mes espoirs, je m'excusai une fois de plus de l'avoir importunée, pris mon chapeau et me retirai.

J'allai voir deux patients à domicile et rentrai chez moi vers 6 heures. La cérémonie du thé venait de s'achever, à en juger par l'état de la table où trônait Caroline. Je lus sur son visage une exaltation contenue, que je ne connaissais que trop bien. Il y avait des nouvelles dans l'air. Venait-elle de les répandre ou au contraire d'en recevoir, c'est ce qu'il me restait à apprendre. Je n'eus que le temps de me laisser tomber dans mon fauteuil et d'allonger les jambes en direction du bon feu qui flambait dans la cheminée : Caroline passa à l'attaque.

— J'ai passé un après-midi passionnant.

— Ah oui ? Miss Gannett est venue prendre le thé ?

Miss Gannett est un des piliers de notre service de renseignements.

— Cherche encore, jubila Caroline.

J'offris plusieurs autres noms, passant lentement en revue tous les informateurs de Caroline. À chaque tentative, ma sœur secouait la tête d'un air triomphant. Finalement, ce fut elle qui m'annonça :

— M. Poirot est venu me voir... Eh bien, que penses-tu de cela ?

J'en pensais quantité de choses, mais me gardai bien d'en faire part à Caroline.

— Que voulait-il ?

— Me voir, bien sûr ! Il m'a dit que, puisqu'il connaissait si bien mon frère, il se croyait autorisé à se présenter à sa charmante sœur... enfin, à ta charmante sœur, je veux dire.

— Et de quoi a-t-il parlé ?

— Il m'a raconté des tas de choses sur lui et sur

ses enquêtes. Tu vois qui est le prince Paul de Maurétanie, celui qui vient d'épouser une danseuse ?
— Oui, et alors ?
— J'ai lu un article très intrigant au sujet de cette femme l'autre jour, dans *Les Potins mondains*. On laissait entendre qu'elle serait en réalité une grande duchesse russe, une des filles du tsar qui aurait réussi à échapper aux bolcheviques. Il paraît que M. Poirot a résolu une sombre affaire de meurtre dans laquelle ils ont failli être impliqués, elle et son mari. Le prince Paul lui en a été on ne peut plus reconnaissant.
— Lui a-t-il offert une épingle de cravate ornée d'une émeraude grosse comme un œuf ? ironisai-je.
— Il n'en a pas parlé, pourquoi ?
— Pour rien, je croyais que c'était la coutume. En tout cas, c'est ainsi que cela se passe dans les romans policiers. La chambre de l'insurpassable détective est toujours jonchée de rubis, de perles et d'émeraudes, témoignages de la gratitude royale de ses clients.
— En tout cas, dit ma sœur d'un ton satisfait, c'est très intéressant d'entendre parler de ces choses par ceux qui les ont vues de près.
Ce l'était certainement, du moins pour Caroline, et je ne pus m'empêcher d'admirer la subtilité de M. Hercule Poirot. Il avait su choisir entre toutes l'histoire la plus propre à séduire une vieille demoiselle de village.
— T'a-t-il révélé si la danseuse était vraiment une grande duchesse ?
— Il n'en avait pas le droit, cela va de soi, dit Caroline, pleine d'importance.
Dans quelle mesure Poirot avait-il altéré la vérité

en bavardant avec ma sœur ? Pas du tout, sans doute. Il avait dû procéder par mimiques et haussements d'épaules, et suggérer sans se compromettre.

— Et j'imagine qu'après ça, tu étais prête à lui manger dans la main ? m'écriai-je.

— Ne sois pas si grossier, James. Je me demande où tu vas chercher ces tournures triviales !

— Probablement chez mes malades, mon seul lien avec le monde extérieur. Malheureusement, ma clientèle ne se compose pas d'altesses royales, ni de fascinants émigrés russes.

Caroline remonta ses lunettes et me dévisagea :

— Tu m'as l'air bien acariâtre, James, ce doit être ton foie. Tu me feras le plaisir de prendre une pilule, ce soir.

À me voir vivre chez moi, personne ne se douterait que je suis médecin. C'est Caroline qui prescrit les traitements de la famille, aussi bien les miens que les siens.

— Au diable mon foie ! maugréai-je. Avez-vous parlé du meurtre ?

— Enfin, James... naturellement ! De quoi pourrait-on bien parler dans tout le pays en ce moment, sinon de cela ? J'ai pu préciser certains détails à M. Poirot, qui m'en a été très reconnaissant. Il m'a dit que j'avais un véritable flair de détective et un sens inné de la psychologie humaine.

Caroline se pourléchait comme une chatte devant un bol de crème. Pour un peu, elle aurait ronronné.

— Il m'a beaucoup parlé des petites cellules grises du cerveau. Les siennes sont de toute première qualité, paraît-il.

— Mais comment donc ! ricanai-je. M. Hercule

Modeste Poirot. Tu ne trouves pas que cela lui irait bien ? Il devrait faire refaire ses cartes de visite !
— Je n'aime pas du tout ce ton, James. Tu parles comme un Américain. M. Poirot pense qu'il faut à tout prix retrouver Ralph et lui conseiller de se montrer. D'après lui, son absence produirait une impression désastreuse à l'enquête.
— Et qu'as-tu répondu à cela ?
— Que c'était aussi mon avis, dit Caroline d'un ton suffisant. Et je lui ai répété tout ce qu'on raconte déjà sur Ralph.
— Caroline, m'informai-je avidement, as-tu rapporté à M. Poirot la conversation que tu as surprise dans le bois, l'autre jour ?
— Mais oui, fit béatement Caroline.
Je me levai et me mis à arpenter la pièce.
— J'espère que tu te rends compte de ce que tu as fait ! Tu as passé la corde au cou de Ralph, ni plus ni moins !
— Pas du tout, rétorqua ma sœur, imperturbable. Et je m'étonne que tu n'en aies pas parlé toi-même.
— Je m'en suis bien gardé ? J'aime beaucoup ce garçon.
— Moi aussi, c'est pourquoi je trouve ta remarque stupide. Je ne crois pas que Ralph soit coupable. Donc la vérité ne peut pas lui nuire et nous devrions aider M. Poirot du mieux que nous pouvons. Réfléchis. Il est on ne peut plus probable que Ralph soit sorti avec cette jeune fille le soir du meurtre. Si c'est le cas, il a un excellent alibi.
— Mais s'il a un si bon alibi, pourquoi ne pas venir le dire ?
— Sans doute pour ne pas causer d'ennuis à la

jeune fille, observa Caroline d'un ton sagace. Mais si M. Poirot la retrouve et lui fait comprendre où est son devoir, elle viendra de son propre chef disculper Ralph.

— Quelle imagination... un vrai conte de fées. Tu lis trop de mauvais romans, Caroline. Je te l'ai toujours dit.

Sur ce, je m'affalai à nouveau dans mon fauteuil.

— Et... Poirot t'a-t-il posé d'autres questions ? demandai-je.

— Seulement sur les patients que tu as vus ce matin.

— Les patients ? répétai-je, incrédule.

— Oui, ceux de ta consultation. Il voulait savoir combien ils étaient, et aussi leurs noms.

— Dois-je comprendre que tu as pu le renseigner ?

Caroline me surprendra toujours.

— Et pourquoi pas ? triompha-t-elle. De cette fenêtre, je vois très bien le chemin qui mène à ton cabinet, et j'ai une excellente mémoire, James. Bien meilleure que la tienne, permets-moi de te le dire.

— Je n'en doute pas, murmurai-je distraitement.

Ma sœur enchaîna en comptant sur ses doigts :

— Il y a d'abord eu la vieille Mrs Bennett, puis ce garçon de ferme qui s'est fait mal à la main, Dolly Grace qui s'est planté une aiguille dans le doigt, et ce garçon de cabine américain. Ce qui nous fait, voyons... quatre. Et aussi le vieux George Evans, avec son ulcère. Et pour finir...

Caroline observa un silence lourd de sens.

— Eh bien ?

Le moment triomphal était arrivé, et ma sœur ne manqua pas son effet. En prenant grand soin de faire sonner les « l », elle annonça d'un ton théâtral :

— Miss Russell !

Sur quoi, elle se renversa en arrière et me lança un regard significatif. Et quand ma sœur vous regarde d'un air significatif, il est difficile de faire celui qui ne comprend pas. C'est pourtant ce que je fis.

— Je ne vois pas ce que tu veux dire. Pourquoi miss Russell ne serait-elle pas venue me voir ? Elle a mal au genou.

— Mal au genou, répéta Caroline. À d'autres ! Elle n'a pas plus mal au genou que toi ou moi. C'est autre chose qu'elle voulait.

— Ah oui, et quoi ?

Là, ma sœur dut reconnaître son ignorance.

— Mais sois tranquille, ajouta-t-elle, c'est ce qu'il cherchait à savoir... M. Poirot, je veux dire. Il y a quelque chose de louche chez cette femme. Et il s'en est aperçu.

— Tiens ! c'est justement ce que me disait Mrs Ackroyd hier. Qu'il y avait quelque chose de louche chez miss Russell.

Caroline se rembrunit.

— Ah, Mrs Ackroyd ! En voilà une qui...

— Qui quoi ?

Mais ma sœur se refusa à tout commentaire. Elle se contenta de hocher plusieurs fois la tête, roula son tricot et monta dans sa chambre pour revêtir sa blouse de soie mauve, sur laquelle elle porte un médaillon en or. C'est ce qu'elle appelle « s'habiller pour dîner ».

Je m'attardai en bas à contempler les flammes, tout en réfléchissant aux paroles de ma sœur. Poirot était-il réellement venu pour se renseigner sur miss Russell, ou l'esprit alambiqué de ma sœur avait-il tout interprété selon ses vues personnelles ? Rien, dans l'attitude de miss Russell, ne m'avait paru suspect, sinon...

Je me rappelai son insistance à ramener la conversation sur les drogués, le poison et les empoisonneurs. Mais cela ne voulait rien dire. Ackroyd n'avait pas été empoisonné. Tout de même, c'était curieux...

De l'étage me parvint la voix de Caroline, plutôt acide, me sembla-t-il.

— James, tu vas être en retard pour le dîner.

Je mis du charbon sur la grille et montai docilement me préparer. Chaque chose a son prix, et rien ne vaut la paix chez soi.

12

TOUR DE TABLE

Une confrontation officielle eut lieu le lundi.
Je n'en rapporterai pas tous les détails, ce qui donnerait lieu à des répétitions fastidieuses. Avec l'accord de la police, nous nous arrangeâmes pour éviter toute publicité. Ma déposition porta sur la cause et l'heure probable de la mort d'Ackroyd. Le coroner nota l'absence de Ralph Paton, mais évita de s'appesantir sur le sujet. Après quoi, Poirot et moi échangeâmes quelques mots avec l'inspecteur Raglan. Ce dernier se montra très soucieux.
— Tout cela ne me dit rien qui vaille, monsieur Poirot, et j'essaie de juger ce cas sans parti pris. Je suis du pays et j'ai rencontré souvent le capitaine Paton à Cranchester. Je ne tiens pas à le déclarer coupable, mais que voulez-vous ? Tout l'accable. S'il est innocent, pourquoi ne se manifeste-t-il pas ? Nous possédons des charges contre lui, mais il pourrait très bien se disculper. Alors pourquoi ne le fait-il pas ?
J'ignorais encore, à ce moment-là, tout ce qu'impliquaient les paroles de l'inspecteur. Le

signalement de Ralph avait été diffusé dans tous les ports et toutes les gares du royaume. La police était sur le pied de guerre. On surveillait l'appartement de Ralph et tous les endroits où il avait l'habitude de se montrer.

Avec un tel déploiement de forces, il semblait impossible que Ralph pût s'échapper. Il n'avait pas de bagages, et vraisemblablement pas d'argent non plus.

— Je n'ai pu trouver personne qui l'ait vu à la gare ce soir-là, reprit l'inspecteur, et pourtant il est très connu, par ici. On pouvait s'attendre à ce que quelqu'un l'ait remarqué. Aucune nouvelle de Liverpool non plus.

— Vous pensez qu'il est allé à Liverpool ? demanda Poirot.

— Ce n'est pas impossible. Cet appel téléphonique de la gare, juste avant le départ de l'express de Liverpool... c'est peut-être une piste.

— Ou une fausse piste, dans l'intention de vous égarer, précisément. Ce qui expliquerait ce coup de téléphone.

— C'est une idée ! s'exclama vivement l'inspecteur. Croyez-vous réellement que ce soit l'explication de ce message ?

— Je ne sais pas, mon ami, dit gravement Poirot. Mais laissez-moi vous dire ceci : à mon avis, quand nous aurons l'explication de ce coup de téléphone, nous aurons aussi celle du meurtre.

Je le regardai avec curiosité.

— Je me souviens de vous l'avoir déjà entendu dire.

Il fit un signe affirmatif et déclara d'un ton sérieux :

— J'en reviens toujours à ça.
— Cela me semble tout à fait arbitraire, observai-je.
— Je n'irai pas jusque-là, rétorqua l'inspecteur, mais je dois avouer que M. Poirot attache un peu trop d'importance à ce détail. Nous avons de meilleurs indices : les empreintes digitales, par exemple. Celles qu'on a trouvées sur le poignard.

Comme cela lui arrivait souvent lorsqu'il s'animait, Poirot devint subitement très continental.

— Monsieur l'inspecteur, s'écria-t-il dans un anglais hésitant entrecoupé de français, prenez garde au... au chemin aveugle, non... comment dit-on ? la petite rue qui ne débouche nulle part

L'inspecteur Raglan ouvrit des yeux ronds, mais je compris plus vite.

— Une impasse, c'est cela ?
— Oui, voilà : l'impasse qui ne mène nulle part. Et les empreintes, c'est la même chose : elles ne vous mèneront peut-être nulle part.

— Je vois mal comment ce serait possible, répliqua l'officier de police. Insinuez-vous qu'on les a falsifiées ? J'ai rencontré ce genre de cas dans des livres, mais jamais dans la réalité. Et d'ailleurs, vraies ou fausses, elles *doivent* mener quelque part.

Poirot se contenta de hausser les épaules et d'écarter les bras en un geste d'impuissance.

Puis l'inspecteur nous soumit différents agrandissements d'empreintes et se lança dans des explications savantes sur les boucles et les volutes.

— Alors, dit-il enfin, vexé par l'indifférence manifeste de Poirot, vous admettrez que ces empreintes ont été laissées par quelqu'un qui se trouvait dans la maison ce soir-là ?

— Bien entendu, fit Poirot en hochant la tête.

— J'ai donc relevé les empreintes de tous les habitants de la maison. Absolument toutes, vous m'entendez ? De la vieille dame à la fille de cuisine.

Mrs Ackroyd n'eût sans doute pas apprécié d'être qualifiée de vieille dame. Elle devait consacrer des sommes rondelettes aux soins de beauté.

— Absolument toutes, répéta l'inspecteur d'un ton suffisant.

— Y compris les miennes, dis-je avec sécheresse.

— En effet. Et aucune d'elles ne correspond à celles du poignard, ce qui nous laisse deux possibilités. Le coupable est soit Ralph Paton, soit le mystérieux inconnu dont le docteur nous a parlé. Quand nous tiendrons ces deux-là...

— Nous aurons perdu un temps précieux, coupa Hercule Poirot.

— Je ne vous suis pas très bien, monsieur Poirot.

— Vous avez relevé les empreintes de tous les habitants de la maison, dites-vous ? Êtes-vous certain que cette déclaration soit conforme à la vérité, monsieur l'inspecteur ?

— Certain.

— Vous n'avez oublié personne ?

— Personne.

— Ni vivant... ni mort ?

L'inspecteur demeura sans voix devant ce qu'il prit pour une allusion d'ordre religieux. Puis, lentement, la lumière se fit dans son esprit.

— Vous pensez au...

— Au mort, monsieur l'inspecteur.

Il fallait toujours une bonne minute à Raglan pour comprendre.

— Je suggérais, reprit calmement Poirot, que les

empreintes retrouvées sur le manche du poignard sont celles de Mr Ackroyd lui-même. Ce qui sera facile à vérifier, puisque le corps est toujours là.
— Mais pourquoi ? A quoi cela rimerait-il ? Vous n'êtes pas en train d'insinuer qu'il s'agit d'un suicide, monsieur Poirot ?
— Oh, que non ! J'avance l'hypothèse que le meurtrier portait des gants, ou une étoffe quelconque autour de la main. Après avoir porté le coup, il a pris la main de sa victime et l'a refermée sur le manche du poignard.
— Mais pourquoi ?
Une fois de plus, Poirot haussa les épaules.
— Pour rendre le problème encore plus problématique.
— Très bien, je vérifierai. Mais comment cette idée vous est-elle venue ?
— Grâce à vous, lorsque vous avez eu la gentillesse de me montrer l'arme et d'attirer mon attention sur les empreintes. Je ne connais pas grand-chose aux boucles ni aux volutes, je l'avoue franchement. Mais la position des empreintes m'a semblé un peu bizarre. Ce n'est pas ainsi que j'aurais tenu l'arme pour frapper. Mais cette position s'explique si le meurtrier a dû ramener la main droite de sa victime par-dessus son épaule.

L'inspecteur Raglan dévisagea le petit Belge. D'un air parfaitement détaché, Poirot chassa d'une pichenette un grain de poussière sur sa manche.
— Eh bien, c'est une idée, concéda l'inspecteur d'un ton qu'il voulait paternel et indulgent. Je vais vérifier tout de suite, mais ne soyez pas trop déçu si cela ne donne rien.

Poirot le suivit des yeux puis se tourna vers moi, le regard pétillant.

— La prochaine fois, observa-t-il, il me faudra ménager davantage son amour-propre. Et maintenant que nous en sommes réduits à nos propres moyens, que diriez-vous d'une petite réunion de famille, mon bon ami ?

La petite réunion, comme disait Poirot, eut lieu une demi-heure plus tard environ, dans la salle à manger de Fernly. Nous nous assîmes autour de la table comme pour un sinistre conseil de famille, Poirot occupant la place du président. Les domestiques n'y assistaient pas. Nous étions donc six en tout : Mrs Ackroyd, Flora, le major Blunt, le jeune Raymond, Poirot et moi. Quand tout le monde fut installé, Poirot se leva et s'inclina cérémonieusement.

— Mesdames, messieurs, je vous ai réunis dans une intention bien précise, commença-t-il. (Puis, après un court silence :) Mais d'abord, j'ai une requête toute spéciale à vous adresser, mademoiselle.

— À moi ? s'écria Flora.

— Mademoiselle, vous êtes fiancée au capitaine Ralph Paton et s'il a confiance en quelqu'un, c'est en vous. Avec la plus grande insistance, je vous supplie, si vous savez où il se trouve, de le persuader de se montrer.

Flora s'apprêtait à répondre mais Poirot l'arrêta :

— Une petite minute ! Ne dites rien avant d'avoir bien réfléchi. Mademoiselle, la situation du capitaine devient chaque jour plus dangereuse. S'il s'était manifesté tout de suite, il aurait sans doute pu se justifier, si lourdes soient les charges relevées contre lui. Mais ce silence, cette fuite... comment les expliquer, sinon par sa culpabilité ? Mademoiselle, si vraiment vous croyez à son innocence, persuadez-le de venir se présenter à la justice avant qu'il ne soit trop tard.

Flora était devenue toute pâle.

— Trop tard ! répéta-t-elle d'une voix presque inaudible.

Poirot se pencha vers elle et plongea son regard dans le sien.

— Écoutez-moi, mademoiselle, reprit-il doucement. C'est le vieux papa Poirot qui vous parle. Un vieux papa plein de sagesse et d'expérience. Je ne cherche pas à vous tendre un piège. Ne voulez-vous pas me faire confiance, et me dire où se cache Ralph Paton ?

La jeune fille se leva et lui fit face.

— Monsieur Poirot, dit-elle d'une voix claire, je vous jure... je vous jure solennellement que j'ignore totalement où peut se trouver Ralph. Que je ne l'ai pas vu et n'ai pas communiqué avec lui, ni le jour du... du meurtre, ni depuis.

Elle se rassit, et Poirot l'observa quelques instants en silence. Puis il abattit brusquement la main sur la table.

— Bien ! Puisque c'est ainsi, n'y revenons pas. Maintenant... (son visage se durcit) j'en appelle à toutes les personnes présentes. Mrs Ackroyd, major Blunt, Dr Sheppard, Mr Raymond, vous êtes tous les amis, sinon les amis intimes, de l'homme que nous recherchons. Si vous savez où se cache Ralph Paton, parlez.

Il y eut un long silence. Poirot nous regarda l'un après l'autre.

— Je vous en conjure, dit-il d'une voix grave. Parlez.

Mais le silence s'éternisait. Et ce fut la voix plaintive de Mrs Ackroyd qui y mit fin.

— Je dois avouer que l'absence de Ralph est assez singulière, oui, vraiment singulière. Disparaître en un moment pareil ! À mon avis, il y a du louche là-dessous. Et je ne puis m'empêcher de penser, Flora chérie, que tu as eu beaucoup de chance : tes fiançailles n'étaient pas encore officielles.

— Maman ! protesta Flora, indignée.

— C'est la Providence, affirma Mrs Ackroyd, j'ai toujours cru en elle, aveuglément. C'est elle qui façonne nos destinées, c'est sa main divine qui modèle nos âmes et nos corps, comme l'a si bien dit Shakespeare.

Le rire juvénile de Geoffrey Raymond fusa presque en même temps que ses paroles :

— Vous ne prétendez tout de même pas que si quelqu'un a de grosses chevilles, c'est la faute du Tout-Puissant, Mrs Ackroyd ?

Je pense qu'il voulait détendre l'atmosphère, mais Mrs Ackroyd lui jeta un regard de reproche douloureux et brandit son mouchoir.

— Flora vient d'échapper à une publicité des plus fâcheuses. Non que j'aie jamais admis le moindre rapport entre ce cher Ralph et la mort de ce pauvre Roger. Non, pas le moindre. Mais je suis si confiante ! Enfant, j'étais déjà ainsi. Je répugne à voir le mauvais côté des gens. Cela dit, il ne faut pas oublier qu'étant petit, Ralph a subi l'épreuve de plusieurs bombardements aériens. Cela peut laisser des traces qui n'apparaissent que longtemps après, paraît-il. Les gens perdent le contrôle de leurs actes et deviennent irresponsables. Ils ne savent plus se dominer.

— Maman ! s'écria Flora, vous ne croyez pas Ralph coupable ?

— Poursuivez, Mrs Ackroyd, intervint le major.

— Je ne sais plus que penser. Tout cela est très démoralisant. Que deviendrait l'héritage de Ralph, s'il était reconnu coupable ? Je me le demande.

Raymond repoussa brutalement sa chaise, mais Blunt resta impassible. Il observait pensivement Mrs Ackroyd.

— Vous savez, reprit-elle avec obstination, il a été traumatisé, et je dois avouer que Roger lui serrait les cordons de la bourse, avec les meilleures intentions du monde, bien entendu. Je vois bien que vous êtes tous contre moi, mais je n'en pense pas moins que l'absence de Ralph est très bizarre. Et je remercie le ciel que les fiançailles de Flora n'aient jamais été officielles.

— Elles le seront demain, dit Flora de sa voix claire.

— Flora !

Ignorant cette exclamation consternée, Flora s'adressa au secrétaire.

— Voulez-vous faire paraître l'annonce dans le *Morning Post* et le *Times*, je vous prie, Mr Raymond ?

— Si vous êtes certaine que ce soit la solution raisonnable, miss Ackroyd..., répondit gravement le secrétaire.

Dans un Elan spontané, elle se tourna vers Blunt.

— Comprenez-moi, que puis-je faire d'autre ? La situation étant ce qu'elle est, je dois soutenir Ralph. Ne voyez-vous pas que j'y suis tenue ?

Elle l'observait avec une attention aiguë, et, après un long silence, le major fit un signe d'assentiment très bref. Mrs Ackroyd poussa les hauts cris, Flora resta inébranlable. Puis Raymond prit la parole :

— J'apprécie vos raisons d'agir, miss Ackroyd, mais tout cela n'est-il pas un peu précipité ? Attendez donc un jour ou deux.

— Demain, trancha résolument Flora. N'insistez pas, maman, c'est inutile. Je suis loin d'être parfaite, mais je suis incapable de trahir un ami.

— Dites quelque chose, monsieur Poirot ! larmoya Mrs Ackroyd.

— Il n'y a rien à dire, intervint Blunt. Elle fait ce qu'elle doit faire et je la soutiendrai envers et contre tout.

La jeune fille lui tendit la main.

— Merci, major Blunt.

— Mademoiselle, commença Poirot, permettez au vieux monsieur que je suis de vous féliciter pour votre courage et votre loyauté. Et ne vous méprenez pas sur mes intentions si je vous demande, solennellement, de reculer d'un jour ou deux l'annonce dont vous venez de parler.

Flora hésita.

— Je vous le demande dans l'intérêt de Ralph Paton aussi bien que dans le vôtre, mademoiselle. Vous froncez les sourcils. Vous ne voyez pas où je veux en venir. Mais je vous assure que c'est très sérieux. Vous m'avez confié cette affaire, ne me mettez pas de bâtons dans les roues.

Flora réfléchit quelques minutes avant de répondre :

— Ce conseil ne me plaît pas beaucoup, mais je le suivrai.

Sur ce, elle reprit sa place et Poirot enchaîna aussitôt :

— Et maintenant, mesdames, messieurs, j'irai jusqu'au bout de ma pensée. Comprenez ceci : j'ai l'intention de découvrir la vérité. Car si la vérité peut être hideuse en elle-même, elle sera toujours belle et fascinante aux yeux de celui qui la cherche. Je suis âgé, mes capacités ne sont peut-être plus ce qu'elles étaient...

Ici, je sentis qu'il attendait des protestations.

— ... et il est très probable que cette affaire soit ma dernière investigation. Or, Hercule Poirot ne reste jamais sur un échec. Je vous le dis, mesdames, messieurs, je veux savoir et je saurai. Malgré vous tous.

Il énonça ces derniers mots d'un ton provocant, comme s'il nous les jetait à la figure. Je crois que nous eûmes tous un haut-le-corps, à l'exception de Geoffrey Raymond qui conserva son flegme et sa bonne humeur habituels.

— Qu'entendez-vous par : malgré vous tous ? demanda-t-il en haussant légèrement les sourcils.

— Mais... simplement cela, monsieur. Chacun de vous me dissimule quelque chose.

Un murmure de protestation s'éleva, qu'il fit taire d'un geste.

— Mais si, je sais ce que j'avance. Il s'agit peut-être d'un détail sans importance, anodin, et que vous croyez sans rapport avec l'enquête, mais c'est un fait. *Chacun de vous a quelque chose à cacher...* Eh bien, n'ai-je pas raison ?

Son regard fit le tour de la table, nous défiant et nous accusant tout à la fois. Et tous, nous baissâmes les yeux. Oui, tous. Moi comme les autres.

— J'ai ma réponse, observa Poirot avec un curieux petit rire.

Et là-dessus, il se leva.

— C'est à vous tous que je m'adresse, solennellement. Dites-moi la vérité. Toute la vérité.

Silence.

— Personne ne voudra donc parler ?

Il eut à nouveau son petit rire bref et dit en français :

— *C'est dommage.*

Sur quoi, il quitta la pièce.

13

LE TUYAU DE PLUME

Ce soir-là, comme il m'en avait prié, j'allai voir Poirot chez lui après le dîner. Caroline me regarda partir avec un manque d'enthousiasme évident. Je crois qu'elle aurait bien voulu m'accompagner.

Poirot m'accueillit en hôte attentionné. Sur une petite table, il avait disposé une bouteille de whisky irlandais — que je déteste —, un syphon d'eau gazeuse et un verre. Quant à lui, il était en train de préparer du chocolat. Une de ses boissons préférées, comme je devais le découvrir plus tard.

Il prit poliment des nouvelles de ma sœur, « une femme si intéressante ».

— Je crains que vous ne lui ayez un peu tourné la tête, dimanche. Au fait, pourquoi cette visite ?

Il rit, et ses yeux pétillèrent.

— J'aime avoir recours aux experts, dit-il d'un ton sibyllin.

Je dus me contenter de cette explication.

— Vous avez dû recueillir tous les potins du village, les vrais comme les faux.

— Ainsi qu'une foule d'informations précieuses, ajouta-t-il tranquillement.
— À savoir ?...
Il se contenta de me répondre par une autre question :
— Pourquoi ne pas m'avoir dit la vérité ? Dans un endroit comme celui-ci, aucun des faits et gestes de Ralph Paton ne pouvait passer inaperçu. Si votre sœur n'avait pas traversé le bois justement ce jour-là, c'eût été quelqu'un d'autre.
— Possible, grommelai-je. Mais pourquoi cet intérêt pour mes malades ?
À nouveau, le regard de Poirot pétilla :
— Pour un seul, docteur. Un seul.
— Le dernier ? hasardai-je.
Je n'obtins qu'une réponse évasive :
— Je trouve miss Russell très intéressante à étudier.
— Partagez-vous l'opinion de ma sœur et de Mrs Ackroyd, qui lui trouvent quelque chose de louche ?
— De... de louche, dites-vous ? Je ne vois pas très bien...
Je fis de mon mieux pour expliciter l'adjectif.
— Alors, c'est ce qu'elles en disent ?
— Ma sœur ne vous l'a donc pas laissé entendre ?
— C'est possible.
— Rien ne justifie cette opinion, d'ailleurs.
— *Ah, les femmes !* s'exclama Poirot en français. Elles sont fantastiques. Elles inventent, au hasard, et comme par miracle elles ont raison. Non, pas vraiment par miracle. Elles observent, sans même en avoir conscience, une infinité de détails. Leur

subconscient les rapproche, en tire des conclusions qu'elles appellent intuition. Moi, je connais ces choses, voyez-vous. Je suis génial en psychologie.

Il bomba le torse d'un air si ridicule que j'eus bien du mal à ne pas éclater de rire. Puis il lampa une gorgée de chocolat et s'essuya délicatement la moustache.

— Mais que pensez-vous réellement de tout cela ? m'écriai-je. J'aimerais vraiment le savoir.

Poirot reposa sa tasse.

— Vraiment, vous êtes sûr ?

— Tout à fait.

— Vous avez vu ce que j'ai vu : nos opinions devraient concorder.

— J'ai l'impression que vous vous moquez de moi, dis-je avec raideur. Je n'ai aucune expérience en la matière.

— Vous êtes comme les enfants, observa Poirot avec un sourire indulgent. Ils veulent toujours savoir comment le moteur fonctionne. Vous cherchez à voir cette affaire non pas comme le verrait un médecin de famille, mais avec un regard de détective. Eux n'ont personne à ménager, aucun lien personnel avec qui que ce soit, et à leurs yeux tout le monde est suspect.

— C'est tout à fait cela.

— Alors, laissez-moi vous donner une petite leçon. Pour commencer, tâchons de résumer clairement ce qui s'est passé ce soir-là, sans perdre de vue cette triste réalité : la personne que vous interrogez peut très bien mentir.

— Quelle méfiance ! fis-je, étonné.

— Méfiance nécessaire, je vous assure. Très nécessaire. Bon, commençons par le commencement : le Dr Sheppard quitte la maison à 9 heures moins 10. Or, cela, comment le sais-je ?

— Parce que je vous l'ai dit.

— Mais vous auriez pu mentir, ou ne pas avoir l'heure exacte. Mais Parker confirme cette déclaration, donc nous l'acceptons, et nous poursuivons. À 21 heures, et ici débute ce que nous appellerons « la légende du mystérieux inconnu », vous manquez vous heurter à un homme, juste en sortant du parc. Comment suis-je au courant ?

— Mais encore une fois, parce que je..

Poirot m'interrompit d'un geste impatient.

— Décidément, vous n'avez pas l'esprit très rapide, ce soir, mon ami. *Vous* savez ce qu'il en est, mais moi, comment puis-je en être sûr ? N'ayez crainte, je puis vous affirmer que ce mystérieux inconnu n'était pas une hallucination de votre part, car la bonne d'une certaine demoiselle Gannett l'a croisé quelques minutes plus tôt. Et à elle aussi, il a demandé le chemin de Fernly Park. Nous admettons donc son existence et pouvons tenir pour certains les deux faits suivants : primo, il ne connaissait pas la région. Secundo, il ne cherchait pas à se cacher, quelle que fût la raison de sa visite. Sinon il n'aurait pas demandé deux fois le chemin de Fernly.

— Je vous suis.

— Bien. Je me suis donc fait un devoir de me renseigner davantage sur notre inconnu. J'ai su qu'il avait pris un verre aux *Trois Marcassins*, et la serveuse m'a appris deux choses. Il parlait avec l'accent américain et racontait qu'il arrivait des États-Unis. Aviez-vous remarqué cet accent ?

Je réfléchis quelques instants, rassemblant mes souvenirs.
— Oui, il me semble. Mais il était si léger...
— Justement. Et il y a encore ceci, que j'ai ramassé dans le pavillon d'été, vous vous rappelez ?
Il me tendit le petit tuyau de plume d'oie, que j'examinai avec curiosité. Puis, le souvenir d'une ancienne lecture remonta dans ma mémoire. Poirot, qui m'observait attentivement, fit un petit signe de tête.
— C'est cela, de l'héroïne. De la « neige », comme disent les drogués. C'est ainsi qu'ils la portent sur eux et la reniflent : dans un tuyau de plume.
— Hydrochlorure de diamorphine, murmurai-je machinalement.
— Une façon d'absorber la drogue très répandue outre-Atlantique. Et une preuve de plus, s'il nous en fallait une, que l'homme venait des États-Unis ou du Canada.
— Mais qu'est-ce qui a bien pu attirer votre attention sur le pavillon d'été, pour commencer ?
— Mon ami l'inspecteur tenait pour acquis que le sentier servait uniquement de raccourci. Mais dès que j'ai aperçu le pavillon, j'ai compris ceci : si quelqu'un utilisait la petite maison comme lieu de rendez-vous, il devait aussi passer par là. Il semble établi que l'inconnu ne s'est présenté ni à l'entrée ni à la porte de service. Donc, quelqu'un de la maison a dû sortir pour le rejoindre. Et dans ce cas, quel meilleur endroit pour une rencontre que le pavillon ? En le fouillant, j'espérais y trouver un indice, j'en ai trouvé deux : le lambeau de batiste et la plume.

— Et ce lambeau de batiste, qu'en faites-vous ?
Poirot haussa les sourcils.

— Servez-vous de vos petites cellules grises, rétorqua-t-il avec sécheresse. La signification de ce morceau d'étoffe amidonnée devrait sauter à l'esprit.

— Ce qui n'est pas le cas. De toute façon, dis-je pour changer de sujet, cet homme est bien allé au pavillon pour rencontrer quelqu'un. Alors qui ?

— C'est précisément ce que je me demande. Vous vous souvenez que Mrs Ackroyd et sa fille vivaient au Canada, avant de venir ici ?

— C'est cela que vous vouliez dire, quand vous les accusiez de vous cacher quelque chose ?

— Peut-être, mais ce n'est pas tout. Qu'avez-vous pensé de l'histoire de la femme de chambre ?

— Quelle histoire ?

— La version qu'elle nous a donnée de son renvoi. A-t-on besoin d'une demi-heure pour congédier une domestique ? Et ces papiers soi-disant si importants, cela vous paraît vraisemblable ? Et rappelez-vous... elle prétend être restée dans sa chambre entre 21 heures 30 et 22 heures, mais personne n'a pu confirmer ses déclarations.

— Vous m'embrouillez. Je ne sais plus où j'en suis.

— Et moi j'y vois de plus en plus clair. Mais donnez-moi plutôt votre opinion sur la question.

Assez confus, je tirai un feuillet de ma poche.

— Je me suis contenté de noter quelques idées...

— Excellent, cela. Vous avez de la méthode. Je vous écoute.

Je lus donc, d'une voix quelque peu hésitante :

— Pour commencer, envisager les choses avec logique...
— Tout à fait ce que disait mon pauvre Hastings, interrompit Poirot. Mais hélas ! il ne l'a jamais fait.
— Premier point : à 21 heures 30, on a entendu Mr Ackroyd parler à quelqu'un. Deuxième point : Ralph Paton a dû entrer par la fenêtre au cours de la soirée, comme le prouvent les empreintes de ses chaussures. Troisième point : ce soir-là, Mr Ackroyd était inquiet et n'a dû laisser entrer qu'une personne qu'il connaissait bien. Quatrième point : la personne qui se trouvait avec Mr Ackroyd à 21 heures 30 lui réclamait de l'argent. Et Ralph Paton *avait* des embarras d'argent.
» Ces quatre points semblent indiquer que la personne qui se trouvait avec Mr Ackroyd à 21 heures 30 était Ralph Paton. Mais nous savons que Mr Ackroyd était encore vivant à 10 heures moins le quart. Ce n'est donc pas Ralph qui l'a tué. Ralph a laissé la fenêtre ouverte. C'est par là que l'assassin est entré un peu plus tard.
— Et l'assassin, qui était-il ?
— L'Américain inconnu. Il devait être de mèche avec Parker, qui est sans doute le maître chanteur de Mrs Ferrars. Si c'est le cas, Parker a pu en entendre assez pour comprendre que tout était perdu et prévenir son complice. Ce dernier a commis le crime à l'aide du poignard que lui a remis Parker.
— La théorie se tient, admit Poirot. Finalement, vos petites cellules fonctionnent bien. Toutefois, il subsiste quelques lacunes.
— Lesquelles ?

— Il reste à expliquer ce coup de téléphone, ce fauteuil déplacé...

— Ce fauteuil a-t-il tant d'importance ?

— Pas forcément, reconnut mon ami. Il a pu être déplacé par hasard. Et, sous le coup de l'émotion, Raymond ou Blunt ont pu le repousser machinalement. Mais n'oublions pas les quarante livres manquantes.

— Ackroyd a pu changer d'avis et les donner à Ralph ?

— Soit. Mais il reste toujours un point à éclairer.

— Lequel ?

— Pourquoi Blunt était-il si certain que la personne qui se trouvait avec Mr Ackroyd à 21 heures 30 était son secrétaire ?

— Il s'est expliqué là-dessus.

— Vous croyez ? Bon, passons. Dites-moi plutôt pour quelles raisons le capitaine Paton a disparu ?

— Voilà qui est un peu plus difficile, répondis-je pensivement. Je vais devoir adopter le point de vue du médecin. Je crois que les nerfs de Ralph ont lâché. Il venait d'avoir une entrevue avec son oncle. Orageuse sans doute. S'il a appris brutalement que celui-ci avait été assassiné quelques minutes à peine après qu'il l'eut quitté, il a très bien pu prévoir qu'on l'accuserait et s'enfuir. Il n'est pas rare de voir des gens se comporter en coupables alors qu'ils sont parfaitement innocents.

— Oui, c'est vrai, admit Poirot. Mais il y a une certaine chose qu'il ne faut pas perdre de vue.

— Je sais ce que vous allez dire : le mobile ! Ralph Paton hérite une énorme fortune de son beau-père.

— Ce pourrait être l'un des mobiles, en effet.

— *Des* mobiles ?

— Mais oui. Vous rendez-vous compte que nous avons le choix entre trois mobiles différents, évidents ? Quelqu'un a forcément volé l'enveloppe bleue et son contenu. Premier mobile : le chantage. Il se peut que le maître chanteur soit Ralph Paton. D'après Hammond, si vous vous souvenez, il y a un certain temps que le capitaine n'avait pas demandé d'argent à son beau-père. Ce qui semble indiquer qu'il s'en procurait ailleurs. Nous savons aussi qu'il était « au bout du rouleau ». Il devait redouter que son beau-père ne l'apprenne : second mobile, le troisième étant celui que vous venez de signaler.

— Ciel ! m'exclamai-je, quelque peu désarçonné. Son cas me paraît bien désespéré.

— Ah vraiment ? dit Poirot. C'est là où mon opinion diffère de la vôtre. Trois mobiles... c'est presque trop. Je suis enclin à croire qu'après tout Ralph Paton est innocent.

14

MRS ACKROYD

Après la soirée que je viens de relater, il me sembla que l'affaire entrait dans une nouvelle phase. Maintenant que je la vois dans son ensemble, je peux la diviser en deux parties bien distinctes. La première allant de la mort d'Ackroyd, le vendredi soir, au lundi soir suivant. En voici le compte rendu fidèle, tel que je l'ai soumis à Hercule Poirot. Tout au long de cette première phase, je l'ai suivi pas à pas. J'ai vu ce qu'il voyait, je me suis efforcé de déchiffrer ses pensées. Comme je le sais à présent, j'ai échoué dans cette dernière tâche. Bien que Poirot m'eût tenu au courant de toutes ses découvertes — celle de l'alliance en or, par exemple —, il gardait pour lui l'essentiel de ses déductions, à la fois si intuitives et si logiques. Cette extrême réserve, je l'appris par la suite, était tout à fait dans son caractère. Il lançait quelques allusions ou suggestions, mais n'allait jamais plus loin.

Ainsi donc, jusqu'au lundi soir, mon récit aurait pu être écrit par Poirot lui-même : je servais de Watson à ce Sherlock. Mais à partir de là, nos chemins divergèrent, et Poirot s'affaira de son côté, en solitaire. J'entendis parler de ses activités, car tout se sait à King's Abbot, mais il ne me prit plus pour confident.

Si je regarde en arrière, ce qui me frappa le plus dans cette période, c'est son côté brouillon. Tout le monde se mêlait d'élucider le mystère, et chacun apportait sa petite pièce au puzzle. Une idée, une trouvaille... mais cela n'allait pas plus loin. À Poirot seul revient l'honneur d'avoir su mettre chacune de ces pièces à sa place exacte.

Il y eut bien quelques incidents curieux et sans rapport apparent avec le crime, comme celui des chaussures noires par exemple... mais n'anticipons pas. Pour m'en tenir strictement à l'ordre chronologique, je reprendrai au moment où je fus appelé au chevet de Mrs Ackroyd.

Elle m'envoya chercher le mardi matin de très bonne heure. Comme l'appel était urgent, je m'empressai d'accourir, m'attendant à la trouver à la dernière extrémité.

Madame était au lit, la situation l'exigeait. Elle me tendit une main osseuse et me désigna un siège, tout près d'elle.

— De quoi souffrez-vous ? demandai-je avec cette amabilité feinte que tous les malades semblent attendre de leur médecin.

— Je suis à bout de nerfs, gémit-elle d'une voix faible. Absolument à bout. C'est le choc, vous comprenez ? Ce pauvre Roger... le contrecoup peut se produire avec retard, paraît-il. C'est la réaction.

À d'autres !... faillis-je rétorquer.

Malheureusement, un médecin est tenu par son éthique professionnelle de garder ses pensées pour

lui. Enfin quelquefois. Je me bornai donc à suggérer un fortifiant, que Mrs Ackroyd accepta de prendre. Nous allions pouvoir entrer dans le vif du sujet. Je n'avais pas cru un seul instant à la version du choc nerveux causé par la mort d'Ackroyd. Dans quelque domaine que ce soit, Mrs Ackroyd est totalement incapable d'aller droit au but. Elle s'en approche toujours par la bande. Je me demandais vraiment pourquoi elle m'avait fait appeler.
— Et cette scène, hier..., reprit-elle alors.
Ma patiente se tut, attendant la réplique. Je la donnai.
— Quelle scène ?
— Docteur, comment *pouvez-vous* ? Auriez-vous oublié ? Cet affreux petit Français, ou Belge, ou tout ce que vous voulez... nous avoir malmenés ainsi ! J'étais bouleversée. Surtout après le choc que m'a causé la mort de ce pauvre Roger.
— Je suis vraiment navré, madame.
— Et nous parler sur ce ton ! Je ne vois pas ce qu'il voulait dire, d'ailleurs. J'espère connaître assez bien mon devoir pour ne pas songer un instant à dissimuler quoi que ce soit. J'ai fourni à la police toute l'aide dont j'étais capable.
— Mais certainement, glissai-je lorsqu'elle s'interrompit.
Je commençais à entrevoir où elle voulait en venir.
— Personne ne peut m'accuser d'avoir manqué à mon devoir, enchaîna-t-elle. Je suis sûre que l'inspecteur Raglan est entièrement satisfait. Pourquoi ce petit parvenu d'étranger fait-il tant d'embarras ? D'ailleurs il est grotesque. On dirait une caricature de Français dans une revue comique. Je ne vois

vraiment pas pourquoi Flora a insisté pour le mêler à tout cela. Elle ne m'avait pas soufflé mot de ses intentions. Elle n'en a fait qu'à sa tête. Flora est trop indépendante. Moi qui connais la vie et qui suis sa mère... elle aurait quand même pu me demander mon avis !

Je la laissai s'épancher, sans mot dire.

— Et qu'est-ce qu'il s'imagine ? Je voudrais bien le savoir. Croit-il que je lui cache quelque chose ? Il... il m'a pratiquement *accusée,* hier !

Je haussai les épaules.

— Ses remarques ne sauraient avoir la moindre importance, Mrs Ackroyd. Puisque vous ne dissimulez rien, elles ne s'appliquaient pas à vous.

Fidèle à elle-même, Mrs Ackroyd louvoya.

— Et ces domestiques, quelle plaie ! Ils bavardent entre eux, leurs cancans se répandent et qu'y a-t-il de vrai là-dedans ? Rien du tout, la plupart du temps.

— Les domestiques ont donc bavardé, Mrs Ackroyd ? Et à propos de quoi ?

Elle me lança un regard si aigu que je faillis perdre contenance.

— Je pensais que vous, au moins, vous seriez au courant, docteur ! N'êtes-vous pas toujours resté aux côtés de M. Poirot ?

— Mais si.

— Alors vous savez, pour cette fille... Ursula Bourne, c'est bien cela ? Bien entendu, elle s'en va. Il fallait qu'elle nous crée le plus d'ennuis possible, par pure malveillance. Ils sont tous pareils ! Mais vous qui étiez présent, docteur, vous devez savoir ce qu'elle a dit, au juste. Il serait si fâcheux que des faux bruits se répandent... Et la police n'a pas besoin de tout savoir, n'est-ce pas ? Quand certaines affaires de famille sont en jeu... rien à voir avec le crime, bien sûr. Mais si cette fille a mauvais esprit, qui sait ce qu'elle a pu raconter ?

J'étais assez perspicace pour me rendre compte que ce flot de paroles cachait une réelle inquiétude. Poirot ne s'était pas trompé. Parmi les six personnes qui avaient pris part à la réunion de la veille, une au moins avait quelque chose à cacher. Il me restait à découvrir quoi et je n'y allai pas par quatre chemins.

— À votre place, Mrs Ackroyd, je ferais des aveux complets.

Elle laissa échapper un petit cri.

— Oh, docteur ! Quelle brutalité ! Comment pouvez-vous me parler ainsi ? Cela fait tellement... tellement... alors que je puis tout expliquer si simplement.

— En ce cas, pourquoi ne pas le faire ?

Mrs Ackroyd exhiba un mouchoir de dentelle et commença à larmoyer.

— Je pensais, docteur, que vous pourriez amener M. Poirot à comprendre... c'est-à-dire... c'est si difficile pour un étranger de partager notre point de vue. Et vous ne savez pas, personne ne peut savoir ce qu'il m'a fallu endurer. Un martyre, un long martyre, voilà ce qu'a été ma vie. Je n'aime pas médire des morts, mais... Roger épluchait les moindres factures, comme s'il n'avait eu qu'un misérable revenu de quelques centaines de livres. Alors qu'il était, comme je l'ai appris hier par Mr Hammond, un des hommes les plus riches du pays.

Mrs Ackroyd s'interrompit pour se tamponner les yeux avec son mouchoir de dentelle.

— Continuez, dis-je d'un ton encourageant. Vous parliez de factures, je crois ?

— Ah, ces horribles factures ! Sans compter celles que je ne tenais pas à montrer à Roger. Il y a des choses qu'un homme ne comprendra jamais et il aurait dit que c'était du superflu. Alors forcément, elles s'accumulaient et il ne cessait d'en arriver, vous savez ce que c'est...

Elle me lança un regard suppliant, comme pour m'inviter à compatir à ce dernier malheur. Je compatis.

— Les factures ont en effet cette fâcheuse habitude.

La voix de Mrs Ackroyd s'altéra, se fit presque implorante.

— Croyez-moi, docteur, j'étais à bout de nerfs ! Je ne dormais plus, j'avais des palpitations épouvantables. C'est alors que j'ai reçu une lettre d'un monsieur écossais... ou plutôt deux lettres, il y avait deux messieurs écossais. Mr Bruce MacPherson et Mr Colin MacDonald. Quelle coïncidence, non ?

— Pas vraiment, commentai-je d'un ton sec. Ces messieurs vont souvent par paires, et je les soupçonne d'avoir une lointaine ascendance sémitique.

— Ils s'offraient à prêter entre dix et dix mille livres, sur simple signature, murmura pensivement Mrs Ackroyd. J'ai répondu à l'un d'eux, mais quelques difficultés surgirent, semble-t-il.

Elle se tut, m'indiquant par là que le terrain devenait glissant. Jamais, avec qui que ce soit, je n'avais eu autant de mal à en venir au fait.

— Vous comprenez, reprit-elle sur le même ton, tout est une question d'espérances, enfin... d'espérances d'héritage. Et moi, n'est-ce pas, j'espérais que Roger assurerait mon avenir, mais je n'avais aucune certitude à ce sujet. J'ai pensé que si je pouvais jeter un coup d'œil sur un exemplaire de son testament... sans me montrer indiscrète, non ! rien d'aussi vulgaire... mais seulement pour être en mesure de prendre mes dispositions personnelles.

Elle me regarda à la dérobée. La situation était devenue très délicate. Par bonheur, certaines nuances de langage peuvent servir à voiler la hideuse nudité des faits.

— Je ne pouvais me confier qu'à vous, cher Dr Sheppard, enchaîna rapidement Mrs Ackroyd. Je sais que vous ne me jugerez pas mal et que vous saurez présenter les choses à M. Poirot sous leur véritable jour. Voilà. Vendredi après-midi...

Elle s'interrompit, hésita et avala sa salive.

— Eh bien, vendredi après-midi ?

— Tout le monde était sorti, ou du moins je le croyais. Je suis entrée dans le bureau de Roger... pas en cachette, j'avais vraiment une bonne raison d'y aller, et... c'est là que j'ai vu tous ces papiers entassés sur le bureau. Cela a fait comme un déclic dans mon esprit. Je me suis demandé : « Et si Roger rangeait son testament dans un de ces tiroirs ? » J'ai toujours été impulsive, j'agis sur l'inspiration du moment. Et Roger avait laissé ses clés sur le tiroir du haut, ce qui était très négligent de sa part d'ailleurs.

— Je vois, dis-je pour l'encourager, vous avez fouillé le bureau. Et avez-vous trouvé le testament ?

Une exclamation de Mrs Ackroyd m'avertit que j'avais manqué de diplomatie.

— Quelle horrible façon de voir les choses ! En fait, cela ne s'est pas passé tout à fait comme ça.

— Bien sûr que non ! Veuillez me pardonner si j'ai eu un mot malheureux.
— Les hommes sont vraiment bizarres. Moi, à la place de ce cher Roger, je n'aurais vu aucune objection à révéler mes dispositions testamentaires. Mais vous êtes si cachottiers... nous sommes bien forcées d'avoir recours à de petits subterfuges pour nous défendre.
— Et quel fut le résultat de votre petit subterfuge ?
— Justement, j'y arrive. Au moment où j'ouvrais le tiroir du bas, Bourne est entrée, ce qui était très embarrassant. Bien entendu, j'ai refermé le tiroir. Je me suis relevée et lui ai fait remarquer quelques traces de poussière sur le bureau, mais son attitude m'a profondément déplu. Très respectueuse en apparence, mais le regard mauvais... presque méprisant, si vous voyez ce que je veux dire. Je n'ai jamais beaucoup aimé cette fille. Elle travaille bien, s'exprime avec déférence et ne fait pas d'histoires pour porter la coiffe et le tablier, ce qui devient rare, soit dit en passant. Elle n'hésite pas à éconduire un visiteur, lorsqu'il lui arrive de remplacer Parker, et n'est pas affligée de ces curieux gargouillis d'estomac qui semblent si répandus chez les filles qui servent à table... mais où en étais-je ?
— Vous disiez que, malgré ses nombreuses et remarquables qualités, vous n'aimiez pas Bourne.
— C'est juste. Elle est... bizarre. Différente des autres domestiques et, à mon avis, trop bien élevée. De nos jours, on ne sait plus distinguer une dame de sa femme de chambre.
— Et ensuite, que s'est-il passé ?
— Rien. Enfin si. Roger est entré et m'a demandé

ce que je faisais là. J'ai répondu que j'étais simplement venue chercher le *Punch*. J'ai donc pris le *Punch*, je suis sortie, mais pas Bourne. Je l'ai entendue demander à Roger un instant d'entretien et suis montée tout droit dans ma chambre pour m'étendre un peu. J'étais bouleversée.

Un silence plana.

— Vous expliquerez tout cela à M. Poirot, n'est-ce pas ? Vous voyez bien vous-même à quel point c'est insignifiant. Mais il avait l'air si sévère en parlant de ce que nous lui dissimulions, cela m'a tout de suite rappelé cet incident. Bourne a dû raconter je ne sais quelles histoires, mais vous arrangerez tout cela, n'est-ce pas ?

— M'avez-vous vraiment tout dit ? Sans rien omettre ?

— Ou... i, commença Mrs Ackroyd. Oui, c'est tout.

Elle avait repris de l'assurance, mais j'avais noté son hésitation passagère et deviné qu'elle me cachait quelque chose. Ce fut un véritable éclair d'intuition qui me poussa à lui demander :

— Mrs Ackroyd, est-ce vous qui avez laissé la vitrine ouverte ?

Aucune couche de fard ou de poudre n'aurait suffi à cacher la rougeur qui lui monta au visage. J'avais ma réponse.

— Comment avez-vous su ? chuchota-t-elle.

— Alors, c'était vous ?

— Oui... je... voyez-vous... il y avait là quelques vieux bibelots en argent très intéressants. Je venais de lire un article sur la question, illustré par une photographie. Celle d'un objet minuscule vendu aux enchères chez Christie's pour une somme astronomique. Et il y en avait un presque pareil dans la vitrine. J'ai pensé que je pourrais le faire évaluer à Londres, la prochaine fois que j'irais. Si par hasard il avait eu une grande valeur, quelle bonne surprise pour Roger, non ?

J'acceptai l'histoire de Mrs Ackroyd pour ce qu'elle valait et m'abstins de tout commentaire. Je ne lui demandai même pas pourquoi elle s'était entourée de tant de précautions pour prendre l'objet qu'elle voulait emporter. Simplement, je m'étonnai :

— Mais pourquoi n'avez-vous pas refermé le couvercle ? Vous avez oublié ?

— C'est la surprise, quand j'ai entendu des pas sur la terrasse. Je suis sortie précipitamment et je venais d'arriver à l'étage quand Parker vous a ouvert.

— Ce devait être miss Russell, dis-je d'une voix songeuse.

Mrs Ackroyd venait de me révéler un détail du plus haut intérêt. Que ses vues sur l'argenterie d'Ackroyd fussent ou non des plus honorables m'importait peu. Ce qui éveillait mon intérêt était le fait que miss Russell avait dû entrer par la porte-fenêtre. Je ne m'étais donc pas trompé en supposant qu'elle était essoufflée d'avoir couru. Où était-elle allée ? Je pensai au pavillon d'été et au lambeau de batiste et m'exclamai sans réfléchir :

— Je me demande si miss Russell amidonne ses mouchoirs !

Mrs Ackroyd sursauta, ce qui me rappela à moi-même. Je me levai.

— Croyez-vous pouvoir expliquer tout cela à M. Poirot ? s'inquiéta-t-elle.

— Certainement. Et en détail.

Je réussis enfin à prendre congé, non sans avoir dû subir une nouvelle avalanche de justifications.

Ursula Bourne était dans le hall et ce fut elle qui m'aida à enfiler mon pardessus. Je l'observai, un peu plus attentivement que je ne l'avais fait jusqu'ici. Il était clair qu'elle venait de pleurer. Je l'interrogeai :

— Pourquoi nous avoir dit que Mr Ackroyd vous avait fait appeler, vendredi ? J'apprends que c'est vous qui avez sollicité cet entretien.

Pendant un instant, le regard de la jeune fille se déroba devant le mien, puis elle prit la parole d'un ton mal assuré.

— Je comptais m'en aller, de toute façon.

Je ne répondis rien et elle ouvrit la porte devant moi. J'allais sortir quand elle demanda soudain d'une voix sourde :

— Je vous prie de m'excuser, monsieur. A-t-on des nouvelles du capitaine Paton ?

Je secouai la tête et lui jetai un regard interrogateur.

— Il faudrait qu'il revienne, ajouta-t-elle. Oui, vraiment. Il devrait revenir.

Elle levait sur moi des yeux implorants.

— Personne ne sait donc où il est ?

— Et vous ? rétorquai-je vivement.

— Non, je n'en sais vraiment rien. Mais n'importe lequel de ses amis devrait le lui dire : il faut qu'il revienne.

Je m'attardai, espérant que la jeune fille ne s'en tiendrait pas là, mais la question qui vint ensuite me surprit.

— À quelle heure la police pense-t-elle que le meurtre a été commis ? Juste avant 22 heures ?

— À peu près. Entre 10 heures moins le quart et 10 heures.

— Pas plus tôt ? Pas avant moins le quart, par exemple ?

Je l'observai avec attention : il était si évident qu'elle désirait une réponse affirmative !

— Non, c'est hors de question. Miss Ackroyd a vu son oncle vivant à 10 heures moins le quart.

Elle se détourna et parut se tasser sur elle-même.

Jolie fille, me dis-je en m'en allant. Une vraie beauté !

Caroline était à la maison, transportée d'aise et gonflée d'importance : elle avait de nouveau reçu la visite de Poirot.

— Je l'aide à résoudre l'énigme, m'expliqua-t-elle.

Je ne me sentis pas rassuré. Caroline est déjà assez pénible comme ça. Mais si on encourage ses instincts de limier, où va-t-on ? Je m'informai :

— Seriez-vous en train d'explorer le voisinage pour retrouver la mystérieuse amie de Ralph ?

— Cela, je pourrais le faire toute seule. Non, c'est quelque chose de très spécial que M. Poirot m'a chargée de découvrir pour lui.

— Mais encore ?

Une note solennelle vibra dans la voix de Caroline.

— Il veut savoir si les bottines de Ralph étaient noires ou marron.

J'ouvris des yeux effarés. Je sais maintenant de quelle incroyable stupidité j'ai fait preuve, à propos

de ces bottines. J'aurais dû comprendre tout de suite.
— C'étaient des souliers marron, je les ai vus.
— Pas des souliers, James : des bottines. M. Poirot veut savoir si la paire de bottines que Ralph avait dans ses affaires à l'hôtel était marron ou noire. C'est un détail capital.
Traitez-moi d'ahuri tant qu'il vous plaira. Je ne compris pas.
— Et comment comptes-tu t'y prendre ? demandai-je.

Caroline prétendit que cela ne présentait aucune difficulté. La meilleure amie de notre brave Annie était Clara, la bonne de miss Gannett. Et Clara fréquentait le garçon d'étage des *Trois Marcassins*. L'affaire était donc d'une simplicité enfantine, et miss Gannett coopéra loyalement. Elle accorda sur-le-champ un congé à Clara, et la question fut réglée tambour battant.

Nous nous mettions à table pour déjeuner lorsque Caroline laissa tomber d'un ton faussement détaché :
— Au fait, les bottines de Ralph Paton...
— Eh bien ? Qu'as-tu appris ?
— M. Poirot pensait qu'elles devaient être marron. Il se trompait : elles étaient noires.

Sur ce, Caroline hocha la tête à plusieurs reprises. De toute évidence, elle estimait qu'elle venait de marquer un point contre Poirot.

Je ne répondis pas : je réfléchissais. Je me demandais quel rapport la couleur des bottines de Ralph pouvait bien avoir avec le meurtre.

15

GEOFFREY RAYMOND

Je devais, ce jour-là, avoir une nouvelle preuve du succès des méthodes de Poirot. Le défi qu'il nous avait lancé révélait sa finesse et sa connaissance innée de la nature humaine. Mrs Ackroyd avait été la première à réagir. La peur et le sentiment de sa culpabilité lui avaient arraché la vérité.

Dans l'après-midi, en revenant de ma tournée de visites, j'appris par Caroline que Geoffrey Raymond venait de partir.

— Est-ce qu'il voulait me voir ? demandai-je en accrochant mon pardessus dans le vestibule.

Caroline rôdait autour de moi comme une ombre.

— Non, il cherchait M. Poirot. Il revenait des Mélèzes mais M. Poirot n'était pas chez lui. Mr Raymond a pensé qu'il serait peut-être ici, ou que tu pourrais lui dire où le trouver.

— Je n'en ai pas la moindre idée.

— J'ai essayé de le retenir mais il m'a dit qu'il retournerait aux Mélèzes dans la demi-heure et il

est descendu au village. Et c'est bien dommage car M. Poirot est arrivé juste après son départ.
— Ici ?
— Non, chez lui.
— Et comment le sais-tu ?
— Je l'ai vu par la petite fenêtre du couloir.
Je pensais que nous avions épuisé le sujet, mais Caroline était d'un autre avis.
— Tu ne vas pas y aller ?
— Aller où ?
— Aux Mélèzes, cela va de soi !
— Ma chère Caroline, qu'irais-je y faire ?
— Mr Raymond semblait si désireux de le voir... tu pourrais savoir de quoi il retourne.
Je haussai les sourcils et déclarai avec froideur :
— Je ne suis pas spécialement curieux. Et je peux très bien vivre sans savoir tout ce qu'il se passe chez mes voisins, ni ce qu'ils ont dans la tête.
— Taratata ! Tu es tout aussi curieux que moi, James, mais tu n'es pas aussi franc, voilà tout. Il faut toujours que tu te donnes des airs.
— Vraiment, Caroline !
Sur cette exclamation indignée, je me retirai dans mon cabinet.
Dix minutes plus tard, Caroline frappait à la porte et entrait, tenant quelque chose à la main. Un pot de confiture, semblait-il.
— James, est-ce que cela t'ennuierait de porter ce pot de gelée de nèfles à M. Poirot ? Je le lui ai promis : il n'a jamais goûté de gelée de nèfles faite à la maison.
— Tu ne pourrais pas envoyer Annie ? demandai-je d'un ton peu aimable.

— Elle fait du raccommodage, et j'ai besoin d'elle.

Caroline et moi nous dévisageâmes.

— Très bien, dis-je en me levant, j'irai la porter, ta gelée de malheur ! Mais il n'est pas question que j'entre, c'est clair ? Je la remettrai à la bonne.

Ma sœur eut une mimique étonnée.

— Naturellement. Qui t'a demandé d'en faire plus ?

Caroline s'en tirait avec les honneurs de la guerre.

— Et si jamais tu vois M. Poirot, lança-t-elle comme j'ouvrais la porte, tu pourras toujours lui parler des bottines.

Cela, c'était le coup de Jarnac, et il fit mouche : je mourais d'envie de percer l'énigme des bottines. Quand la vieille Bretonne en coiffe vint m'ouvrir, je m'entendis demander si M. Poirot était chez lui.

Poirot se leva promptement pour m'accueillir et parut enchanté de me voir.

— Asseyez-vous, mon bon ami. Que préférez-vous ? Le fauteuil ou une chaise ? Il ne fait pas trop chaud, n'est-ce pas ?

À mon avis, on étouffait, mais je m'abstins d'en faire la remarque. Les fenêtres étaient fermées et un grand feu ronflait dans l'âtre.

— Les Anglais ont la manie d'aérer, déclara Poirot. Le grand air, ça va très bien dehors, c'est sa place, n'est-ce pas ? Pourquoi vouloir le faire entrer ? Mais laissons ces banalités : avez-vous quelque chose pour moi ?

— Deux choses. D'abord ceci, de la part de ma sœur.

Je lui tendis le pot de gelée de nèfles.

— Quelle charmante attention ! Miss Caroline s'est souvenue de sa promesse. Et l'autre chose, disiez-vous ?

— Appelons cela... une information.

Je lui racontai mon entretien avec Mrs Ackroyd et il l'écouta avec intérêt, mais sans plus.

— Voilà qui déblaie le terrain, observa-t-il pensivement. Et cela confirme la déposition de la gouvernante, ce qui n'est pas sans importance non plus. Rappelez-vous : elle a déclaré avoir trouvé la vitrine ouverte et rabattu le couvercle en passant.

— Et aussi qu'elle n'était entrée que pour vérifier la fraîcheur des bouquets... qu'en pensez-vous ?

— Nous n'avons jamais pris cela très au sérieux, n'est-ce pas, mon ami ? De toute évidence, c'était une excuse inventée à la hâte par une femme anxieuse de justifier sa présence, sur laquelle, d'ailleurs, personne n'aurait eu l'idée de s'interroger. J'avais supposé que son agitation pouvait venir de ce qu'elle avait... tripoté quelque chose dans la vitrine, mais j'ai changé d'avis. Nous devons chercher ailleurs.

— Oui. Qui a-t-elle rencontré dehors et pourquoi ?

— Vous croyez qu'elle est sortie pour rencontrer quelqu'un ?

— J'en suis sûr.

— Moi aussi, fit Poirot l'air songeur.

Nous restâmes quelques instants silencieux.

— Au fait, annonçai-je, j'ai un message à vous transmettre de la part de ma sœur. Les bottines de Ralph Paton n'étaient pas marron, mais noires.

Ce disant, je l'observai attentivement et, le temps

d'un éclair, je crus voir vaciller son regard. Ce fut si fugitif que je n'en eus même pas la certitude.

— Elle est absolument sûre qu'elles n'étaient pas marron ?

— Absolument.

— Ah! soupira Poirot, l'air navré. Quel dommage!

Il paraissait vraiment très abattu. Et, sans la moindre explication, il changea brusquement de sujet.

— Et miss Russell, la gouvernante, qui est venue vous consulter ce vendredi-là... est-il indiscret de vous demander de quoi vous avez parlé ? Je veux dire, sans violer le secret professionnel ?

— Pas du tout. La consultation proprement dite une fois terminée, nous avons bavardé quelques minutes. Sur les poisons, leur détection plus ou moins facile, la drogue, les drogués...

— Et la cocaïne en particulier ?

— Comment l'avez-vous deviné ? demandai-je, quelque peu surpris.

Pour toute réponse, le petit homme se leva et s'approcha d'un meuble où des journaux étaient soigneusement rangés. Il me tendit un numéro du *Daily Budget* daté du vendredi 16 septembre et m'indiqua un article relatif à la contrebande de cocaïne. Article haut en couleur et qui n'épargnait pas les effets pittoresques.

— Et voilà où votre patiente est allée chercher ses histoires de cocaïne, mon ami! commenta Poirot.

Peu convaincu, je l'aurais volontiers prié de s'expliquer davantage mais la porte s'ouvrit et la bonne annonça Geoffrey Raymond. Il entra, aimable et animé comme à son ordinaire, et nous salua tous deux.

— Comment allez-vous, docteur ? Monsieur Poirot, c'est la seconde fois aujourd'hui que je viens chez vous. J'avais hâte de vous joindre.

— En vérité ? dit poliment Poirot.

— Oh ! cela n'est pas très important à vrai dire, mais tout de même, ma conscience me tourmente, depuis hier après-midi. Vous nous avez tous accusés de vous cacher quelque chose, monsieur Poirot. Je plaide coupable. J'ai un aveu à vous faire.

— Et lequel, Mr Raymond ?

— Comme je vous le disais, c'est vraiment sans importance, enfin voilà... J'avais des dettes, et même assez lourdes, et ce legs est tombé à pic. Ces cinq cents livres vont me remettre à flot et me laisseront même un petit reliquat.

Il nous sourit avec cette désarmante franchise que tout le monde appréciait chez lui.

— Vous savez ce que c'est. Reconnaître devant des policiers soupçonneux que vous avez des ennuis d'argent, cela fait toujours mauvais effet, et je n'ai pas osé en parler. Ce qui était stupide de ma part, puisque j'étais dans la salle de billard avec Blunt depuis 10 heures moins le quart. Avec un pareil alibi, je n'avais rien à craindre. Pourtant, quand vous nous avez asséné votre tirade sur la dissimulation, j'ai senti l'aiguillon du remords et j'ai préféré venir tout vous avouer.

Sur ce, Raymond se leva avec un grand sourire, et Poirot lui adressa un signe de tête approbateur.

— Ce fut très sage de votre part, jeune homme. Voyez-vous, quand je sens que quelqu'un me cache quelque chose, j'imagine toujours le pire. Vous avez très bien fait de venir.

— Je suis heureux d'être lavé de tout soupçon, répondit Raymond en riant. Et maintenant, il faut que je me sauve.

— Et voilà ! m'exclamai-je lorsque la porte se referma sur le jeune secrétaire. Ce n'était que cela.

— Oui, opina Poirot, une bagatelle. Mais s'il n'avait pas été dans la salle de billard ? Après tout, cinq cents livres... bien des crimes ont été commis pour moins que cela. Chaque homme a son prix, et c'est ce prix qui fait pencher la balance. Tout est relatif, n'est-ce pas, mon ami ? Avez-vous pensé que la mort de Mr Ackroyd profitait à de nombreuses personnes, dans cette maison ? Mrs Ackroyd, miss Flora, le jeune Mr Raymond et la gouvernante, miss Russell. Le seul qui n'y ait rien gagné, c'est le major Blunt.

Je le regardai, intrigué. Il avait prononcé ce dernier nom sur un ton si bizarre...

— Je ne vous comprends pas, avouai-je.

— Deux des personnes que j'ai accusées de dissimulation m'ont dit la vérité.

— Vous pensez que le major Blunt a lui aussi quelque chose à cacher ?

— À ce propos, remarqua nonchalamment Poirot, ne dit-on pas que les Anglais ne cachent qu'une seule chose : leurs amours ? Le major Blunt s'y prend d'ailleurs très mal.

— Je me demande parfois si nous n'avons pas été un peu trop pressés de nous faire une opinion, observai-je. Au moins sur un point.

— Et lequel ?

— Nous avons admis que le maître chanteur de

Mrs Ferrars et le meurtrier d'Ackroyd n'étaient qu'une seule et même personne. Peut-être sommes-nous dans l'erreur ?

Poirot acquiesça avec énergie.

— Bien ! Vraiment très bien, je me demandais si vous y viendriez. Bien sûr que c'est possible, mais n'oublions pas ceci : la lettre a disparu. Mais comme vous le dites, cela ne signifie pas forcément que le meurtrier l'ait prise. Parker aurait pu le faire à votre insu quand vous avez découvert le corps.

— Parker ?

— Oui, Parker, j'en reviens toujours à lui. Pas comme assassin, non : il n'a pas commis le crime. Mais il pourrait fort bien être le mystérieux coquin qui terrorisait Mrs Ferrars. Personne n'était mieux placé que lui pour cela. Il a pu obtenir des informations sur la mort de Mr Ferrars par un des domestiques de King's Paddock. En tout cas, il avait plus de chances de découvrir ce genre de détails qu'un hôte de passage comme le major Blunt, par exemple.

— Oui, Parker peut très bien avoir pris la lettre. Je n'ai remarqué sa disparition que plus tard.

— Combien de temps plus tard ? Après l'arrivée de Blunt et de Raymond, ou avant ?

— Je ne m'en souviens pas, dis-je en pesant mes mots. Je crois que c'était avant. Non, après. Oui, je suis presque sûr que c'était après.

— Ce qui porte à trois le nombre des suspects, observa pensivement Poirot. Mais Parker est le plus vraisemblable. Et j'ai envie d'expérimenter quelque chose avec lui. Que diriez-vous de m'accompagner à Fernly, mon ami ?

J'acceptai, et nous partîmes sur-le-champ. Poirot

demanda à voir miss Ackroyd, et Flora ne se fit pas attendre.

— Chère mademoiselle, dit mon compagnon, j'ai un petit secret à vous confier. Je ne suis pas très persuadé de l'innocence de Parker, et je me propose une petite expérience, avec votre aide. Je voudrais reconstituer certains de ses faits et gestes, le soir du meurtre. Nous devrons bien sûr lui fournir un prétexte... ah! voilà. Il s'agit de vérifier si, de la terrasse, on entend la voix de quelqu'un qui parle dans le petit couloir. Et maintenant, auriez-vous la bonté de sonner Parker ?

Je m'en chargeai et le maître d'hôtel se montra instantanément, la mine aussi doucereuse qu'à l'ordinaire.

— Monsieur a sonné ?

— Oui, mon bon Parker. Je souhaite faire une petite expérience et, pour cela, j'ai demandé au major Blunt d'aller sur la terrasse, près de la fenêtre du cabinet de travail. Je veux savoir si, le soir du meurtre, une personne se tenant à cet endroit a pu vous entendre parler avec miss Ackroyd dans le petit couloir. J'aimerais donc que vous me... me répétiez la scène. Voudriez-vous aller chercher votre plateau, ou ce que vous portiez à ce moment-là ?

Parker s'éclipsa et nous allâmes nous placer devant la porte du cabinet de travail, dans le petit corridor. Presque aussitôt, un léger tintement se fit entendre dans le hall et Parker apparut à la porte de communication. Il portait un plateau chargé d'un siphon d'eau gazeuse, d'une carafe de whisky et de deux verres. Poirot semblait en proie à une agitation fébrile.

— Un instant ! s'écria-t-il en levant la main. Procédons avec rigueur. Il s'agit de refaire les moindres gestes dans l'ordre, exactement comme cela s'est passé. C'est une de mes fameuses méthodes.

— C'est une coutume étrangère, si je comprends bien, monsieur, commenta Parker. Ce qu'on appelle la reconstitution du crime, n'est-ce pas ?

Et, imperturbable, il attendit les ordres du détective.

— Ah ! s'écria Poirot, ce brave Parker en connaît des choses ! On voit qu'il a beaucoup lu. Et maintenant, je vous prie, tâchons d'être aussi précis que possible. Vous arriviez du grand hall, comme ceci. Et Mademoiselle se trouvait... ou exactement ?

— Ici, dit Flora, en venant se placer devant la porte du cabinet de travail.

— C'est tout à fait cela, monsieur, confirma Parker.

— Je venais de refermer la porte, reprit Flora.

— En effet, mademoiselle. Votre main était encore sur la poignée, comme elle l'est en ce moment.

— Allez-y, dit Poirot. Jouez-moi cette saynète.

Flora demeura au même endroit, la main sur la poignée, et Parker refit son entrée, son plateau devant lui. Il s'arrêta dans l'embrasure de la porte, et Flora prit la parole :

— Oh ! Parker. Mr Ackroyd désire ne plus être dérangé, ce soir. (Elle changea de ton et chuchota :) Est-ce que c'est bien ça ?

— Oui, miss Flora, autant que je m'en souvienne. Mais il me semble que vous avez dit « à présent », et non « ce soir ».

Et Parker éleva la voix de façon un peu théâtrale pour ajouter :
— Très bien, mademoiselle. Dois-je fermer les portes, comme d'habitude ?
— Oui, s'il vous plaît.
Parker retourna dans le hall où Flora le suivit, puis elle s'engagea dans l'escalier central.
— Est-ce suffisant ? demanda-t-elle par-dessus son épaule.
— Superbe, dit le petit homme en se frottant les mains. Au fait, Parker, êtes-vous sûr qu'il y avait bien deux verres sur le plateau ? Pourquoi deux ?
— J'apportais toujours deux verres, monsieur. Y a-t-il autre chose que je puisse faire ?
— Ce sera tout, je vous remercie.
Parker se retira, drapé dans sa dignité, et Poirot s'attarda au milieu du hall, les sourcils froncés. Flora descendit nous rejoindre.
— L'expérience a-t-elle réussi ? Voyez-vous, je ne comprends pas très bien...
Poirot, qui la contemplait d'un air admiratif, l'interrompit en souriant.
— Cela n'est pas nécessaire. Mais dites-moi, y avait-il bien deux verres sur le plateau de Parker, ce soir-là ?
Flora réfléchit un instant.
— Je ne me souviens vraiment pas. Il me semble que oui. Était-ce... le véritable objet de l'expérience ?
Poirot lui prit la main et la tapota doucement.
— Si vous voulez. Je suis toujours curieux de voir si les gens vont dire la vérité.
— Et Parker a dit la vérité ?

— Je suis tenté de le croire, répondit Poirot, tout pensif.

Quelques minutes plus tard, nous étions sur le chemin du retour.

— Pourquoi avoir posé cette question sur les verres ? demandai-je, intrigué.

Poirot haussa les épaules :

— Il faut bien dire quelque chose ! Cette question en valait une autre.

Je le regardai sans comprendre.

— En tout cas, mon ami, reprit-il avec gravité, je sais maintenant une chose que je voulais savoir. Ne m'en demandez pas plus.

16

UNE SOIRÉE DE MAH-JONG

Ce soir-là, nous eûmes une de ces petites réunions où l'on joue au mah-jong, distraction très en faveur à King's Abbot. Les invités arrivent après le dîner, en manteau de pluie et caoutchoucs, juste à temps pour prendre le café. Un thé est servi un peu plus tard, avec un gâteau et des sandwiches.

Pour cette petite réception, nous avions invité miss Gannett et le colonel Carter, qui habite à côté de l'église. Les langues vont bon train dans ce genre de soirées, ce qui parfois perturbe sérieusement la partie en cours. Avant, nous jouions au bridge, jeu tout à fait incompatible avec le papotage. Le résultat était désastreux, et nous trouvons le mah-jong infiniment plus pacifique. Le temps des joutes verbales entre partenaires, à propos d'une carte mal jouée par exemple, est définitivement révolu. Si nous exprimons toujours nos critiques avec franchise, elles ont perdu leur venin.

— Quel froid, ce soir, Sheppard ! s'exclama le colonel Carter. Cela me rappelle les défilés d'Afghanistan.

Il était debout devant la cheminée, le dos aux flammes. Caroline avait emmené miss Gannett dans sa chambre, où elle l'aidait à se désemmitoufler.

— Vraiment ? rétorquai-je poliment.

— Et ce pauvre Ackroyd, reprit le colonel en acceptant une tasse de café. Bien mystérieuse, son affaire. À mon avis, cela cache pas mal de turpitudes, soyez-en sûr. Tout à fait entre nous, Sheppard, j'ai entendu prononcer le mot « chantage ».

Le colonel m'adressa ce qu'il est convenu d'appeler un « regard entendu » et ajouta :

— Il y a une femme là-dessous, vous pouvez me croire. Oui, une femme, et je n'en démordrai pas.

Ce fut à cet instant précis que Caroline et miss Gannett nous rejoignirent. Miss Gannett but son café, pendant que Caroline allait chercher la boîte de mah-jong et répandait les tuiles sur la table.

— Astiquons nos parquets, dit le colonel d'un ton facétieux [1]. C'est vrai, c'est ce que nous disions au club de Shangai pour brasser les tuiles : astiquons nos parquets.

Notre opinion personnelle, à Caroline et à moi, c'est que le colonel n'a jamais mis les pieds au club de Shangai. Et même qu'il n'est jamais allé plus loin que l'Inde, où, pendant la Grande Guerre, il ne s'est battu qu'avec des boîtes de bœuf ou de gelée de prunes-et-pommes. Mais le colonel a la fibre

---

1. *Washing the tiles* : le mot *tiles* désigne en anglais aussi bien les tuiles du toit que les carreaux du sol et les dominos du mah-jong, dont "tuiles" est la traduction correcte. Les vents (les joueurs) détachent les tuiles des quatre murs. C'est le vent d'Est qui commence la partie.

militaire et, à King's Abbot, nous nous montrons particulièrement tolérants pour les petites manies de chacun.
— Si nous commencions ? proposa Caroline.
Nous prîmes place autour de la table et, pendant près de cinq minutes, le silence régna. Nous construisions fébrilement nos murs, exercice qui prend toujours forme de compétition inavouée. C'est à qui finira le premier.
— À toi de jouer, James, dit enfin Caroline. Tu es le vent d'Est.
J'écartai une tuile et nous jouâmes un ou deux tours en silence, mis à part quelques annonces laconiques comme « trois bambous », « deux cercles » ou « Pong ». Sans compter les fréquents « non, pas-Pong » de miss Gannett, justifiés par son habitude enracinée de réclamer des tuiles auxquelles elle n'avait pas droit.
— J'ai aperçu Flora Ackroyd, ce matin, dit-elle tout à coup. Pong, non, pas-Pong. Je me suis trompée.
— Et où cela ? demanda Caroline. Quatre cercles.
— En revanche, déclara miss Gannett sur ce ton hautement significatif dont les petits villages ont l'exclusivité, *elle* ne m'a pas vue.
— Ah ! fit Caroline, intéressée. Tcho.
Miss Gannett en oublia son sujet pour un instant.
— Je crois qu'on ne prononce plus « Tcho », maintenant, mais « Tchao ».
— Sornettes ! J'ai toujours dit « Tcho ».
— Au club de Shangai, trancha le colonel Carter, nous disions « Tcho ».
Domptée, miss Gannett capitula et Caroline

s'absorba dans son jeu, pour s'en arracher quelques instants plus tard.

— Que disiez-vous au sujet de Flora Ackroyd ? Était-elle seule ?

— Oh, que non !

Ces demoiselles échangèrent un regard qui en disait long. L'intérêt de Caroline s'accrut considérablement.

— Tiens donc ! Eh bien... cela ne me surprend pas du tout.

— Nous attendons que vous écartiez, miss Caroline.

Le colonel se donne volontiers l'air de mépriser les ragots et de ne songer qu'à son jeu. Attitude éminemment virile, mais dont personne n'est dupe.

— Si vous voulez mon avis..., commença miss Gannett. Est-ce un bambou que vous avez joué, ma chère ? Ah non ! un cercle. Donc, à mon avis, Flora a eu beaucoup de chance. Oui, vraiment beaucoup de chance.

— Comment cela, miss Gannett ? voulut savoir le colonel. Je prends ce dragon vert pour faire un Pong. Certes, miss Flora est une jeune fille charmante et pleine de qualités, mais qu'est-ce qui vous fait dire qu'elle a de la chance ?

— Je ne suis peut-être pas très au courant des questions criminelles, déclara miss Gannett sur un ton qui démentait ses paroles, mais je peux vous dire une bonne chose. Dans ce genre d'affaire, on cherche d'abord à savoir qui a vu la victime en vie pour la dernière fois. Et c'est toujours cette personne qu'on soupçonne. Or, Flora Ackroyd *est* cette dernière personne, dans le cas présent, et les choses auraient pu très mal tourner pour elle. Oui, vraiment très mal. Mon opinion — je vous la donne pour ce qu'elle vaut — est que Ralph Paton se cache pour la protéger, en attirant les soupçons sur lui.

— Allons, la repris-je avec douceur, vous ne voudriez pas nous faire croire qu'une jeune fille comme Flora Ackroyd a pu poignarder son oncle de sang-froid ?

— Ma foi... je viens d'emprunter un livre à la bibliothèque, où on décrit les bas-fonds de Paris. Il paraît que les plus dangereuses criminelles sont toujours des jeunes filles au visage angélique.

— Mais cela se passe en France ! s'écria Caroline.

— Forcément, dit le colonel. Mais laissez-moi vous raconter une histoire assez curieuse, qui courait les bazars au temps où j'étais aux Indes.

L'histoire du colonel était interminable, et sa seule curiosité résidait dans son manque total d'intérêt. Un événement qui s'est produit aux Indes et vieux de plusieurs années ne saurait être comparé à ce qui s'est passé à King's Abbot l'avant-veille. Caroline eut le bonheur de faire Mah-Jong, ce qui mit fin au récit du colonel. Après le moment toujours un peu embarrassant où je me vois forcé de rectifier les calculs approximatifs de ma sœur, nous entreprîmes une nouvelle partie.

— Le vent d'Est passe, annonça Caroline. J'ai ma petite idée au sujet de Ralph Paton, trois caractères. Mais pour le moment je la garde pour moi.

— Vraiment, ma chère ? plaida miss Gannett. Tcho, pardon, Pong.

— Oui, maintint fermement Caroline.

— Et pour les bottines, était-ce la bonne

réponse ? Le fait qu'elles soient noires, je veux dire ?
— La réponse exacte, oui.
— Mais qu'est-ce que cela signifie, d'après vous ?
Caroline pinça les lèvres et secoua la tête, d'un air sagace et bien renseigné.
— Pong, dit miss Gannett. Non, pas-Pong. Et maintenant que le docteur est dans les petits papiers de M. Poirot, je suppose qu'il connaît les dessous de l'affaire ?
— J'en suis loin ! me récriai-je.
— James est trop modeste, affirma Caroline. Ah ! un Kong caché.
Le colonel siffla entre ses dents et, pour un moment, les potins furent oubliés.
— Et vous êtes vent dominant, me dit-il. Avec deux Pongs de dragons, par-dessus le marché. Soyons vigilants, miss Caroline nous prépare un gros coup.
Pendant quelques minutes, nous ne parlâmes plus que pour annoncer, jusqu'à ce que le colonel demande :
— Et ce M. Poirot, est-il aussi bon détective qu'on le dit ?
— C'est le plus remarquable qui soit, dit pompeusement Caroline. Et il a dû se réfugier ici incognito pour fuir la publicité qui l'importune.
— Tcho, annonça miss Gannett. Un grand honneur pour notre petit village, bien sûr. Au fait, Clara... vous savez bien, ma bonne ? Clara est très liée avec Elsie, la femme de chambre de Fernly, et devinez ce qu'Elsie lui a dit ? Qu'on a volé une grosse somme d'argent, et qu'à son avis — celui d'Elsie —, une autre femme de chambre pourrait

bien être impliquée dans l'affaire. Une certaine Ursula Bourne, qui part à la fin du mois et qui pleure beaucoup la nuit. Si vous voulez mon avis, cette Bourne est en cheville avec un gang. Une drôle de fille, d'ailleurs. Elle ne s'est pas fait d'amies et sort toujours toute seule les jours de congé, ce qui est anormal, et même franchement suspect. Une fois, je l'ai invitée à une de nos soirées de l'Amicale des Jeunes Filles, et elle a refusé de venir. Je lui ai alors posé quelques questions sur sa maison, sa famille... enfin tout cela, et je dois avouer que j'ai trouvé son attitude plus qu'impertinente. Avec toutes les apparences du respect, elle m'a carrément obligée à me taire.

Miss Gannett s'interrompit pour reprendre haleine et le colonel, qui se souciait fort peu de ces problèmes ancillaires, fit observer qu'au club de Shangai la règle était de jouer à vive allure.

Nous fîmes une partie à vive allure.

— Et cette miss Russell, dit subitement Caroline. Elle est venue ici vendredi matin, soi-disant pour consulter James. Pour moi, elle voulait savoir où il rangeait ses poisons. Cinq caractères.

— Tcho ! fit miss Gannett. Quelle idée surprenante ! Je me demande si vous n'auriez pas raison.

— À propos de poisons..., commença le colonel. Pardon ? Je n'ai pas joué ? Oh ! huit bambous.

— Mah-Jong, annonça miss Gannett.

Au grand dépit de Caroline, qui annonça avec regret :

— Avec un dragon rouge, j'avais une main de trois doubles.

— J'ai eu deux dragons rouges servis, déclarai-je.

— C'est bien de toi, James ! s'écria ma sœur d'un

ton réprobateur. Tu ignores le véritable esprit du jeu.

Il me semblait plutôt que j'avais assez bien joué. Le mah-jong de Caroline m'aurait coûté un grand nombre de points, tandis que celui de miss Gannett était on ne peut plus maigrelet, ce que ma sœur se fit un devoir de lui signaler.

Le vent d'Est passa, et nous commençâmes en silence une nouvelle partie.

— Ce que j'allais vous dire, reprit Caroline, c'est ceci...

— Oui ? fit miss Gannett d'une voix encourageante.

— Je parlais de mon idée, à propos de Ralph Paton.

— Oui, ma chère ? insista miss Gannett, de plus en plus encourageante. Tcho.

— C'est avouer sa faiblesse que d'annoncer Tcho aussi vite, observa sévèrement Caroline. Vous feriez mieux d'attendre d'avoir une bonne main.

— Je sais. Mais vous parliez de Ralph, je crois ?

— Oui. Et je crois bien que je sais où il est.

Nous abandonnâmes tous notre jeu pour la regarder.

— C'est très intéressant, miss Caroline, dit le colonel. Et vous avez trouvé cela toute seule ?

— Eh bien, pas exactement. Voilà. Vous voyez cette grande carte du comté qui est accrochée dans le vestibule ?

Nous acquiesçâmes d'une seule voix.

— L'autre jour, au moment de partir, M. Poirot s'est arrêté pour la regarder et a fait je ne sais plus quelle remarque... Je ne me rappelle plus très bien mais il était question de Cranchester, la seule grande ville du voisinage a-t-il dit. Ce qui est vrai, cela va de soi. Mais c'est seulement après son départ que j'ai compris.

— Compris quoi ?

— Ce qu'il voulait dire, cela va de soi ! Ralph est à Cranchester.

Ce fut à ce moment précis que je renversai ma réglette avec toutes ses tuiles. Ce qui me valut une réprimande immédiate de ma sœur, mais pas trop sévère malgré tout. Elle était bien trop occupée à échafauder sa théorie.

— À Cranchester, miss Caroline ? s'étonna le colonel Carter. Sûrement pas, c'est trop près d'ici !

— Mais justement ! triompha ma sœur. Il semble maintenant prouvé qu'il n'a pas pris le train. Il a très bien pu aller à Cranchester à pied, tout simplement. Et à mon avis il y est encore. Qui aurait jamais l'idée de le chercher si près ?

J'opposai plusieurs arguments à cette hypothèse, mais lorsque ma sœur s'est mis une idée en tête, rien ne pourrait l'en déloger.

— Et vous supposez que M. Poirot est du même avis ? demanda pensivement miss Gannett. C'est une curieuse coïncidence, mais cet après-midi justement, je me promenais sur la route de Cranchester et je l'ai aperçu dans une voiture, qui en revenait.

Nous échangeâmes des regards significatifs.

— Ça, par exemple ! s'exclama soudain miss Gannett. Je pouvais faire Mah-Jong depuis le début et je ne l'avais pas remarqué.

Caroline en oublia ses passionnantes déductions et revint sur terre. Elle fit observer à miss Gannett qu'une main aussi disparate, surtout avec tant de

Tchos, ne valait pas la peine qu'on s'en serve pour faire Mah-Jong. Miss Gannett l'écouta sans se troubler, rassembla ses marques et rétorqua :

— Mais oui, ma chère, je vois ce que vous voulez dire. Mais tout dépend de ce que vous aviez en main au départ, n'est-il pas vrai ?

— Vous n'aurez jamais une bonne main si vous ne savez pas attendre.

— Chacun joue comme il l'entend, n'est-ce pas ? rétorqua miss Gannett en comptant ses points. Après tout, je ne m'en tire pas si mal.

Caroline, qui ne pouvait pas en dire autant, se retrancha dans le mutisme.

Le vent d'Est souffla, une nouvelle partie commença, Annie apporta le thé. Les deux demoiselles étaient un peu hérissées, ce qui leur arrivait souvent au cours de ces soirées récréatives.

— Si seulement vous vouliez jouer un tantinet plus vite, ma chère, dit Caroline à miss Gannett qui hésitait entre deux tuiles. Les Chinois posent leurs tuiles si rapidement que l'on croit entendre le pépiement des oiseaux.

Pendant quelques minutes, nous jouâmes comme les Chinois, puis le colonel observa d'un ton bonhomme :

— Vous ne nous avez pas beaucoup aidés dans nos déductions, Sheppard. Quel cachottier vous faites ! Vous partagez les secrets du grand détective et vous ne daignez même pas éclairer notre lanterne.

— James est inouï, dit Caroline en me lançant un regard de reproche. Il est tout bonnement incapable de vous donner le moindre renseignement.

— Je vous assure que je ne sais rien, protestai-je. Poirot garde ses pensées pour lui.

— C'est un sage, gloussa le colonel, il ne se compromet pas. Mais quand même, ces détectives étrangers sont vraiment forts. Ils doivent en connaître des ficelles !

— Pong, annonça miss Gannett, sur un ton de triomphe paisible. Et Mah-Jong.

L'atmosphère se tendit. Et le dépit de voir miss Gannett faire Mah-Jong pour la troisième fois poussa Caroline à déclarer, pendant que nous construisions un nouveau mur :

— Tu es assommant, James ! Tu restes là, comme une borne, sans rien dire !

— Mais, ma chère, c'est que je n'ai vraiment rien à dire. En tout cas pas sur le sujet qui t'intéresse.

— Ridicule ! répliqua ma sœur en rangeant ses tuiles. Tu sais *certainement* quelque chose d'intéressant.

Sur le moment, je ne répondis rien : la surprise et la joie me montaient à la tête. J'avais lu qu'il existait une main servie : Tin-Ho, le Mah-Jong d'entrée de jeu, également appelée je crois « le favori de la fortune ». Je n'avais jamais espéré l'avoir. J'eus le triomphe modeste et étalai mes tuiles, faces visibles, en annonçant :

— Tin-Ho ! Le favori de la fortune, comme on dit au club de Shangai.

Les yeux du colonel faillirent lui sortir de la tête.

— Juste ciel ! Quel coup fantastique, je n'avais jamais vu ça.

Ce fut alors que, piqué par le persiflage de Caroline et enhardi par mon succès, je crus bon d'ajouter :

— En fait de détails intéressants, que penseriez-vous d'une alliance en or, portant une initiale gravée à l'intérieur : le R ?

Je ne décrirai pas la scène qui s'ensuivit. Je dus préciser le lieu de la découverte et la date gravée sur l'anneau.

— Le 13 mars, commenta Caroline. Il y a tout juste six mois. Ah !

Suivit un véritable tourbillon de suggestions et suppositions audacieuses, d'où émergèrent les trois théories suivantes :

1 — Celle du colonel Carter : Ralph avait secrètement épousé Flora. La solution la plus évidente et la plus simple.

2 — Celle de miss Gannett : Roger Ackroyd avait secrètement épousé Mrs Ferrars.

3 — Celle de ma sœur : Roger Ackroyd avait épousé sa gouvernante, miss Russell.

Une quatrième proposition, de loin la plus audacieuse, me fut soumise un peu plus tard par Caroline tandis que nous montions nous coucher.

— Retiens bien ceci, déclara-t-elle tout à coup. Je ne serais pas du tout étonnée d'apprendre que Geoffrey Raymond et Flora sont mariés.

— Mais si c'était le cas, l'initiale serait G et non R.

— Va savoir ! Certaines jeunes filles appellent leurs amis par leur nom de famille. Et tu as entendu ce qu'a dit miss Gannett ce soir sur la conduite de Flora.

Pour être franc, je n'avais rien entendu de désobligeant sur ce sujet de la part de cette demoiselle, mais je m'inclinai devant cette science innée des allusions.

— Et que fais-tu d'Hector Blunt ? insinuai-je. S'il y a quelqu'un...

— Absurde, trancha Caroline. Il admire Flora, je te l'accorde, il est même possible qu'il en soit amoureux, mais tu peux me croire. Aucune fille n'ira s'éprendre d'un homme assez âgé pour être son père quand un charmant secrétaire rôde dans les parages. Et si elle a encouragé le major Blunt, ce n'était qu'une feinte : les filles sont tellement fines mouches ! Mais il y a une chose que je peux t'affirmer, James Sheppard : Flora Ackroyd se soucie comme d'une guigne de Ralph Paton, et ne s'en est jamais souciée. Mets-toi bien ça dans la tête.

Docilement, je me mis cela dans la tête.

17

PARKER

Le lendemain matin, l'idée me vint que, grisé par les faveurs de la fortune, j'avais pu commettre une indiscrétion. Certes, Poirot ne m'avait pas demandé de garder le secret sur la découverte de la bague. Mais d'autre part, il n'en avait pas soufflé mot au cours de notre visite à Fernly, et j'étais probablement la seule personne qui fût au courant de sa trouvaille. Je me sentais vraiment coupable. La nouvelle devait être en train de se propager à une rapidité fulgurante, et je m'attendais à tout moment à une mercuriale de Poirot.

Les funérailles de Mrs Ferrars et de Roger Ackroyd devaient avoir lieu à 11 heures, en un seul et même service funèbre. Ce fut une cérémonie émouvante. L'entière maisonnée de Fernly était là. Hercule Poirot aussi. Quand tout fut terminé, il me prit par le bras et m'invita à le raccompagner aux Mélèzes. Je lui trouvai l'air sévère et craignis que mon indiscrétion de la veille ne lui soit revenue aux oreilles. Mais il apparut bientôt que ses préoccupations étaient de nature tout à fait différente.

— Voyez-vous, commença-t-il, il nous faut agir, et j'aurai besoin de votre aide. Je me propose de questionner un témoin. Nous lui ferons subir un véritable interrogatoire. Et il aura tellement peur qu'il sera forcé de nous dire la vérité.

J'en restai tout pantois.

— Mais de quel témoin parlez-vous ?

— De Parker ! annonça Poirot. Je lui ai demandé d'être chez moi à midi. Il devrait déjà nous attendre.

Je lui jetai un regard de côté.

— Qu'avez-vous au juste en tête ?

— Je ne sais qu'une chose : je ne suis pas satisfait.

— Vous croyez qu'il pourrait être notre maître chanteur ?

— Possible, ou alors..

— Eh bien ? le pressai-je, comme le silence se prolongeait.

— Mon ami, je ne vous dirai qu'une chose : j'espère que c'est bien lui.

La gravité de son attitude, que nuançait un je ne sais quoi d'indéfinissable, me réduisit au silence.

En arrivant aux Mélèzes, nous fûmes informés que Parker nous attendait. Il se leva respectueusement à notre entrée.

— Bonjour, Parker, dit Poirot d'un ton affable. Veuillez m'accorder un instant, je vous prie.

Il se défit de son pardessus et de ses gants, et Parker se précipita pour l'aider.

— Que Monsieur me permette...

Sous le regard approbateur de Poirot, le maître d'hôtel déposa soigneusement les vêtements sur une chaise, près de la porte.

— Merci, mon bon Parker. Asseyez-vous, je vous prie, ce que j'ai à vous dire risque de prendre un certain temps.

Parker s'exécuta, courbant l'échine en manière d'excuse.

— À votre avis, pourquoi vous ai-je prié de venir ici ce matin ?

Le maître d'hôtel toussota.

— J'ai cru comprendre que Monsieur souhaitait me poser... disons discrètement, quelques questions sur mon défunt maître.

— Précisément, s'égaya Poirot. Avez-vous beaucoup d'expérience en matière de chantage ?

Le maître d'hôtel bondit sur ses pieds.

— Monsieur !

— Allons, du calme, dit Poirot d'un ton placide. Ne prenez pas ces airs d'honnête homme offensé. Vous n'êtes pas un novice dans ce domaine, si je ne me trompe ?

— Monsieur, je n'ai jamais été... jamais été...

— Insulté de la sorte ? suggéra Poirot. Alors, mon excellent Parker, pourquoi teniez-vous tellement à écouter à la porte du cabinet de travail de Mr Ackroyd, l'autre soir, après avoir surpris par hasard le mot « chantage ».

— Je ne... je n'ai pas...

— Qui était votre précédent maître ? fit brutalement Poirot.

— Mon... mon précédent maître ?

— Oui. Celui chez qui vous serviez avant d'entrer chez Mr Ackroyd.

— Le major Ellerby, monsieur...

Poirot devait lui arracher les mots de la bouche.

— Exact, le major Ellerby. Et le major Ellerby

s'adonnait aux stupéfiants, non ? Vous avez voyagé avec lui. Il se trouvait aux Bermudes au moment où un homme a été tué, ce qui lui a causé quelques problèmes. Il a été reconnu partiellement responsable. On a étouffé l'affaire mais vous, vous saviez. Combien le major Ellerby a-t-il payé votre silence ?

Silence de Parker. Il flageolait, anéanti, joues tremblotantes.

— Moi aussi je sais me renseigner, plaisanta Poirot. Et je suis sûr de ce que j'avance. Vous avez extorqué de jolies sommes au major Ellerby, et il a payé jusqu'à sa mort. Maintenant, parlez-nous un peu de vos derniers exploits.

Le regard fixe, Parker continuait à se taire.

— Inutile de nier, Hercule Poirot sait. C'est bien ainsi que tout s'est passé avec le major Ellerby, n'est-ce pas ?

De mauvaise grâce, et comme s'il obéissait à une autre volonté que la sienne, Parker hocha la tête. Son visage avait pris une couleur cendreuse. Il gémit :

— Mais je n'ai pas touché à un seul cheveu de la tête de Mr Ackroyd, je le jure devant Dieu, monsieur. J'ai toujours redouté qu'il découvre la vérité sur... sur tout ça. Et je vous assure que je ne... je ne l'ai pas tué.

Sa voix avait grimpé dans les aigus. Il criait presque.

— Je suis tenté de vous croire, mon ami, vous n'en auriez pas eu le courage. Mais il me faut la vérité.

— Je vais tout vous dire, monsieur. Tout ce que vous voulez savoir. C'est vrai que j'ai essayé d'écouter à la porte, ce soir-là. J'avais surpris quelques mots qui m'avaient rendu curieux. Et il y avait aussi le fait que Mr Ackroyd s'était enfermé avec le docteur après avoir dit qu'il ne voulait pas être dérangé. Ce que j'ai raconté à la police est la vérité du bon Dieu, monsieur. J'avais surpris le mot chantage, et...

Parker s'interrompit tout net.

— Et vous avez pensé qu'il y avait là matière à profit ? suggéra suavement Poirot.

— Eh bien... heu... en fait, oui, monsieur. Je me suis dit que si l'on faisait chanter Mr Ackroyd, je pourrais avoir moi aussi ma part du gâteau.

Une expression des plus étranges passa dans le regard de Poirot. Il se pencha en avant.

— Jusqu'à ce soir-là, aviez-vous jamais eu la moindre raison de supposer que Mr Ackroyd subissait un chantage ?

— Jamais, monsieur. Ce fut une grande surprise pour moi. Un gentleman si régulier dans ses habitudes !

— Et qu'avez-vous réussi à découvrir ?

— Pas grand-chose, monsieur. À croire qu'il y avait un sort contre moi. D'abord, j'avais mon service à faire à l'office. Et quand j'ai trouvé l'occasion, une fois ou deux, de me faufiler jusqu'au cabinet de travail, cela ne m'a servi à rien. La première fois, le Dr Sheppard a failli me bousculer en sortant, et la deuxième, Mr Raymond m'a dépassé dans le grand hall en allant vers le cabinet de travail. Ce n'était plus la peine que j'y retourne. Et quand je suis arrivé avec le plateau, miss Flora m'a dit de me retirer.

Poirot dévisagea longuement Parker, comme

pour juger de sa sincérité. Le maître d'hôtel soutint fermement son regard.

— J'espère que Monsieur me croit. Depuis le début, j'ai peur que la police n'aille déterrer cette vieille histoire du major Ellerby et me soupçonne à cause de cela.

— Eh bien, dit finalement Poirot, je suis tout prêt à vous croire, mais j'ai encore une chose à vous demander. Je voudrais voir votre livret de relevés bancaires. Vous en avez bien un, je suppose ?

— Oui, monsieur, et je l'ai justement sur moi.

Sans le moindre signe de gêne, Parker tira de sa poche un mince carnet vert. Poirot s'en empara et le parcourut attentivement.

— Ah ! Je vois que vous avez acheté pour cinq cents livres de bons du Trésor, cette année.

— En effet, monsieur. J'ai déjà plus de mille livres d'économies, grâce à mes... hum !... mes relations avec mon ancien maître, le major Ellerby. J'ai aussi eu pas mal de chance aux courses, cette année. Oui, beaucoup de chance. Si Monsieur se rappelle, c'est un outsider qui a gagné le Jubilé. Et j'avais été assez heureux pour miser vingt livres sur lui.

Poirot lui rendit le livret.

— Alors, bonne journée, mon ami. Je crois que vous m'avez dit la vérité. Sinon... tant pis pour vous.

Quand Parker eut pris congé, Poirot remit son pardessus.

— Vous comptez ressortir ? m'étonnai-je.

— Oui. Nous allons rendre une petite visite à ce bon Mr Hammond.

— Vous croyez à l'histoire de Parker ?
— Elle me paraît plausible. Il semble évident — à moins qu'il ne soit un excellent acteur — que pour lui c'était Mr Ackroyd la victime du chantage. Il le croyait dur comme fer. Donc il ignorait tout des problèmes de Mrs Ferrars.
— Mais dans ce cas, qui...
— Précisément ! s'exclama Poirot. Qui ? Notre visite à Mr Hammond nous éclairera sur un point. Ou Parker n'a pas trempé dans cette affaire, ou alors...
— Ou alors ?
— Décidément, je prends la mauvaise habitude de laisser mes phrases en suspens, ce matin, dit mon ami comme pour s'excuser. Veuillez me le pardonner.
— Au fait, annonçai-je d'un ton penaud, j'ai un aveu à vous faire. J'ai, par inadvertance, laissé échapper quelques mots au sujet de la bague.
— Quelle bague ?
— Celle que vous avez trouvée dans le bassin.
— Ah oui ! fit Poirot en souriant jusqu'aux oreilles.
— Quelle légèreté de ma part ! Vous n'êtes pas fâché, au moins ?
— Pas du tout, mon bon ami, pas du tout. Je ne vous avais pas recommandé le silence, vous étiez libre de divulguer la nouvelle. A-t-elle intéressé votre sœur ?
— Énormément, elle a fait sensation. Toutes sortes de théories circulent à ce sujet.
— Ah oui ? C'est pourtant si simple. L'explication saute aux yeux, n'est-ce pas ?
— Vraiment ? demandai-je sur un ton plutôt sec.

Poirot se mit à rire.

— Le sage évite de se compromettre, ne dit-on pas ? Mais nous voici arrivés.

L'avoué était dans son cabinet, où nous fûmes introduits sans délai. Il se leva et nous souhaita la bienvenue en quelques mots secs et précis, à sa manière habituelle. Poirot en vint directement au fait.

— Monsieur, je désire de vous certaines informations, si vous voulez être assez bon pour me les communiquer. Vous étiez bien l'homme de loi de feu Mrs Ferrars, de King's Paddock ?

J'eus le temps de remarquer un bref éclair de surprise dans les yeux de l'avoué, puis il reprit son masque de neutralité professionnelle.

— En effet. Tous ses intérêts étaient entre mes mains.

— Parfait. Et maintenant, avant de vous demander quoi que ce soit, je souhaite que vous entendiez le Dr Sheppard. Vous ne voyez aucune objection à raconter votre entretien de vendredi soir avec Mr Ackroyd, n'est-ce pas, mon ami ?

— Pas la moindre, affirmai-je.

Et j'entamai aussitôt le compte rendu de cette étrange soirée. Hammond m'écouta avec une extrême attention.

— Voilà, dis-je enfin, c'est tout.

— Un chantage..., commenta l'avoué, pensif.

— Cela vous étonne ? demanda Poirot.

Hammond ôta son pince-nez et le frotta avec son mouchoir.

— Non, pas vraiment. Il y a déjà un certain temps que je soupçonnais quelque chose de ce genre.

— Ce qui nous amène à l'information que j'attends de vous, déclara Poirot. Si quelqu'un peut nous donner une idée de la somme extorquée à Mrs Ferrars, c'est bien vous, monsieur.

— Je ne vois aucune raison de ne pas vous le révéler, dit l'avoué après quelques instants de réflexion. Au cours de l'année écoulée, Mrs Ferrars a vendu divers titres et valeurs, et encaissé l'argent sans le réinvestir. Comme elle avait d'importants revenus et vivait très modestement depuis la mort de son mari, on peut affirmer que ces sommes étaient destinées à des dépenses sortant de l'ordinaire. J'ai risqué une fois une allusion à ce sujet, et elle m'a répondu qu'elle avait dû prendre à sa charge certains parents pauvres de son mari. Naturellement, je n'ai pas insisté. J'ai cru, en tout cas jusqu'ici, qu'il s'agissait d'une femme ayant des droits sur Ashley Ferrars. Je n'aurais jamais pensé que Mrs Ferrars avait besoin de pareilles sommes pour elle-même.

— Quelles sommes ? voulut savoir Poirot.

— En tout ? Voyons... environ vingt mille livres.

— Vingt mille livres ! m'exclamai-je. En une année !

— Mrs Ferrars était extrêmement riche, observa sèchement Poirot. Et la peine encourue pour meurtre n'est pas des plus agréables.

— Puis-je vous être encore utile en quoi que ce soit ? s'enquit Mr Hammond.

— Non, je vous remercie, conclut Poirot en se levant. Veuillez m'excuser de vous avoir perturbé.

— Mais pas du tout, pas du tout.

— Le mot « perturbé » n'était pas tout à fait approprié, dis-je à Poirot quand nous nous retrouvâmes dehors. Il ne s'applique qu'au désordre mental.

— Ah ! s'écria mon compagnon, je ne maîtriserai jamais l'anglais. Curieux langage.

— Le mot que vous aviez en tête est « dérangé ».

— Merci, mon ami. Quel souci du terme exact ! Et maintenant, qu'allons-nous faire de Parker ? Avec vingt mille livres en banque, serait-il resté maître d'hôtel ? Je ne pense pas. Bien entendu, il est possible qu'il ait placé cet argent sous un autre nom, mais j'ai tendance à croire qu'il a dit la vérité. C'est un gredin, mais un gredin sans envergure. Il ne voit pas grand. Ce qui nous laisse donc deux possibilités. Raymond... ou le major Blunt.

— Raymond, certainement pas ! Il était très endetté et ces cinq cents livres sont arrivées à point nommé.

— C'est en effet ce qu'il prétend.

— Et quant à Hector Blunt...

— Laissez-moi vous dire quelque chose à propos de ce brave major Blunt, coupa Poirot. C'est mon métier d'enquêter, j'enquête. Eh bien, ce fameux legs dont il nous a parlé, j'ai découvert qu'il se montait à près de vingt mille livres. Que pensez-vous de cela ?

J'en restai quelques instants sans voix.

— C'est impossible, finis-je par dire. Un homme aussi connu qu'Hector Blunt !

— Et alors ? Lui, au moins, c'est un homme d'envergure. J'avoue que je le vois mal en maître chanteur, mais il reste une éventualité qui vous a totalement échappé.

— Et laquelle ?

— Le feu, mon ami. Ackroyd lui-même a très

bien pu brûler le tout, lettre et enveloppe bleue, après votre départ.

— Cela me semble peu probable, dis-je lentement, et pourtant... non, ce n'est pas impossible. Il aurait pu changer d'avis.

Nous arrivions devant chez moi et, sous l'impulsion du moment, j'invitai Poirot à partager notre repas, à la fortune du pot. Je croyais plaire à Caroline, mais les femmes sont décidément difficiles à contenter. Il se trouva que nous avions des côtelettes pour déjeuner, et le personnel des tripes aux oignons. Et servir deux côtelettes à trois convives risque de créer une situation délicate.

Mais Caroline a toujours su retomber sur ses pieds. Avec une admirable mauvaise foi, elle expliqua à Poirot que, bien que James la taquinât sur ce point, elle suivait un régime végétarien. Elle s'étendit complaisamment sur les délices des grillades de noix (auxquelles, j'en jurerais, elle n'a jamais goûté), et se régala ostensiblement d'un *Welsh rarebit*, assaisonné de remarques sur les dangers de l'alimentation carnée. Puis, lorsque nous nous installâmes pour fumer devant la cheminée, elle attaqua Poirot sans y aller par quatre chemins.

— Vous n'avez pas encore retrouvé Ralph Paton ?

— Et où pourrais-je bien le trouver, mademoiselle ?

— Eh bien, fit Caroline sur un ton lourd de sens, je ne sais pas, moi... à Cranchester, peut-être ?

Poirot parut tomber des nues.

— À Cranchester ? Mais pourquoi Cranchester ?

Je pris un malin plaisir à le mettre au fait :

— Il se trouve qu'un des nombreux membres de

notre service de renseignements vous a aperçu hier sur la route de Cranchester, en voiture.

La surprise de Poirot fit place à un franc éclat de rire :

— Ah, c'est donc ça ! Une simple visite chez le dentiste, rien de plus. Une rage de dent, voyez-vous. Je l'ai fait arracher, elle ne me tracassera donc plus.

Déconfiture de Caroline. Elle me fit penser à un ballon piqué par une épingle. Nous en revînmes à Ralph Paton et j'affirmai une fois de plus :

— C'est un faible, peut-être. Mais il a un bon fond.

— Ah ! s'exclama Poirot, mais jusqu'où peut aller la faiblesse ?

— Très juste, opina Caroline. Tenez, James, par exemple. Il n'y a pas plus faible que lui. Heureusement que je suis là !

— Ma chère Caroline, protestai-je avec humeur, es-tu vraiment obligée de donner des exemples personnels ?

— Mais tu *es* faible, James, insista Caroline sans s'émouvoir. J'ai huit ans de plus que toi et... — Oh ! cela ne me gêne pas que M. Poirot le sache...

— Je ne m'en serais jamais douté, mademoiselle, dit le Belge en s'inclinant galamment.

— ... Huit ans de plus que toi, et je me suis toujours fait un devoir de veiller sur toi. Avec une mauvaise éducation, Dieu sait ce que tu aurais déjà commis comme sottises.

Je levai les yeux au plafond et soufflai quelques ronds de fumée.

— J'aurais peut-être épousé une belle aventurière, qui sait ?

— Une aventurière ! ricana Caroline. Parlons-en...
Elle laissa sa phrase en suspens, ce qui piqua ma curiosité.
— Eh bien ? Que veux-tu dire ?
— Rien. Mais je pense qu'il n'est pas nécessaire de faire cent kilomètres pour en trouver une, d'aventurière !
Sur ce, Caroline se tourna brusquement vers Poirot :
— James soutient que, pour vous, c'est un habitant de la maison qui a commis le crime. Tout ce que je puis vous dire c'est que vous vous trompez.
— J'aimerais mieux que ce ne soit pas le cas. N'est-ce pas mon métier d'avoir raison ?
Ignorant cette remarque, Caroline s'entêta :
— À travers James et tous les autres, j'ai réussi à me forger une opinion précise des faits. Et, à ma connaissance, seules deux personnes de la maison *auraient eu* une chance de commettre le crime : Ralph Paton et Flora Ackroyd.
— Ma chère Caroline...
— Non, James, ne m'interromps pas, je sais de quoi je parle. Parker a rencontré Flora devant la porte, non ? Il n'a pas entendu son oncle lui dire bonsoir. Elle pouvait très bien l'avoir déjà tué.
— Caroline !
— Je ne dis pas qu'elle l'a tué, James. Je dis qu'elle *aurait pu* le faire. En fait, bien que Flora soit, comme toutes les filles d'aujourd'hui, persuadée de tout savoir mieux que tout le monde et sans le moindre respect pour leurs aînés, je la crois incapable de tuer ne serait-ce qu'un poulet. Mais les faits demeurent. Mr Raymond et le major Blunt

ont des alibis, Mrs Ackroyd a un alibi. Même cette Russell semble en avoir un, et c'est tant mieux pour elle. Alors, qui reste-t-il ? Flora et Ralph, simplement. Et tu pourras dire ce que tu veux, je ne croirai jamais que Ralph soit un meurtrier. Un garçon que nous avons vu grandir !

Poirot demeura un long moment silencieux, contemplant les volutes de fumée qui montaient de sa cigarette. Quand il se décida à parler, ce fut d'une voix douce et lointaine qui nous laissa une impression curieuse. Cela ne lui ressemblait pas du tout.

— Imaginons un homme, un homme tout à fait comme les autres, qui n'a jamais été effleuré par la moindre pensée de meurtre. Il y a en lui une trace de faiblesse, profondément enfouie, qui n'a jamais eu l'occasion de se manifester. Peut-être ne l'aura-t-elle jamais, et notre homme finira sa vie honoré et respecté de tous. Mais supposons qu'un incident se produise, un problème d'argent par exemple, ou moins encore. Il peut, par accident, surprendre un secret qu'il serait de son devoir de révéler, celui d'un crime, disons. Son premier mouvement sera d'agir en honnête citoyen, et de parler. Et c'est là que cette trace de faiblesse se révèle, voyez-vous. Il entrevoit une chance d'obtenir de l'argent sans effort. Beaucoup d'argent. Il veut cet argent, il le convoite... et ce serait si facile. Il n'a rien à faire pour cela, sinon se taire. Le premier pas est fait. Puis son appétit grandit. Il lui faut sans cesse plus d'argent, encore plus ! Il éprouve un véritable vertige devant la mine d'or qui s'est ouverte à ses pieds. Il devient gourmand, et son avidité le perd. On peut faire indéfiniment pression sur un homme, pas sur une femme. Car les femmes gardent au cœur un grand désir de vérité. Combien d'époux infidèles emportent tranquillement leur secret dans la tombe ! Mais combien de femmes infidèles ruinent leurs vies en avouant tout à ces hommes-là, leur jetant la vérité à la figure ? Le poids était trop lourd. Dans un moment d'insouciance téméraire — qu'elles regretteront après coup, bien entendu —, elles oublient toute prudence et proclament la vérité. Ce qui, sur le moment, leur procure une immense satisfaction. Je pense que, dans notre affaire, les choses ont dû se passer ainsi, n'est-ce pas ? La tension est devenue trop forte pour la victime, et ce fut, comme dit le proverbe, la fin de la poule aux œufs d'or. Mais pas la fin de l'histoire. L'homme dont nous parlons a peur d'être découvert. Ce n'est plus le même homme que... que seulement un an plus tôt, peut-être. Son sens moral s'est émoussé, c'est bien le mot ? Il est désespéré, prêt à tout, car s'il est découvert, il est perdu. Et alors... le poignard frappe.

Poirot laissa s'installer un silence, et ce fut comme s'il nous tenait sous un charme. Tout s'était figé dans la pièce et je n'essaierai pas de décrire l'impression qu'avaient produite sur nous ses paroles. Il y avait quelque chose d'impitoyable dans son analyse, et sa puissance de perception nous frappait de crainte, ma sœur et moi.

— Et puis, reprit-il doucement, le danger passé, l'homme redevient lui-même, normal et bon. Mais si à nouveau le besoin s'en fait sentir, alors il frappera encore.

Caroline se reprit enfin.

— Vous parlez de Ralph Paton, et peut-être avez-vous raison, peut-être pas. Mais vous n'avez pas le droit de condamner un homme sans l'entendre.

La sonnerie aiguë du téléphone retentit. Je passai dans le vestibule et décrochai le combiné.

— Pardon ? Oui, c'est le Dr Sheppard à l'appareil.

J'écoutai pendant un instant, répondis brièvement et reposai le récepteur. Puis je revins dans le salon.

— Poirot, annonçai-je, on a arrêté un homme à Liverpool, un certain Charles Kent. Ce serait l'inconnu qui s'est rendu à Fernly le soir du meurtre. On me demande d'aller immédiatement à Liverpool pour l'identifier.

18

CHARLES KENT

Une demi-heure plus tard le train nous emmenait vers Liverpool, l'inspecteur Raglan, Poirot et moi. L'inspecteur ne tenait plus en place.

— Enfin, nous allons y voir clair dans cette histoire de chantage ! jubila-t-il. Ce sera toujours ça ! Une vraie tête brûlée, notre client, d'après ce qu'on m'a dit au téléphone. Et un drogué par-dessus le marché. Ça ne devrait pas être trop difficile de le faire parler. Si seulement il avait un mobile, même insignifiant ! Il y a gros à parier qu'il est coupable, mais dans ce cas, pourquoi le jeune Paton ne se montre-t-il pas ? Décidément, cette affaire est un vrai casse-tête. Au fait, monsieur Poirot, vous aviez raison pour les empreintes, ce sont bien celles de Mr Ackroyd. Je l'avais envisagé, mais cela me semblait tellement incroyable...

Ces efforts pour sauver la face m'arrachèrent un sourire.

— Et cet homme, s'enquit Poirot, vous l'avez arrêté ?

— Mis en détention provisoire, simplement.

— Et que dit-il pour sa défense ?
— Pas grand-chose, à part des injures en veux-tu en voilà. Il est malin, notre oiseau ! Il se méfie.

L'accueil enthousiaste que reçut Poirot à Liverpool ne laissa pas de me surprendre. Le commissaire Hayes, qui nous souhaita la bienvenue, avait jadis travaillé avec lui et s'était fait une opinion manifestement bien trop flatteuse de ses capacités.

— Maintenant que M. Poirot est là, l'affaire ne va plus traîner ! s'exclama-t-il avec chaleur. Mais je croyais que vous aviez pris votre retraite, monsieur ?

— C'est exact, mon cher Hayes, c'est exact. Mais la retraite est si ennuyeuse et d'une telle monotonie, vous n'imaginez pas ce que cela représente !

— Oh, que si ! Alors, vous êtes venu jeter un coup d'œil sur notre prise ? Et Monsieur doit être le Dr Sheppard... Croyez-vous pouvoir identifier notre homme, monsieur ?

— Je n'en suis pas très sûr, répondis-je avec prudence.

— Et comment avez-vous mis la main dessus ? s'enquit Poirot.

— Nous avions diffusé son signalement, dans la presse et dans nos services. Il était un peu sommaire, mais le suspect a un accent américain et ne se cache pas d'être allé du côté de King's Abbot ce soir-là. Il ne nous envoie pas dire que ce n'est pas notre affaire et qu'il aimerait mieux être pendu que de répondre à nos questions.

— Serait-il possible de le voir ?

Le commissaire eut un clin d'œil entendu.

— Nous sommes heureux de vous avoir à nos côtés, monsieur, et vous avez carte blanche. L'inspecteur Japp, de Scotland Yard, demandait justement de vos nouvelles, l'autre jour. Il paraît que vous vous occupez officieusement de cette affaire. Puis-je savoir où se cache le capitaine Paton, monsieur ?

— Je crains que ce ne soit pas le moment de le révéler, répondit Poirot d'un ton pincé.

Je me mordis la lèvre pour ne pas sourire : le petit homme s'en tirait vraiment très bien. Il fallut ensuite accomplir quelques formalités et nous fûmes introduits auprès du prisonnier.

L'homme était jeune, dans les vingt-deux ou vingt-trois ans, grand et mince. Ses mains tremblaient légèrement et l'on devinait qu'il avait dû posséder une grande force physique même s'il n'en restait pas grand-chose. Des cheveux bruns, des yeux bleus, un regard vacillant qui fuyait le vôtre... non, décidément, je m'étais trompé en croyant qu'il me rappelait quelqu'un. Il n'en était rien. Le commissaire l'apostropha :

— Allons, Kent, levez-vous. Ces messieurs sont venus pour vous voir. Reconnaissez-vous l'un d'entre eux ?

Kent nous jeta un coup d'œil morne mais ne répondit rien. Je vis son regard glisser sur nous trois, revenir et finalement s'arrêter sur moi.

— Alors, monsieur ? me demanda le commissaire. Qu'en dites-vous ?

— Cet homme a la même taille que celui que j'ai aperçu, la même silhouette, mais c'est à peu près tout.

— Et à quoi ça rime, tout ça ? s'écria Kent. Qu'est-ce que vous avez contre moi ? Eh bien, allez-y, qu'est-ce qu'on me reproche ?

— C'est bien le même homme, fis-je en appuyant ma déclaration d'un hochement de tête. Je reconnais sa voix.

— Ah oui ! vous reconnaissez ma voix ? Et où vous l'avez entendue, vous croyez ? Et quand, d'abord ?

— Vendredi soir, à la grille du parc de Fernly. Vous m'avez demandé le chemin.

— Puisque vous le dites !

— Reconnaissez-vous le fait ? demanda l'inspecteur.

— Je reconnais rien du tout. Pas tant que je sais pas ce qu'on me reproche.

Poirot prit la parole pour la première fois.

— Vous n'avez donc pas lu les journaux, ces jours-ci ?

Les yeux de l'homme s'étrécirent.

— Alors c'est ça ? On a repassé un vieux singe à Fernly, et vous voulez me coller ça sur le dos ?

— Vous étiez sur les lieux ce soir-là, observa tranquillement Poirot.

— Et comment vous le savez, vous ?

— Grâce à ceci, dit le détective en tirant de sa poche un objet qu'il tendit à Kent.

C'était le tuyau de plume qu'il avait trouvé dans le pavillon. À sa vue, le visage de l'homme changea. Il tendit la main comme pour s'en emparer.

— De la neige, dit pensivement Poirot. Non, mon ami, il est vide. Je l'ai trouvé dans le pavillon d'été, là où vous l'avez laissé tomber ce soir-là.

L'autre leva sur lui un regard hésitant.

— Vous en savez des choses, espèce de petit morveux d'étranger ! Alors vous vous rappelez peut-être

ce qu'il y avait dans les journaux : que le vieux a été rectifié entre moins le quart et 22 heures ?
— En effet.
— Ouais. Mais est-ce que c'est vrai ? C'est ça que je voudrais bien savoir.
— Ce monsieur pourra vous le dire, affirma Poirot en désignant l'inspecteur Raglan.
Celui-ci hésita, consulta du regard le commissaire Hayes, puis Poirot lui-même et, comme s'il avait reçu leur approbation, déclara :
— C'est exact : entre moins le quart et 22 heures.
— Alors je vois pas pourquoi vous me gardez ici, vu qu'à 21 heures 25 j'étais déjà loin. Demandez donc au *Chien qui siffle,* sur la route de Cranchester. C'est presque à deux kilomètres de Fernly et j'ai fait pas mal de bruit dans c't'auberge, vers 10 heures moins le quart je me rappelle. Alors, qu'est-ce que vous dites de ça ?
L'inspecteur Raglan nota quelque chose dans son carnet.
— Alors ? répéta Kent.
— Nous vérifierons, rétorqua l'inspecteur. Si vous avez dit la vérité, tout s'arrangera pour vous. Au fait, qu'alliez-vous faire à Fernly ?
— Voir quelqu'un.
— Qui ?
— C'est pas vos oignons.
— Tâchez d'être un peu plus poli, mon garçon, conseilla vertement le commissaire.
— Poli si je veux ! Ce que je suis allé faire là-bas, c'est mon problème. Puisque j'étais déjà loin au moment du crime, le reste, ça regarde pas la police. Qu'elle se débrouille.

— Vous vous appelez Charles Kent, observa Poirot. Où êtes-vous né ?

L'homme parut un instant déconcerté, puis sourit largement.

— Je suis un vrai Britannique, cent pour cent.

— Certes, fit Poirot d'une voix lente, je pense que vous l'êtes. J'imagine même que vous êtes né dans le Kent.

L'homme ouvrit des yeux ronds.

— Vous... quoi ? Et pourquoi, d'abord ? À cause de mon nom ? C'est pas parce qu'on s'appelle Kent qu'on est forcément né dans ce coin-là !

— Dans certains cas particuliers, cela peut se produire, rétorqua Poirot d'un air désinvolte. Je dis bien : dans certains cas particuliers, vous me suivez ?

Son intonation particulièrement insistante emplit d'étonnement les deux policiers. Quant à Charles Kent, son teint vira au rouge brique et je crus un moment qu'il allait se jeter sur Poirot. Puis il se ravisa, émit ce qui pouvait passer pour un rire et se détourna.

Poirot eut un hochement de tête satisfait et sortit, suivi de près par les deux policiers. Raglan déclara :

— Nous vérifierons tout cela, mais je ne crois pas qu'il mente. Par contre, il faudra qu'il justifie sa présence à Fernly, et je crois que nous tenons notre maître chanteur. D'autre part, s'il a bien dit la vérité, il ne peut pas être l'assassin. Reste le problème des quarante livres... il avait dix livres sur lui quand on l'a arrêté, somme plutôt rondelette, mais les numéros ne correspondent pas à ceux des billets manquants. Il se sera empressé de les changer.

Mr Ackroyd a dû lui donner lui-même l'argent, qui n'aura d'ailleurs pas fait long feu. Et cette histoire de Kent, où vouliez-vous en venir ?
— Oh ! ce n'est pas important, dit Poirot d'un ton bonhomme. Juste une petite idée à moi. Et je suis fameux pour mes petites idées, savez-vous ?
— Vraiment ? fit Raglan en le dévisageant d'un air intrigué.
Le commissaire éclata d'un rire tonitruant.
— Je crois entendre l'inspecteur Japp ! « M. Poirot et ses petites idées, me disait-il souvent. Elles sont un peu trop fantaisistes pour moi, mais elles mènent toujours quelque part. »
— Vous vous moquez, dit Poirot en souriant, mais il n'importe. C'est dans les vieux pots qu'on fait la bonne soupe, et rira bien qui rira le dernier.
Sur ce, avec un hochement de tête sagace, il sortit dans la rue.
Lui et moi déjeunâmes ensemble dans un hôtel. Je sais maintenant que tout était déjà clair dans son esprit. Il tenait enfin le seul fil qui lui manquait pour remonter jusqu'à la vérité. Mais à ce moment-là, j'étais loin de m'en douter. Je croyais qu'il surestimait ses talents, et que ce qui m'intriguait devait l'intriguer tout autant.
Et ce qui m'intriguait le plus, c'était cette visite de Charles Kent à Fernly. Que diable était-il venu y faire ? Je retournais sans arrêt la question dans ma tête, sans y trouver de réponse satisfaisante. Enfin, je me risquai à demander à Poirot ce qu'il en pensait.
— Mon ami, je ne pense pas : je sais.
— Vraiment ? dis-je d'un ton sceptique.
— Oui, vraiment. Et j'imagine que cela n'aura

pas grand sens pour vous si je vous dis que notre homme s'est rendu à Fernly Park ce soir-là parce qu'il est né dans le Kent ?

Je le dévisageai sans comprendre.

— Aucun sens, en effet, répliquai-je d'un ton cassant.

— Ah ! s'écria Poirot d'un air apitoyé, alors tant pis. Moi, j'ai toujours ma petite idée.

19

FLORA ACKROYD

Je rentrais en voiture de ma tournée de visites, le lendemain matin, lorsque je m'entendis héler par l'inspecteur Raglan. Je m'arrêtai à sa hauteur et il monta sur le marchepied.

— Bonjour, Dr Sheppard. Nous avons vérifié cet alibi : il tient.

— Celui de Charles Kent ?

— En personne. La serveuse du *Chien qui siffle* se souvient très bien de lui : elle a reconnu sans hésiter sa photographie parmi cinq autres. Il est arrivé au bar à 10 heures moins le quart et il y a presque deux kilomètres de Fernly à l'auberge. Il était en fonds, semble-t-il. Cette fille l'a vu sortir une poignée de billets de sa poche, ce qui l'a plutôt étonnée, vu son allure minable : ses bottines ne tenaient plus que par les lacets. Et voilà où sont passées les quarante livres !

— Et il refuse toujours de s'expliquer sur sa visite à Fernly ?

— Absolument, une vraie tête de mule. J'en par-

lais avec Hayes ce matin, il m'a appelé de Liverpool.
— Hercule Poirot prétend connaître la raison de cette visite.
— Vraiment ? s'écria avidement l'inspecteur.
— Vraiment, ironisai-je. Il paraît qu'il y est allé parce qu'il est né dans le Kent.
Je ne vis pas sans plaisir les traits de l'inspecteur refléter ma propre déconfiture. Pendant un moment, il me regarda sans comprendre. Puis un sourire passa sur son visage de fouine et il se frappa le front d'un air significatif.
— Il doit lui manquer une case, ça fait un moment que je me le dis. Le pauvre vieux, voilà pourquoi il est venu planter ses choux par ici. Cela tient sûrement de famille, il a un neveu qui ne tourne pas très rond non plus.
— Poirot ? m'écriai-je, au comble de la surprise. Un neveu fou ?
— Oui, il ne vous en a jamais parlé ? Il n'est pas dangereux, remarquez, et même très doux, mais complètement dérangé, le pauvre garçon.
— Et qui vous a dit ça ?
Je vis reparaître le sourire de l'inspecteur.
— Mais votre sœur, miss Sheppard. Elle m'a tout raconté.
Caroline est vraiment surprenante. Il faut qu'elle aille déterrer tous les secrets de famille, dans les moindres détails. C'est plus fort qu'elle. Malheureusement, je n'ai jamais pu lui faire comprendre la nécessité de se montrer discrète, ne serait-ce que par décence.
— Montez, inspecteur, dis-je en ouvrant la portière, je vous emmène aux Mélèzes. Nous allons

mettre notre ami belge au courant des dernières nouvelles.

— Bonne idée. Il est peut-être un peu timbré, mais il m'a aiguillé sur la bonne voie, dans cette histoire d'empreintes. En ce qui concerne Kent, il divague sans doute un peu, mais qui sait ? Il en sortira peut-être quelque chose.

Poirot nous reçut avec son affabilité coutumière. Il nous écouta en souriant, avec des hochements de tête de temps à autre.

— Voilà qui règle la question, semble-t-il, conclut l'inspecteur, visiblement déçu. Un homme ne peut pas assassiner quelqu'un dans un endroit et prendre un verre dans un autre à deux kilomètres de là.

— Avez-vous l'intention de le relâcher ?

— Il faudra bien. Nous ne pouvons pas le garder pour extorsion de fonds si le fait n'est pas prouvé. Et allez donc prouver cela !

D'un air dégoûté, l'inspecteur jeta une allumette dans l'âtre. Poirot la ramassa, la déposa soigneusement dans un petit récipient prévu pour cet usage, tout cela de façon parfaitement machinale. Je compris que ses pensées étaient ailleurs.

— À votre place, déclara-t-il enfin, je ne relâcherais pas encore le dénommé Charles Kent.

Raglan ouvrit des yeux ronds.

— Que voulez-vous dire ?

— Rien de plus que ceci : je ne le relâcherais pas encore.

— Vous ne croyez tout de même pas qu'il puisse être mêlé au crime ?

— Probablement pas, mais sait-on jamais ?

— Mais je viens de vous expliquer..., commença l'inspecteur.

Poirot l'interrompit d'un geste de la main.

— Mais oui, mais oui, j'ai entendu. Je ne suis pas sourd, ni complètement idiot, Dieu merci. Seulement, vous prenez la chose par le... le mauvais bout.

L'inspecteur le dévisagea d'un œil éteint.

— Je ne vois pas ce qui vous fait dire ça. Récapitulons : Mr Ackroyd était encore vivant à 10 heures moins le quart. Vous êtes d'accord ?

Poirot le regarda pendant quelques instants, puis eut un sourire furtif et secoua la tête.

— Je n'admets rien qui ne soit... prouvé.

— Sur ce point, ce ne sont pas les preuves qui nous manquent. À commencer par le témoignage de miss Ackroyd.

— Selon lequel elle est allée dire bonsoir à son oncle ? Mais moi, je ne me fie pas toujours à la parole d'une jeune personne. Si belle et si charmante soit-elle.

— Mais enfin, bon sang ! Parker l'a vue sortir !

— Non, trancha Poirot, la voix soudain plus sèche. C'est justement ce qu'il *n'a pas* vu. J'ai pu m'en assurer l'autre jour, grâce à ma petite expérience. Vous vous rappelez, docteur ? Parker a vu Mademoiselle *devant* la porte, la main sur la poignée. Il ne l'a pas vue sortir de la pièce.

— Mais... d'où pouvait-elle venir, alors ?

— De l'escalier, peut-être.

— De l'escalier ?

— Oui. Encore une petite idée à moi.

— Mais cet escalier ne conduit qu'à la chambre de Mr Ackroyd !

— Précisément.

Et l'inspecteur d'écarquiller les yeux de plus belle.

— D'après vous, elle serait montée dans la chambre de son oncle ? Admettons. Mais pourquoi mentir à ce sujet ?

— Ah ! là est la question. Tout dépend de ce qu'elle allait y faire, n'est-ce pas ?

— Vous pensez... à l'argent ? Hé, une minute ! Vous n'insinuez tout de même pas que miss Ackroyd a pris ces quarante livres ?

— Je n'insinue rien, mais je vous rappellerai ceci : la vie n'était pas très facile pour cette fille et sa mère. Toujours des factures en retard, des histoires pour la moindre dépense... Roger Ackroyd avait une conception assez spéciale de l'économie. Miss Ackroyd a pu avoir un terrible besoin de trouver de l'argent, même une faible somme, et je vous laisse vous représenter la scène. La demoiselle a pris ladite somme, elle descend le petit escalier, elle est encore à mi-chemin quand elle entend un tintement de verres dans le hall. Elle comprend tout de suite : c'est Parker qui va vers le cabinet de travail. Il ne faut pas qu'il la voie descendre, il trouverait cela bizarre et ne l'oublierait pas. Elle a tout juste le temps de se précipiter jusqu'à la porte et de poser la main sur la poignée avant que Parker passe le seuil du couloir. Elle fait la première chose qui lui vient à l'esprit : elle répète la consigne que son oncle a donnée un peu plus tôt dans la soirée et monte se coucher.

— Soit, admit l'inspecteur, mais après coup, elle a dû prendre conscience de l'importance vitale de la vérité ? Voyons, c'est sur cette question d'heure que repose toute l'affaire !

— Après coup, rétorqua sèchement Poirot, les choses sont devenues plus difficiles pour miss Flora. On lui annonce que la police est là pour un cambriolage. Naturellement, elle pense tout de suite que le vol de l'argent est découvert et n'a plus qu'une idée : s'en tenir à son histoire, n'est-ce pas ? Puis elle apprend la mort de son oncle, et c'est la panique. Il en faut beaucoup pour qu'une jeune fille perde connaissance, de nos jours. Eh bien, c'est le cas : elle s'évanouit. Elle n'avait pas le choix. Il lui fallait ou s'en tenir à son récit ou avouer. Et une jeune et jolie demoiselle n'avoue pas de bon cœur qu'elle est une voleuse, surtout devant ceux dont elle désire garder l'estime.

Raglan abattit son poing sur la table.

— C'est inouï ! Je n'arrive pas à le croire... et vous saviez cela depuis le début ?

— Je reconnais que l'idée m'en était venue. J'ai toujours pensé que miss Flora nous cachait quelque chose. Et pour m'en assurer, j'ai fait avec le Dr Sheppard la petite expérience dont je vous ai parlé.

— Un moyen d'éprouver Parker, soi-disant ! m'exclamai-je avec amertume.

— Mon ami, s'excusa Poirot d'un air confus, comme je vous l'ai dit alors, il fallait bien trouver quelque chose !

— Il n'y a qu'une solution, annonça l'inspecteur en se levant. Interroger immédiatement la jeune personne. M'accompagnerez-vous à Fernly, monsieur Poirot ?

— Certainement. Le Dr Sheppard pourra nous y conduire en voiture.

J'acceptai sans me faire prier.

Nous demandâmes à être reçus par miss Ackroyd et fûmes introduits dans la salle de billard. Flora et le major Hector Blunt étaient assis sur la banquette qui s'encadrait dans l'embrasure de la fenêtre.

— Bonjour, miss Ackroyd, dit l'inspecteur. Pourrions-nous vous dire quelques mots en particulier ?

Blunt se leva aussitôt et marcha vers la porte.

— Que se passe-t-il ? demanda Flora qui paraissait nerveuse. Non, ne partez pas, major Blunt... Il peut rester, n'est-ce pas ? ajouta-t-elle à l'intention de l'inspecteur.

— Si vous y tenez, répondit-il d'un ton bref. Mon devoir m'oblige à vous poser quelques questions, mademoiselle, mais j'aimerais mieux que cet entretien reste privé. D'ailleurs vous aussi, je suppose.

Flora lui jeta un regard aigu et je la vis pâlir. Puis elle se tourna vers Blunt.

— Je désire que vous restiez, s'il vous plaît, j'y tiens. Quoi que l'inspecteur ait à me dire, je préfère que vous l'entendiez.

Raglan haussa les épaules.

— Si c'est ce que vous voulez, alors allons-y. Voilà de quoi il s'agit, miss Ackroyd. M. Poirot ici présent m'a soumis une hypothèse personnelle. Il prétend que vous n'êtes pas entrée dans le cabinet de votre oncle vendredi soir, que vous n'avez pas vu Mr Ackroyd et ne lui avez donc pas dit bonsoir. Mais qu'au contraire, vous descendiez de sa chambre lorsque vous avez entendu Parker s'approcher, venant du hall.

Flora chercha le regard de Poirot, qui lui répondit par un signe d'assentiment.

— Mademoiselle, pendant notre petit conseil,

l'autre jour, je vous ai suppliée de me parler franchement. Ce que l'on ne dit pas au vieux papa Poirot, il finit toujours par le découvrir. Et je l'ai découvert. Je vais vous faciliter les choses : vous avez pris l'argent, n'est-il pas vrai ?

— Pris l'argent ? s'écria vivement le major Blunt.

Un silence s'établit, se prolongea. Près d'une minute s'écoula avant que Flora ne se lève.

— M. Poirot a raison, j'ai pris cet argent. Oui, j'ai volé. Je suis une voleuse, une vulgaire petite voleuse ! Maintenant, vous le savez, et j'en suis heureuse. Ces derniers jours ont été pour moi un cauchemar.

Elle se laissa brusquement retomber sur son siège, cacha son visage entre ses mains et reprit d'une voix enrouée par l'émotion :

— Vous ne savez pas ce que j'ai vécu depuis mon arrivée ici. Désirer toutes sortes de choses, faire mille calculs pour les obtenir, tricher, mentir, signer des factures, promettre de payer... oh ! Je me déteste quand j'y pense. C'est cela qui nous a rapprochés, Ralph et moi : notre faiblesse. Je le comprenais et je le plaignais, parce qu'au fond, nous sommes pareils. Ni lui ni moi n'avons la force de nous en tirer seuls. Nous sommes faibles, malheureux... et méprisables.

Flora leva les yeux vers Blunt et, soudain, tapa du pied.

— Pourquoi me regardez-vous avec cet air incrédule ? Je suis une voleuse, soit, mais au moins je suis franche, maintenant. Je ne mens plus. Je ne prétends pas être le genre de fille que vous aimez, innocente et simple. Et si vous ne voulez plus me voir après ça, tant pis ! Je me hais, je me méprise,

mais il y a une chose que vous devez croire. Si j'avais pu aider Ralph en disant la vérité, je l'aurais fait. Mais j'ai toujours su que cela ne changerait rien, bien au contraire. Je n'aurais fait qu'aggraver son cas. En maintenant ma version de l'histoire, je ne lui faisais aucun tort.
— Je vois, dit Blunt. Ralph... toujours Ralph.
— Vous ne comprenez pas, gémit Flora avec désespoir, vous ne comprendrez jamais.
Elle se tourna vers l'inspecteur.
— J'avoue tout. J'étais aux abois. Ce soir-là, je n'ai pas revu mon oncle depuis la fin du dîner. Quant à l'argent... agissez comme bon vous semblera. Les choses ne sauraient être pires que ce qu'elles sont.
À nouveau, Flora enfouit son visage dans ses mains, puis elle se rua hors de la pièce.
— Eh bien! s'exclama l'inspecteur d'un ton morne, nous sommes fixés!
Il paraissait ne plus savoir à quel saint se vouer.
Blunt s'avança et déclara de sa voix tranquille :
— Inspecteur Raglan, cet argent m'a été remis par Mr Ackroyd dans un dessein précis. Miss Ackroyd n'y a jamais touché : elle ment en s'imaginant protéger le capitaine Paton. C'est la vérité, et je suis prêt à en témoigner sous serment devant un tribunal.
Le major s'inclina en un bref salut, tourna les talons et quitta la pièce à son tour. Vif comme l'éclair, Poirot s'élança derrière lui — moi sur ses talons — et le rattrapa dans le hall.
— Monsieur, ayez la bonté de m'accorder un instant.

Sourcils froncés, Blunt toisa sévèrement le détective sans cacher son impatience.

— Eh bien, monsieur ? Qu'y a-t-il ?

— Il y a, débita rapidement Poirot, que je ne suis pas abusé par votre petite invention. Pas du tout. C'est bel et bien miss Flora qui a dérobé les quarante livres. Par ailleurs, votre histoire est bien imaginée et elle me plaît. C'est beau, ce que vous venez de faire là. Vous pensez vite et agissez comme il convient.

— Merci, répondit Blunt avec froideur, mais je ne me soucie aucunement de votre opinion.

Il allait s'éloigner mais Poirot le retint par le bras, sans paraître offensé le moins du monde.

— Ah ! mais je n'ai pas fini, il vous faut m'écouter. J'ai parlé de dissimulation, l'autre jour, et j'ai toujours su ce que vous voulez cacher. Vous aimez miss Flora, de tout votre cœur et depuis le premier jour, n'est-il pas vrai ? Allons, n'ayons pas peur de parler de ces choses-là. Pourquoi les Anglais les regardent-ils comme des secrets inavouables ? Vous aimez miss Flora et vous cherchez à le cacher à tout le monde. Très bien, c'est votre manière. Mais acceptez le conseil d'Hercule Poirot : ne le cachez pas à la jeune personne elle-même.

Blunt avait montré de nombreux signes d'agacement pendant ce discours, mais la conclusion parut retenir son attention.

— Qu'entendez-vous par là ? demanda-t-il d'un ton bref.

— Vous pensez qu'elle aime le capitaine Paton, mais moi, Hercule Poirot, je vous dis que cela n'est pas. Miss Flora a accepté d'épouser le capitaine Paton pour complaire à son oncle, et pour échapper à une vie qui lui devenait franchement insupportable. Elle l'aimait bien, ils sympathisaient et se comprenaient, mais l'amour... c'est autre chose ! Ce n'est pas le capitaine Paton qu'aime cette jeune personne.

Je vis Blunt rougir sous son hâle quand il demanda :

— Que diable voulez-vous dire ?

— Que vous avez été aveugle, monsieur. Oui, aveugle. Elle est loyale, cette enfant. Ralph Paton étant suspect, elle se fait un point d'honneur de le soutenir.

J'estimai que le moment était venu de m'associer à cette bonne action et déclarai d'un ton encourageant :

— Ma sœur me disait encore l'autre jour que Flora ne s'était jamais souciée de Ralph Paton, et croyez-moi : dans ce domaine, elle ne se trompe jamais.

Ignorant cette intervention généreuse, Blunt s'adressa à Poirot :

— Vous pensez vraiment...

Sa phrase tourna court. Certains hommes sont pratiquement incapables d'exprimer ce qui leur tient à cœur.

Mais Hercule Poirot ne souffre pas de cette infirmité :

— Si vous doutez de mes paroles, monsieur, questionnez la jeune fille vous-même. Mais peut-être ne le souhaitez-vous plus... depuis cette histoire d'argent...

Le rire de Blunt ressembla à un grognement de colère :

— Et vous croyez que je vais lui en vouloir pour

cela ? Roger a toujours été bizarre, en matière d'argent. Elle s'est retrouvée dans une situation impossible et n'a pas osé lui en parler. Pauvre petite ! Pauvre petite fille solitaire !

Poirot jeta un regard pensif vers la porte latérale.

— Je crois que miss Flora est allée dans le jardin, murmura-t-il.

— Et moi qui n'avais rien compris ! s'écria Blunt. Rien à rien. Quel idiot j'ai été, et quelle drôle de conversation ! On dirait du théâtre d'avant-garde. Mais vous êtes un chic type, monsieur Poirot. Merci.

Il accompagna ces paroles d'une poignée de main si vigoureuse que mon ami en grimaça de douleur puis gagna à grands pas la porte du jardin.

— Mais non, murmura Poirot en massant doucement sa main endolorie, pas idiot... amoureux, voilà tout.

20

MISS RUSSELL

Pour l'inspecteur Raglan, la secousse était rude. Le généreux mensonge de Blunt ne le trompait pas plus que nous, et notre trajet de retour fut ponctué par ses doléances.
— Voilà qui change tout, monsieur Poirot, absolument tout. Je me demande si vous vous en rendez bien compte ?
— Je pense que oui. J'en suis même sûr. Mais voyez-vous, l'idée n'est pas tout à fait nouvelle pour moi.

Raglan, à qui cette même idée n'était apparue qu'une demi-heure plus tôt — à peine —, regarda Poirot d'un air malheureux et reprit le fil de ses découvertes :
— Et ces alibis... ils ne valent plus rien, maintenant. Absolument rien ! Il faut repartir de zéro. Savoir qui était où à 21 heures 30. Oui, 21 heures 30, c'est de là qu'il faut partir. Vous aviez raison pour ce Kent, plus question de le relâcher. Voyons... 10 heures moins le quart au *Chien qui siffle*, un quart d'heure pour couvrir... mettons un kilomètre

et demi, oui, c'est faisable en courant. Il est tout à fait possible que ce soit sa voix que Mr Raymond ait entendue ; et donc lui qui demandait de l'argent que Mr Ackroyd lui a refusé. En tout cas, une chose est claire : ce n'est pas lui qui a appelé de la gare. Elle est située à huit cents mètres au moins dans la direction opposée, donc à... presque deux kilomètres et demi du *Chien qui siffle*. Où il se trouvait lui-même à 22 heures 10 environ. Satané coup de téléphone ! Nous butons toujours dessus.

— Précisément, souligna Poirot. C'est curieux.

— Supposons que le capitaine Paton se soit introduit chez son oncle et l'ait trouvé mort. Craignant d'être accusé du crime, il aura pris la fuite. C'est peut-être lui qui a appelé.

— Et pourquoi l'aurait-il fait ?

— Parce qu'il n'était pas certain que son vieil oncle soit mort. Il souhaitait qu'un médecin vienne le plus tôt possible, mais ne voulait pas trahir son identité. Eh bien, que pensez-vous de ça ? Cela se tient, non ?

L'inspecteur bomba le torse d'un air important. Il était si manifestement enchanté de lui-même que tout commentaire de notre part eût été superflu. D'ailleurs, nous arrivions chez moi. Laissant Poirot accompagner l'inspecteur au poste de police, je gagnai sans plus tarder mon cabinet où mes patients ne m'avaient que trop attendu.

Quand j'en eus terminé avec mon dernier client, je me rendis dans la petite pièce du fond que j'appelle mon atelier. J'y ai monté moi-même un poste de T.S.F. dont je ne suis pas peu fier, mais Caroline déteste ce cagibi. J'y range mes outils et il n'est pas question qu'Annie vienne tout mettre sens dessus dessous avec un chiffon ou un plumeau. J'étais en train de réparer la mécanique d'un réveil soi-disant irréparable, quand la porte s'ouvrit, juste assez pour laisser passer la tête de Caroline.

— Oh, tu es là, James ! lança-t-elle d'un ton nettement réprobateur. M. Poirot aimerait te voir.

Surpris par cette intrusion, je sursautai, laissai tomber un minuscule rouage et m'écriai avec irritation :

— Eh bien, il n'a qu'à venir ici !
— Ici ? répéta Caroline.
— Parfaitement : ici.

Avec un reniflement qui en disait long, Caroline s'en fut. Elle ne tarda pas à reparaître, introduisit Poirot et ressortit en claquant la porte. Le Belge s'avança en se frottant les mains.

— Comme vous voyez, mon ami, on ne se débarrasse pas de moi si facilement.

— Alors, vous en avez fini avec l'inspecteur ?
— Pour le moment, oui. Et votre consultation ?
— Terminée.

Poirot prit un siège et me regarda, son crâne ovoïde incliné de côté, avec la mine de celui qui savoure une plaisanterie des plus délectables.

— Erreur, dit-il enfin. Il vous reste encore un malade à voir.

— Pas vous, tout de même ?
— Moi ? Non, bien entendu. J'ai une santé magnifique. Non, pour vous dire le vrai, il s'agit d'un petit complot, une idée à moi. Il y a une personne que je désire voir sans que tout le village soit au courant, vous comprenez. Si la dame venait chez moi, les gens échafauderaient toutes sortes

d'hypothèses. Car c'est une dame. Et comme elle est déjà venue vous consulter...

— Miss Russell ! m'exclamai-je.

— Précisément. Je désire vivement lui parler. C'est pourquoi je me suis permis de lui envoyer un billet lui donnant rendez-vous ici, à la consultation. Vous n'êtes pas fâché contre moi ?

— Au contraire, surtout s'il m'est permis d'assister à cet entretien.

— Mais naturellement ! Puisqu'il aura lieu dans votre cabinet !

— Vous comprenez, dis-je en reposant mes pinces, toute cette affaire m'intrigue au plus haut point. Chaque fait nouveau en bouleverse complètement la perspective, comme lorsqu'on tourne un kaléidoscope. Mais pourquoi êtes-vous si désireux de parler à miss Russell ?

Poirot haussa les sourcils et murmura :

— Voyons, n'est-ce pas évident ?

— Je vous reconnais bien là ! grommelai-je. Selon vous, tout est évident, mais vous me laissez naviguer dans le brouillard.

Poirot secoua la tête d'un air bonhomme.

— Allons, vous vous moquez de moi. Tenez, prenons ce petit incident avec miss Flora. L'inspecteur a été surpris, mais pas vous.

— Mais je ne l'ai jamais soupçonnée d'être une voleuse !

— Cela, sans doute pas. Mais je vous observais, et vous n'avez eu l'air ni surpris ni incrédule, comme l'inspecteur Raglan.

— Vous avez peut-être raison, dis-je après quelques instants de réflexion. Depuis le début, j'ai eu le sentiment que Flora nous cachait quelque chose.

Inconsciemment, j'attendais la vérité, aussi ne m'at-elle pas réellement surpris. Pauvre inspecteur, il était vraiment démoralisé !
— Ah, pour ça oui ! s'exclama Poirot. Le malheureux va devoir remettre de l'ordre dans ses idées. J'ai profité de son désarroi pour lui demander une faveur.
— Ah oui ?
Poirot tira de sa poche un feuillet où étaient griffonnées quelques notes et lut à haute voix :
Depuis quelques jours, la police recherchait le capitaine Paton, le neveu de Mr Ackroyd, de Fernly Park, décédé vendredi dernier dans de si tragiques circonstances. Le capitaine Paton a été retrouvé à Liverpool, alors qu'il s'apprêtait à s'embarquer pour l'Amérique.
Sur ce, il replia sa feuille de papier.
— Ceci, mon ami, paraîtra demain dans la presse du matin.
Je le dévisageai, abasourdi.
— Mais... mais c'est faux ! Il n'est pas à Liverpool !
Poirot sourit jusqu'aux oreilles.
— Quelle vivacité d'esprit ! Non, on ne l'a pas retrouvé à Liverpool. L'inspecteur Raglan a beaucoup objecté pour me laisser communiquer cette note à la presse, d'autant plus que je ne pouvais pas lui donner mes raisons. Mais je lui ai promis, solennellement, que cela produirait des résultats très intéressants. Il a fini par accepter, après avoir bien stipulé qu'il n'en porterait pas la responsabilité.
Je dévisageai à nouveau Poirot, et eus droit à un nouveau sourire.

— Cela me dépasse, finis-je par avouer. Quel résultat attendez-vous de cette démarche ?

— Faites travailler vos petites cellules grises, répondit-il avec gravité.

Puis il se leva et s'approcha de l'établi jonché de rouages.

— Vous êtes vraiment un passionné de mécanique, constata-t-il après avoir examiné les fruits de mes travaux.

Chaque homme a son violon d'Ingres, et je me mis en devoir d'expliquer à Poirot les mérites de mon poste de radio. Trouvant en lui un auditeur bienveillant, j'en vins à quelques petites inventions personnelles, sans grande valeur, certes, mais fort utiles dans la maison.

— Décidément, observa-t-il, vous devriez exploiter des brevets, au lieu d'exercer la médecine. Ah ! j'entends sonner, voici votre cliente. Passons dans votre cabinet.

Il m'était déjà arrivé une fois de remarquer dans les traits de la gouvernante les traces d'une beauté passée. Ce matin-là aussi, cela me frappa. En la voyant ainsi, sobrement vêtue de noir, grande, le port aussi fier que jamais, avec ses grands yeux sombres et son teint pâle avivé par une rougeur inhabituelle, je compris qu'elle avait dû être remarquablement belle.

— Bonjour, mademoiselle, dit Poirot, veuillez vous asseoir. Le Dr Sheppard a eu la bonté de me permettre de vous recevoir chez lui, car je suis très désireux de vous parler.

Miss Russell s'assit, sans rien perdre de son calme habituel. Si elle ressentait quelque émotion, elle n'en montra rien et se contenta d'observer :

— Quel étrange procédé, si j'ose m'exprimer ainsi.
— Miss Russell, j'ai des nouvelles pour vous.
— Vraiment ?
— Charles Kent a été arrêté à Liverpool.
Pas un muscle de son visage ne tressaillit. Simplement, ses yeux s'agrandirent imperceptiblement et sa voix se nuança de méfiance :
— Et alors ?
À cet instant précis, la lumière se fit dans mon esprit. Cette ressemblance qui me hantait, ce je ne sais quoi de familier dans l'attitude méfiante de Charles Kent... Ces deux voix, l'une rude et vulgaire, l'autre si distinguée... elles avaient le même timbre. C'était miss Russell que m'avait rappelée l'inconnu rencontré ce soir-là devant les grilles de Fernly Park.
Je regardai Poirot, tout ému par ma découverte, et il m'adressa un léger signe affirmatif. Puis, avec un geste de la main typiquement français, il répondit d'un ton benoît à miss Russell :
— Je pensais que cela pourrait vous intéresser, voilà tout.
— Eh bien, pas tellement, voyez-vous. Et d'ailleurs, qui est ce Charles Kent ?
— Un homme qui se trouvait à Fernly le soir du crime, mademoiselle.
— Ah oui ?
— Heureusement, il a un alibi. À 10 heures moins le quart, il a été vu dans un bar à plus d'un kilomètre de là.
— Une chance pour lui, commenta la gouvernante.
— Mais nous ne savons toujours pas ce qu'il

venait faire à Fernly, ni qui il venait y voir, par exemple.

— Je crains de ne pouvoir vous éclairer sur ce point, dit poliment miss Russell. Je n'ai entendu parler de rien. Si c'est vraiment tout...

Elle esquissa un geste de retraite, mais Poirot la retint.

— Ce n'est pas tout, observa-t-il avec douceur. Depuis ce matin, nous sommes en possession de faits nouveaux. Il semble que le crime n'ait pas eu lieu à 10 heures moins le quart, mais plus tôt. Entre le départ du Dr Sheppard, à 9 heures moins 10, et 10 heures moins le quart.

Je vis se décolorer le visage de la gouvernante. Blanche comme un linge, elle vacilla et se pencha en avant.

— Mais miss Ackroyd a dit... miss Ackroyd a dit...

— Miss Ackroyd a reconnu qu'elle avait menti. Elle n'est pas entrée dans le cabinet de travail ce soir-là.

— Alors...

— Alors il semble que Charles Kent soit l'homme que nous recherchons. Il est venu à Fernly et ne peut fournir aucune explication à sa présence sur les lieux.

— Moi, je peux ! Il n'a jamais touché un cheveu de la tête de Mr Ackroyd, il ne s'est jamais approché du bureau, jamais, vous pouvez me croire.

Elle se penchait en avant, le visage empreint de terreur et de désespoir. Ses nerfs d'acier avaient enfin cédé, elle ne se contrôlait plus.

— Monsieur Poirot, monsieur Poirot, il *faut* me croire !

Le détective se leva et s'approcha d'elle.

— Mais oui, la rassura-t-il en lui tapotant l'épaule, mais oui, je vous crois. Seulement, je devais vous faire parler, voyez-vous.

Elle retrouva soudain toute sa méfiance.

— Ce que vous m'avez dit..., est-ce vrai ?

— Que Charles Kent est soupçonné d'avoir commis le crime ? Oui, c'est vrai. Vous seule pouvez le sauver... en nous disant ce qu'il venait faire à Fernly.

— Me voir, répondit-elle précipitamment en baissant la voix. Je suis sortie pour le retrouver...

— Dans le pavillon d'été, je le sais.

— Comment le savez-vous ?

— Mademoiselle, c'est le métier d'Hercule Poirot de tout savoir. Et je sais que vous êtes sortie un peu plus tôt dans la soirée. Vous avez laissé un message dans le pavillon pour fixer l'heure du rendez-vous.

— Oui, c'est vrai. Il m'avait annoncé son arrivée, et je n'osais pas le recevoir à la maison. J'ai écrit à l'adresse qu'il m'avait indiquée en lui décrivant le pavillon et en lui expliquant comment s'y rendre. Puis, j'ai eu peur qu'il n'ait pas la patience de m'attendre et je suis allée porter un billet au pavillon pour lui dire que je serais là aux environs de 21 heures 10. Je suis sortie par la porte-fenêtre pour que les domestiques ne me voient pas. En revenant, j'ai rencontré le Dr Sheppard et je me suis doutée qu'il trouverait cela bizarre : j'avais couru et j'étais hors d'haleine. J'ignorais qu'il était attendu à dîner ce soir-là.

Elle s'interrompit et Poirot dut l'encourager à poursuivre.

— Continuez. Vous êtes sortie le rejoindre à 21 heures 10. De quoi avez-vous parlé ?

— C'est très délicat. Vous comprenez...

— Mademoiselle, il me faut l'entière vérité, et ce que vous nous direz ne sortira pas d'ici. Le Dr Sheppard sera discret, et moi de même. Allons, je vais vous aider. Ce Charles Kent, c'est votre fils, n'est-il pas vrai ?

Le feu aux joues, la gouvernante hocha la tête.

— Personne n'en a jamais rien su. C'était il y a très longtemps, dans le Kent. Oui, très longtemps. Je n'étais pas mariée..

— Et vous lui avez donné le nom du comté. Je comprends.

— J'ai trouvé du travail et réussi à payer ses frais de pension et d'éducation, mais je ne lui ai jamais dit que j'étais sa mère. Et il a mal tourné. Il buvait, puis il s'est drogué. Je me suis arrangée pour payer son passage au Canada, et pendant un an ou deux je n'ai plus entendu parler de lui. Puis il a appris, je ne sais comment, que j'étais sa mère et m'a écrit pour me demander de l'argent. Et un beau jour, il m'a annoncé son retour au pays. Il voulait venir me voir à Fernly, disait-il. Je n'osais pas le recevoir à la maison, moi qui ai toujours été considérée comme une femme si... si comme il faut. Que quelqu'un ait seulement soupçonné la vérité, et c'en était fini de ma situation. Je lui ai donc écrit... ce que je viens de vous expliquer.

— Et le lendemain matin, vous êtes allée consulter le Dr Sheppard ?

— Oui, je voulais savoir si on pouvait faire quel-

que chose pour lui. Ce n'était pas un mauvais garçon avant de commencer à se droguer.
— Je vois. Bon, venons-en au fait. Il est donc allé au pavillon d'été, ce soir-là ?
— Oui. Quand je suis arrivée, il m'attendait. Il s'est montré brutal et très grossier. J'avais apporté tout l'argent dont je disposais et je le lui ai donné. Nous avons bavardé un moment, puis il est parti.
— À quelle heure ?
— 21 heures... entre 20 et 25, à peu près. Il n'était pas encore la demie quand je suis rentrée à la maison.
— Quel chemin a-t-il pris ?
— Exactement le même que pour venir, le sentier qui rejoint l'allée juste avant le pavillon du gardien.
Poirot enregistra le fait d'un signe de tête.
— Et vous, qu'avez-vous fait ?
— Je suis rentrée. Le major Blunt fumait sur la terrasse, aussi ai-je dû faire un détour pour rejoindre la porte latérale. Il était tout juste la demie, comme je viens de vous le dire.
À nouveau, Poirot hocha la tête, puis il écrivit quelques mots dans un minuscule carnet de notes.
— Je crois que ce sera tout, déclara-t-il d'un ton pensif.
— Devrai-je... devrai-je parler de tout cela à l'inspecteur Raglan ? demanda la gouvernante d'une voix hésitante.
— Peut-être, mais ne précipitons rien. Agissons lentement, avec ordre et méthode. Charles Kent n'est pas encore accusé officiellement d'être l'auteur du crime, et il peut survenir des faits nouveaux.
Miss Russell se leva.

— Merci beaucoup, monsieur Poirot. Vous avez été très bon, oui, vraiment très bon pour moi. Vous... vous me croyez, n'est-ce pas ? Vous savez que Charles n'est pour rien dans cet horrible meurtre ?

— En tout cas, je puis dire ceci : l'homme qui parlait avec Mr Ackroyd à 21 heures 30 dans le cabinet n'était certainement pas votre fils. Courage, mademoiselle. Tout n'est pas perdu.

Miss Russell se retira, me laissant seul avec Poirot.

— Et voilà ! m'écriai-je, nous en revenons toujours à Ralph Paton. Mais comment avez-vous établi le rapport entre miss Russell et Charles Kent ? Vous aviez remarqué leur ressemblance ?

— J'ai fait le lien entre elle et notre inconnu bien avant de rencontrer celui-ci — dès que j'ai trouvé cette plume. Ce tuyau creux m'a immédiatement fait penser à la drogue, et à cette consultation de la gouvernante dont vous m'aviez parlé. Puis j'ai lu cet article sur le trafic de cocaïne dans le journal du matin et j'ai élucidé la chose. Elle venait de recevoir des nouvelles de quelqu'un qui se droguait, avait lu elle aussi l'article et cherché à se renseigner auprès de vous. Elle a mentionné la cocaïne parce que c'était le sujet de l'article. Mais en voyant votre intérêt pour la question, elle a aussitôt détourné la conversation sur les romans policiers et les poisons indécelables... Je pensais bien qu'il y avait un frère ou un fils dans les parages, ou une relation masculine indésirable, en tout cas. Mais il faut que je me sauve, il est temps d'aller déjeuner.

— Pourquoi ne pas déjeuner avec nous ?

Poirot secoua la tête et son regard pétilla.

— Non, pas cette fois-ci. Je ne voudrais pas obliger miss Caroline à suivre un régime végétarien deux jours de suite.

Je me surpris à penser que bien peu de chose échappait à l'attention d'Hercule Poirot.

21

UN COMMUNIQUÉ À LA PRESSE

Comme il fallait s'y attendre, Caroline avait vu arriver miss Russell. Dans cette éventualité, j'avais préparé un exposé convaincant sur l'état du genou de ma patiente, mais Caroline n'était pas d'humeur questionneuse. À l'en croire, elle savait très bien ce que voulait miss Russell, tandis que moi, je l'ignorais.

— Elle est venue te tirer les vers du nez, James, et elle n'a pas dû se gêner. Inutile de protester, je suis sûre que tu ne t'en es même pas rendu compte : les hommes sont si naïfs... Elle cherche à savoir quelque chose, cela va de soi, et comme tu as la confiance de M. Poirot... Tu sais ce que je pense, James ?

— Je n'essaierai même pas de deviner : tu penses tellement de choses extraordinaires !

— Épargne-moi tes sarcasmes, veux-tu ? Je pense que miss Russell en sait plus sur la mort de Mr Ackroyd qu'elle ne veut bien l'admettre.

Caroline se renversa dans son fauteuil d'un air triomphant.

— Ah, tu crois ? dis-je, l'esprit ailleurs.
— Tu es vraiment obtus, aujourd'hui, James. Et même complètement éteint, ce doit être ton foie.

Après cela, notre conversation prit un tour plus personnel.

Le communiqué suggéré par Poirot parut le lendemain main dans la gazette locale. Je voyais mal à quoi il pouvait servir, mais il produisit sur Caroline un effet prodigieux. Pour commencer, elle annonça avec la plus insigne mauvaise foi « qu'elle l'avait toujours dit ». Je me contentai de hausser les sourcils et elle dut éprouver un remords de conscience car elle enchaîna :

— Il se peut que je n'aie pas précisé que Ralph était à Liverpool, mais je savais qu'il essaierait de s'embarquer pour l'Amérique. C'est ce qu'ont fait beaucoup d'autres malfaiteurs.

— Pas toujours avec succès.

— Ralph, lui, s'est fait prendre, le pauvre garçon ! J'estime, James, qu'il est de ton devoir de tout faire pour éviter qu'il ne soit pendu.

— Et qu'entends-tu par là ?

— Enfin, tu es médecin, non ? Et tu as connu Ralph tout enfant. Le déclarer mentalement irresponsable, voilà ce qu'il faut faire, c'est évident. Il y a quelques jours, je lisais justement un article sur l'institution de Broadmoor. C'est un endroit très sélect, paraît-il, où les malades sont très heureux. On le comparait à un club.

Un souvenir s'éveilla dans ma mémoire.

— Au fait, Poirot aurait un neveu fou ? Première nouvelle.

— Tu l'ignorais ? Moi, il m'a tout raconté. Le pauvre petit, quelle affliction pour la famille ! Ils

l'ont gardé chez eux le plus longtemps possible, mais son état empire au point qu'ils songent à l'interner.
— Et je suppose que toi, tu n'ignores plus rien des petits secrets de famille de Poirot ! m'écriai-je, exaspéré.
— En effet, souligna complaisamment Caroline, plus rien. C'est un grand soulagement de pouvoir confier ses ennuis à quelqu'un.
— Les confier, peut-être. Mais se les voir arracher de force, c'est différent.
Ma sœur me lança un regard de martyr chrétien qui se réjouit dans les supplices.
— Tu es tellement renfermé, James ! Tu gardes tout pour toi, tu détestes informer les autres de ce que tu sais, et tu t'imagines que tout le monde te ressemble ! J'ose espérer que je n'ai jamais forcé personne à me faire ses confidences. Tiens, par exemple : M. Poirot a dit qu'il viendrait me voir, cet après-midi. Eh bien, ce n'est pas moi qui irai lui demander qui est arrivé chez lui, ce matin de bonne heure.
— Ce matin de bonne heure ?
— De très bonne heure, même. Avant que le laitier ne soit passé. Il se trouve que je regardais par la fenêtre — le store battait — et que je l'ai vu. Un homme. Il est arrivé dans une voiture fermée, complètement emmitouflé, je ne sais même pas à quoi il ressemble. Mais j'ai mon idée, tu verras.
— Et qui est-ce... à ton idée ?
Caroline baissa la voix et prit un ton mystérieux :
— Un expert du ministère de l'Intérieur.
— Un expert du ministère ! m'exclamai-je avec effarement. Enfin, Caroline !

— Retiens bien ce que je te dis, James, et tu verras que j'ai raison. C'est bien de poisons que cette miss Russell est venue te parler ce matin-là, non ? Et Roger Ackroyd a très bien pu être empoisonné pendant le dîner, le soir même.

J'éclatai de rire.

— Mais ça ne tient pas debout ! Il a été tué d'un coup de poignard dans le cou, tu le sais aussi bien que moi.

— On l'a poignardé *après* sa mort, James, pour égarer les soupçons.

— Ma chère Caroline, j'ai moi-même examiné le corps et je sais de quoi je parle. Le coup n'a pas été porté après la mort, il est la cause de la mort. Inutile de te monter la tête.

Ma sœur ne renonça pas pour autant à ses airs omniscients, ce qui finit par m'agacer au point que j'ajoutai :

— Tu admettras quand même que j'ai mon diplôme de médecine ?

— Peut-être, James, enfin je veux dire, bien sûr que tu l'as. Mais ce qui t'a toujours manqué, c'est l'imagination.

— Et toi tu en as pour trois ! répliquai-je avec sécheresse. Il n'en restait donc plus pour moi.

Cet après-midi-là, lorsque Poirot arriva, comme convenu, je m'amusai à observer les manœuvres de ma sœur. Sans jamais poser une question directe sur l'hôte mystérieux de notre ami, elle s'évertua à aborder le sujet de toutes les façons possibles. Le regard pétillant de Poirot m'apprit qu'il n'était pas dupe de son manège. Mais il demeura impénétrable et se déroba si adroitement à ces travaux d'approche que ma sœur en perdit son latin.

Après avoir, me sembla-t-il, pris un certain plaisir à ce petit jeu, il se leva et proposa une promenade.

— J'ai besoin de maigrir un peu, expliqua-t-il. M'accompagnerez-vous, docteur ? Ensuite, miss Caroline aura sans doute l'obligeance de nous offrir du thé ?

— J'en serai ravie, répondit celle-ci. Et... hum !... votre ami sera-t-il des nôtres ?

— Comme c'est délicat d'y avoir pensé, seulement... mon ami se repose, pour l'instant. Mais vous ferez bientôt sa connaissance.

Caroline fit une ultime et héroïque tentative.

— C'est un très vieil ami à vous, paraît-il ?

— Ah ! c'est ce qu'on dit ? murmura Poirot. Eh bien, en route.

Et notre route, comme par hasard, nous mena du côté de Fernly, ce qui ne fut pas une surprise pour moi. Je commençais à comprendre les méthodes d'Hercule Poirot. Pour lui, le fait le plus anodin ne l'était qu'en apparence, il faisait partie d'un tout. Et toute sa conduite s'inspirait de ce principe.

— Mon ami, dit-il après un silence, j'ai un service à vous demander. Ce soir, je désire tenir une petite conférence, chez moi. Puis-je compter sur votre présence ?

— Certes.

— Bien. Je souhaite aussi celle des gens de Fernly. C'est-à-dire : Mrs Ackroyd, miss Flora, le major Blunt et Mr Raymond. Voulez-vous être mon ambassadeur auprès d'eux ? La petite réunion aura lieu à 21 heures précises. Ferez-vous l'invitation ?

— Avec plaisir, mais pourquoi ne pas la faire vous-même ?

— Parce qu'ils poseraient trop de questions :

pourquoi, à quel sujet, dans quel but... Et comme vous le savez, mon ami, je déteste expliquer mes petites idées avant l'heure.

Je ne pus m'empêcher de sourire.

— Mon ami Hastings, voyez-vous, celui dont je vous ai parlé... il disait toujours que je n'étais pas un homme mais une huître. C'était injuste, je ne cache jamais ce que je sais. Mais chacun interprète mes paroles à sa façon.

— Et quand souhaitez-vous que je transmette cette invitation ?

— Maintenant, si vous le voulez bien. Nous sommes tout près de la maison.

— Et vous, vous n'entrerez pas ?

— Non, je préfère me promener un peu. Je vous retrouverai près de la grille, dans un quart d'heure.

J'acquiesçai d'un signe et m'en fus m'acquitter de ma tâche. Je ne trouvai que Mrs Ackroyd qui, bien qu'il fût un peu tôt pour cela, sirotait une tasse de thé. Son accueil fut des plus suaves.

— Je vous suis si reconnaissante d'avoir dissipé ce petit malentendu avec M. Poirot, docteur, susurra-t-elle. Mais décidément, la vie n'est qu'une longue suite d'épreuves. Naturellement, vous êtes au courant, pour Flora ?

— Heu... en quelque sorte, hasardai-je avec précaution.

— Je veux parler de ses nouvelles fiançailles, avec Hector Blunt. Il est loin d'être un aussi bon parti que Ralph, bien sûr, mais le bonheur passe avant tout, n'est-ce pas ? Ce qu'il faut à cette chère Flora, c'est un homme plus âgé qu'elle, sérieux et solide. D'ailleurs Hector est un homme remarquable, à sa manière... Vous avez lu la nouvelle, dans les journaux du matin ? Ralph a été arrêté.

— Oui, j'ai lu les journaux.

Mrs Ackroyd ferma les yeux et frissonna.

— C'est horrible ! Geoffrey Raymond était dans tous ses états. Il a appelé Liverpool mais on n'a rien voulu lui dire. La police prétend même que Ralph n'a jamais été arrêté. Mr Raymond affirme qu'il s'agit d'une fausse nouvelle, ce qu'on appelle un canard, je crois ? J'ai interdit qu'on en parle devant les domestiques. Quelle honte ! Et dire que Flora et lui pourraient être mariés !

Mrs Ackroyd abaissa à nouveau les paupières, l'air tragique. Je commençais à me demander quand je pourrais glisser un mot au sujet de l'invitation. Avant que j'aie ouvert la bouche, Mrs Ackroyd avait repris le fil de son discours :

— Vous étiez bien ici avec cet abominable inspecteur, hier, n'est-ce pas ? Quelle brute, cet homme ! Il a terrorisé Flora en l'accusant d'avoir volé de l'argent dans la chambre de ce pauvre Roger, alors qu'il s'agissait d'une chose si simple. La chère enfant ne voulait qu'emprunter quelques livres sans déranger son oncle, puisqu'il avait donné des ordres stricts sur ce point. Et comme elle savait où il rangeait son argent, elle est allée chercher ce dont elle avait besoin.

— Est-ce la version que Flora donne des faits ?

— Mon cher docteur, vous connaissez les jeunes filles d'aujourd'hui, et le pouvoir que la suggestion a sur elles. Et naturellement, vous connaissez aussi l'hypnotisme et toutes ces diableries. L'inspecteur criait et répétait sans arrêt le mot « voler », et cette pauvre petite a fini par en faire une inhibition — ou bien est-ce un complexe ? Je confonds toujours — et s'imaginer qu'elle avait réellement volé cet argent. J'ai compris ça tout de suite, mais je remercie le ciel pour ce malentendu, dans un sens. C'est ce qui les a rapprochés, Hector et Flora veux-je dire. Et croyez-moi, je me suis fait beaucoup de souci pour Flora, jusqu'ici. J'ai même cru un moment qu'il y avait quelque chose entre elle et le jeune Raymond. Vous vous rendez compte !

La voix de Mrs Ackroyd monta pour mieux exprimer son horreur :

— Un secrétaire particulier, pratiquement sans le sou !

— Ce qui vous eût porté un coup terrible, certes. Hum !... Mrs Ackroyd, j'ai un message pour vous, de la part de M. Hercule Poirot.

— Pour moi ? répéta-t-elle, manifestement alarmée.

Je m'empressai de la rassurer et de l'informer des désirs de Poirot.

— Mais certainement, répondit-elle d'un ton perplexe, je suppose que nous devons y aller, puisque M. Poirot le dit. Mais de quoi s'agit-il ? J'aimerais savoir à quoi m'attendre.

Je pus lui affirmer sans mentir que je n'en savais pas plus qu'elle.

— Très bien, concéda-t-elle enfin, sans enthousiasme, je préviendrai les autres. Nous serons là-bas à 21 heures.

Sur quoi je pris congé et rejoignis Poirot à l'endroit fixé pour notre rendez-vous.

— Je crains d'être resté un peu plus qu'un quart d'heure, m'excusai-je. Mais quand cette chère

Mrs Ackroyd est lancée, il n'est pas facile de lui échapper.

— C'est sans importance, affirma Poirot. Moi, j'ai mis votre absence à profit : ce parc est magnifique.

Nous prîmes le chemin du retour. À notre grande surprise, Caroline, qui guettait manifestement notre arrivée, vint elle-même nous ouvrir. Surexcitée et pleine d'importance, elle posa un doigt sur les lèvres et chuchota :

— Ursula Bourne, la femme de chambre de Fernly... elle est ici ! Je l'ai fait entrer dans la salle à manger, la pauvre. Elle est dans un état ! Elle veut absolument voir M. Poirot tout de suite. J'ai fait ce que j'ai pu, c'est-à-dire que je lui ai donné une bonne tasse de thé bien chaud. Quelle pitié de voir quelqu'un dans un état pareil !

— Dans la salle à manger ? répéta Poirot, indécis.

— Par ici, dis-je en ouvrant la porte à la volée.

La femme de chambre était assise près de la table, les bras à demi repliés devant elle comme si elle venait de relever la tête, et les yeux rouges d'avoir pleuré.

— Ursula Bourne, murmurai-je.

Mais Poirot passa devant moi, les mains tendues vers la jeune femme.

— Non, je crois que ce n'est pas tout à fait cela. Vous n'êtes pas Ursula Bourne, n'est-ce pas mon petit ? mais Ursula Paton. Mrs Ralph Paton.

22

L'HISTOIRE D'URSULA

Pendant quelques instants, la jeune femme dévisagea Poirot sans répondre. Puis, sa réserve l'abandonnant, elle acquiesça et éclata en sanglots.
Caroline me bouscula pour se précipiter vers elle, l'entoura de son bras et se mit à lui tapoter l'épaule.
— Allons, allons, ma chère, dit-elle d'une voix apaisante, tout va s'arranger, vous verrez. Tout va s'arranger.
Sous sa curiosité et son goût des potins, Caroline cache des trésors de bonté. Et en cet instant, devant la détresse de la jeune femme, la passionnante révélation de Poirot perdait tout intérêt pour elle. Mais déjà, Ursula se redressait en s'essuyant les yeux.
— Quelle faiblesse de ma part, c'est vraiment stupide.
— Mais non, mon enfant, dit Poirot avec bonté. Nous comprenons tous à quel point cette semaine a dû être difficile pour vous.
— Cela a dû être une épreuve terrible, ajoutai-je.
— Et tout ça pour découvrir que vous connaissez

notre secret, reprit Ursula. Comment l'avez-vous su ? Par Ralph ?
Poirot secoua la tête.
— Vous savez ce qui m'a poussée à venir vous voir ? Ceci...
Elle tendit au détective un fragment de journal chiffonné et je reconnus le fameux entrefilet.
— On annonce l'arrestation de Ralph, alors pourquoi mentir plus longtemps ? Tout est inutile, maintenant.
Poirot eut le bon goût de paraître confus.
— Il ne faut pas croire tout ce que disent les journaux, mademoiselle. Quant à vous, je crois qu'il est temps de tout nous dire, sans rien dissimuler. Car nous avons maintenant grand besoin de la vérité.
Et comme la jeune femme hésitait, peu convaincue, le détective ajouta avec douceur :
— Vous n'avez pas confiance en moi, et pourtant vous êtes venue me voir... pourquoi ?
— Parce que je ne crois pas que Ralph soit coupable, répondit-elle d'une voix presque inaudible. Parce que je vous crois assez adroit pour découvrir la vérité. Et parce que je pense...
— Oui ?
— Je pense que vous êtes... que vous êtes bon.
Poirot hocha la tête à plusieurs reprises.
— Bien, très bien cela, oui vraiment. Alors écoutez, je crois très sincèrement que votre mari est innocent, mais l'affaire est mal partie. Pour le sauver, je dois tout savoir, même les choses qui peuvent paraître aggraver son cas.
— Comme vous êtes compréhensif ! s'exclama Ursula.

— Alors vous me raconterez tout, n'est-ce pas ? Toute l'histoire, depuis le début.

Caroline s'installa confortablement dans un fauteuil.

— Vous n'allez pas me demander de sortir, j'espère ? Et d'abord, je veux savoir pourquoi cette enfant se déguisait en femme de chambre.

— Se déguisait ? répétai-je, incrédule.

— Tu as bien entendu. Pourquoi avoir fait cela, mon petit ? Pour tenir un pari ?

— Pour vivre, répondit brièvement Ursula.

Et, reprenant courage, elle entama le récit que je relate ici à ma façon.

À l'en croire, Ursula Bourne appartenait à une famille irlandaise de sept enfants, noble et ruinée. À la mort de leur père, la plupart des filles avaient été envoyées de par le vaste monde pour gagner leur pain. La sœur aînée d'Ursula avait épousé un certain capitaine Folliott. C'était elle que j'avais vue ce dimanche-là, et je m'expliquais enfin son embarras. Décidée à gagner sa vie, mais n'ayant que fort peu de goût pour l'emploi de préceptrice, le seul qui s'offrît à une jeune fille sans profession, Ursula avait préféré devenir femme de chambre. Elle avait refusé avec dédain de se donner le titre flatteur de « dame de compagnie ». Elle serait une authentique femme de chambre, avec des références fournies par sa sœur. Vive, capable et consciencieuse, elle avait su se faire apprécier à Fernly, malgré une certaine réserve qui, nous l'avons vu, provoquait parfois des commentaires.

— J'aimais ce travail, expliqua-t-elle, et j'avais beaucoup de temps libre.

Puis elle avait rencontré Ralph Paton et ç'avait

été le début de l'idylle qui devait aboutir à un mariage secret. Solution qui ne la tentait guère, mais Ralph l'avait convaincue d'agir ainsi. Son beau-père, disait-il, ne voudrait jamais entendre parler d'un mariage avec une fille sans fortune. Mieux valait garder le silence et attendre le moment favorable pour lui révéler la vérité. Et c'est ainsi qu'Ursula Bourne était devenue Ursula Paton. Ralph lui avait promis de rembourser ses dettes, de trouver un travail qui les ferait vivre tous les deux et, devenu matériellement indépendant, d'annoncer enfin la nouvelle à son père adoptif.

Mais, pour les natures comme celle de Ralph, changer de vie est plus facile à dire qu'à faire. Il espérait que son beau-père, encore dans l'ignorance de son mariage, lui rendrait ce nouveau départ facile en payant ses dettes. Mais quand Roger Ackroyd en avait appris le montant, il était entré dans une colère noire et avait opposé à Ralph un refus catégorique. Plusieurs mois avaient passé, jusqu'au jour où le jeune homme avait été instamment prié de revenir à Fernly. Roger Ackroyd n'y était pas allé par quatre chemins : son plus cher désir était que Ralph épousât Flora, rien de moins.

C'est alors que la faiblesse de Ralph s'était révélée dans toute son étendue : comme toujours, il avait choisi la solution la plus facile, sans chercher plus loin. Pour autant que j'ai cru le comprendre, ni lui ni Flora n'avaient joué la comédie de l'amour. L'un comme l'autre, ils n'avaient vu là qu'une transaction où chacun trouvait son compte. Flora y gagnerait la liberté, une belle aisance et verrait s'élargir son horizon. Pour Ralph, les perspectives s'annonçaient sous des couleurs moins riantes, mais il n'avait pas le choix. Couvert de dettes, il avait saisi aux cheveux cette occasion de les payer et de repartir du bon pied. Il n'était pas de ceux qui réfléchissent à leur avenir, mais je pense qu'il avait dû entrevoir la possibilité d'une rupture — après un délai convenable, naturellement. En tout cas, Flora et lui avaient insisté pour que leurs fiançailles soient tenues secrètes, du moins dans l'immédiat. Ralph voulait à tout prix cacher le fait à Ursula, si droite, si forte, et à qui la duplicité faisait horreur. Son instinct l'avertissait qu'elle aurait hautement désapprouvé cette ligne de conduite.

Puis était venu le moment fatidique où Roger Ackroyd avait décidé, avec son autorité habituelle, d'annoncer officiellement les fiançailles, sans même en avertir son beau-fils. Flora seule en avait été prévenue, et était demeurée sans réaction. Mais la nouvelle avait foudroyé Ursula, qui avait sommé Ralph de venir sans délai. Ce qu'il avait fait, et tous deux s'étaient retrouvés dans le bois, où ma sœur avait surpris quelques bribes de leur conversation. Tandis que Ralph suppliait sa femme de patienter encore un peu, Ursula s'était montrée bien résolue à en finir avec tous ces mensonges : elle allait tout révéler à Mr Ackroyd, et sans tarder. C'est sur cette note aigre que les jeunes époux s'étaient séparés.

Fermement ancrée dans sa décision, Ursula avait sollicité le jour même un entretien avec Mr Ackroyd. Entretien des plus orageux et qui l'eût sans doute été davantage si Roger Ackroyd n'avait été à ce point absorbé par ses ennuis personnels. L'entrevue n'en avait pas moins été fort désagréable, Ackroyd n'étant pas homme à pardonner une duperie. Son ressentiment était surtout dirigé contre Ralph, mais Ursula en avait eu sa part. Il l'avait accusée d'avoir « attiré ce garçon dans ses filets » parce que son beau-père était riche. Des propos impardonnables avaient été échangés.

Ursula et Ralph avaient rendez-vous le soir même dans le pavillon d'été, et elle s'était éclipsée par la porte latérale pour l'y rejoindre. Leur conversation n'avait été qu'un tissu de reproches, Ralph accusant Ursula d'avoir ruiné son avenir en parlant trop tôt, tandis qu'elle lui faisait grief de sa duplicité.

Ils avaient fini par se séparer et, à peine une heure et demie plus tard, on avait découvert Roger Ackroyd assassiné. Depuis ce soir-là, la jeune femme n'avait plus revu son mari ni reçu de lui la moindre nouvelle.

Plus elle avançait dans son récit, et plus je percevais l'enchaînement diabolique des circonstances. Si Ackroyd avait vécu, il n'aurait pas manqué de changer ses dispositions testamentaires. Tel que je le connaissais, c'est même la première chose qu'il aurait faite. Pour le jeune couple, sa mort arrivait au bon moment. Il ne fallait donc pas s'étonner si la jeune femme avait tenu sa langue et si bien joué son rôle.

L'intervention de Poirot m'arracha à mes réflexions. À la gravité de sa voix, je devinai qu'il était, lui aussi, pleinement conscient du sérieux de la situation.

— Madame, je dois vous poser une question, et il faudra me répondre avec franchise car tout peut en dépendre : à quelle heure avez-vous quitté le capitaine Paton, au pavillon ? Prenez votre temps, je veux la réponse exacte.

La jeune femme eut un petit rire, à vrai dire plutôt amer.

— Si vous croyez que j'ai pu cesser un instant de ressasser tout cela ! Je suis sortie pour aller le rejoindre à 21 heures 30 précises. Le major Blunt arpentait la terrasse, ce qui m'a obligée à faire un détour en me cachant derrière les buissons. J'ai dû arriver au pavillon environ... trois minutes plus tard. Ralph m'attendait. Nous avons passé dix minutes ensemble, pas plus, car il était exactement 10 heures moins le quart lorsque je suis rentrée à la maison.

Voilà donc pourquoi elle avait tant insisté pour savoir si le meurtre n'avait pu avoir lieu avant 10 heures moins le quart. Poirot dut se tenir le même raisonnement car il demanda :

— Lequel de vous deux est parti le premier ?

— Moi.

— En laissant Ralph Paton seul dans le pavillon ?

— Oui, mais n'allez pas croire...

— Peu importe ce que je crois, madame. Et en rentrant, qu'avez-vous fait ?

— Je suis montée dans ma chambre.

— Où vous êtes restée jusqu'à... ?

— 22 heures environ.

— Quelqu'un peut-il... le confirmer ?

— Confirmer quoi ? Que j'étais dans ma chambre ? Non, mais vous ne... oh, je vois ! On pourrait croire... on pourrait croire...

Je vis les yeux de la jeune femme s'agrandir d'horreur. Elle n'acheva pas sa phrase, mais Poirot s'en chargea pour elle.

— Que c'est vous qui êtes entrée par la fenêtre et

avez poignardé Mr Ackroyd dans son fauteuil ? Oui, on pourrait le croire, en effet.

— Il faudrait vraiment être borné pour s'imaginer une chose pareille ! s'indigna Caroline en tapotant l'épaule d'Ursula.

— C'est horrible, murmura celle-ci en se cachant le visage dans ses mains. C'est horrible !

Caroline lui serra le bras d'un geste affectueux.

— Ne vous inquiétez pas, ma chère. M. Poirot n'en pense pas un mot. Quant à votre mari, il devrait avoir honte. Pardonnez-moi ma franchise, mais prendre la fuite en vous laissant affronter seule une situation pareille... c'est du joli !

Ursula secoua la tête avec énergie.

— Non, ne croyez pas cela ! Ralph ne s'est pas sauvé, et je comprends maintenant ce qui l'a poussé à agir ainsi. En apprenant le meurtre, il a dû penser que c'était moi, la coupable !

— Il n'aurait jamais pensé une chose pareille, voyons !

— Mais je me suis montrée si cruelle envers lui, ce soir-là. Si dure, si amère ! Je ne voulais pas écouter ce qu'il essayait de me dire, ni croire qu'il s'inquiétait pour moi, qu'il tenait à moi. Je lui ai lancé à la figure tout ce que je pensais de lui, les mots les plus méchants qui me venaient à l'esprit, dans le seul but de le blesser.

— Ce qui ne lui aura pas fait de mal, décréta Caroline. Il ne faut jamais craindre de dire aux hommes leurs quatre vérités : ils sont tellement vaniteux qu'ils ne vous croient jamais, si le portrait n'est pas flatteur.

Fébrile, Ursula reprit en se tordant les mains :

— Quand on a découvert le crime et l'absence

inexplicable de Ralph, j'ai été bouleversée. Je me suis même demandé — tout en sachant que c'était impossible — s'il n'avait pas... s'il se pouvait que... et j'aurais tellement voulu qu'il revienne proclamer son innocence. Comme je n'ignorais pas qu'il aimait beaucoup le Dr Sheppard, je me suis imaginé que le docteur savait où il se cachait.

Elle se tourna vers moi et ajouta :

— Voilà pourquoi je vous ai parlé ainsi, l'autre jour. Je pensais que, sachant où il se trouvait, vous pourriez lui transmettre un message de ma part.

— Moi ?

— Et comment James aurait-il pu le savoir ? s'écria Caroline.

— Je reconnais que c'était peu vraisemblable, admit Ursula, mais Ralph m'avait souvent parlé du Dr Sheppard, qu'il considérait comme son meilleur ami à King's Abbot.

— Ma chère petite, déclarai-je, je n'ai pas la moindre idée de l'endroit où Ralph Paton peut bien se trouver en ce moment.

— C'est la pure vérité, commenta Poirot.

Perplexe, Ursula brandit la coupure de journal.

— Mais alors... ?

— Ah ! cela ? fit Poirot, un tantinet confus. Ce n'est rien du tout, madame. Une bagatelle, comme on dit en français. Je mettrais ma main au feu que Ralph Paton est en liberté.

— Dans ce cas..., commença la jeune femme avec hésitation.

Poirot s'empressa d'enchaîner :

— Il y a une chose que j'aimerais savoir. Ce soir-là, le capitaine Paton portait-il des bottines ou des souliers bas ?

Ursula secoua la tête.

— Je n'arrive pas à m'en souvenir.

— Quel dommage ! Mais comment pourriez-vous vous en souvenir ? Et maintenant, madame...

Le détective la regarda en souriant, la tête penchée sur le côté et l'index tendu en un geste éloquent.

— Plus de questions, s'il vous plaît, et cessez de vous tourmenter. Courage, et accordez votre confiance à Hercule Poirot.

23

PETITE RÉUNION CHEZ POIROT

— Et maintenant, annonça Caroline en se levant, cette enfant va monter se reposer. Ne vous inquiétez pas,. ma chère. M. Poirot fera tout ce qu'il pourra pour vous, soyez-en sûre.
— Je devrais rentrer à Fernly, protesta faiblement Ursula.
Caroline lui imposa le silence.
— Ne dites donc pas de sottises. Pour l'instant, vous êtes sous ma garde et vous restez ici, n'est-ce pas, monsieur Poirot ?
— C'est la meilleure chose à faire, appuya le petit Belge. Ce soir, je tiens à ce que Mademoiselle — pardon, Madame — assiste à ma petite réunion. Je l'attends chez moi à 21 heures précises : sa présence m'est très nécessaire.
Caroline hocha la tête, emmena Ursula et la porte se referma derrière elles. Poirot se laissa tomber dans un fauteuil et constata :
— Jusqu'ici, tout va bien. Les choses ont l'air de vouloir s'arranger.

— Mais elles vont de plus en plus mal pour Ralph Paton, observai-je d'un ton lugubre.
— Oui, c'est vrai. Mais il fallait s'y attendre, non ?
Un peu intrigué par cette remarque, je regardai le détective. Il s'était renversé dans son fauteuil, les yeux mi-clos, les mains jointes par le bout des doigts. Soudain, il secoua la tête et soupira.
— Qu'y a-t-il ? demandai-je.
— Il y a qu'à certains moments, je regrette terriblement mon ami Hastings. Vous savez, celui dont je vous ai parlé, et qui vit maintenant en Argentine ? Dans les affaires difficiles, il était toujours à mes côtés et il m'a bien souvent aidé, oui, bien souvent. Il avait le chic pour découvrir la vérité comme par hasard, et sans même s'en rendre compte, bien entendu. Il laissait échapper une remarque saugrenue... et c'était justement cette remarque qui me mettait sur la voie. J'appréciais aussi beaucoup l'habitude qu'il avait prise de rédiger un compte rendu des enquêtes intéressantes.
Je me raclai la gorge avec un peu d'embarras.
— Sur ce point..., commençai-je, sans aller plus loin.
Poirot se redressa dans son fauteuil, le regard brillant.
— Eh bien ? Qu'alliez-vous dire ?
— Voilà, il se trouve que j'ai lu quelques-uns des récits du capitaine Hastings, et je me suis dit : pourquoi ne pas m'essayer au même genre d'exercice ? Après tout, c'est une occasion unique, la seule fois de ma vie où je serai mêlé à une affaire pareille et ce serait dommage de la manquer.
Je débitai ma tirade en rougissant de plus en

plus, et conscient de devenir de plus en plus incohérent. En voyant Poirot bondir de son fauteuil, je connus un instant de terreur à la pensée qu'il allait me donner l'accolade, à la française. Mais grâce à Dieu, il résista à la tentation.
— Magnifique ! s'écria-t-il. Alors, vous avez noté toutes vos impressions, depuis le début ?
J'acquiesçai d'un signe de tête.
— Épatant ! s'exclama-t-il en français. Montrez-moi cela tout de suite.
Je ne m'attendais pas à une réaction aussi prompte et, tout en m'efforçant de me rappeler certains détails de mon récit, je bégayai :
— J'espère que vous ne m'en voudrez pas si... si j'ai pu me montrer un peu... hum... subjectif, par-ci par-là ?
— Rassurez-vous, je suis compréhensif. Vous m'avez éclairé sous un jour comique, ridicule même ? Aucune importance. Hastings n'était pas toujours très poli, lui non plus. Je suis au-dessus de ces bagatelles, moi !
Rien moins que rassuré, je fourrageai dans les tiroirs de mon bureau et en tirai une pile de feuillets manuscrits que je tendis à Poirot. En vue d'une éventuelle publication, j'avais divisé mon ouvrage en chapitres et l'avais mis à jour la veille au soir en y consignant la visite de miss Russell. Ce qui faisait en tout vingt chapitres, que je remis à Poirot avant de sortir.
J'avais une visite à faire assez loin de chez moi et il était plus de 20 heures quand je rentrai à la maison où Caroline m'avait préparé un repas chaud sur un plateau. Elle m'apprit qu'elle avait dîné à 7 heures et demie avec Poirot, et que celui-ci s'était

ensuite rendu dans mon atelier pour y achever la lecture de mon manuscrit.
— Et j'espère, James, que tu as fait preuve de tact en parlant de moi ?

Ma mine s'allongea. Je n'avais rien fait de tel. Caroline ne s'y trompa guère.

— Aucune importance, après tout, M. Poirot comprendra. Il me comprend beaucoup mieux que toi.

J'allai rejoindre Poirot dans l'atelier. Il était assis près de la fenêtre, le manuscrit soigneusement rangé sur une chaise, à côté de lui, et posa la main sur la pile de feuilles.

— Eh bien, toutes mes congratulations pour votre... votre modestie.

— Oh ! m'exclamai-je, quelque peu surpris.

— Et pour votre réserve, ajouta-t-il.

— Oh ! me ré-exclamai-je.

— Hastings, lui, n'écrivait pas ainsi. A chaque page, et presque à chaque ligne, on retrouvait le mot : Je. Ce qu'*il* pensait, ce qu'*il* disait, mais vous... votre personnalité reste à l'arrière-plan. Elle n'interfère que par-ci par-là, dans quelques scènes domestiques, pour ainsi dire.

Devant son regard pétillant, une légère rougeur me monta au visage et je demandai, non sans quelque inquiétude :

— Sans façon, que pensez-vous de ce travail ?

— C'est mon opinion sincère que vous voulez ?

Poirot abandonna son ton facétieux.

— C'est un récit très minutieux et très fidèle, dit-il avec bienveillance. Vous avez relaté les faits avec exactitude et précision, malgré une certaine

tendance à vous montrer trop discret sur la part que vous y avez prise.
— Et cela vous a-t-il aidé ?
— Oui, et même grandement, je puis dire. Et maintenant, allons chez moi. Je dois préparer la scène pour ma petite... représentation.
En trouvant Caroline dans le hall, je devinai qu'elle espérait être invitée à nous accompagner. Avec tact, Poirot sauva la situation en déclarant d'un air désolé :
— J'aurais vraiment voulu que vous soyez des nôtres, mademoiselle, mais vu les circonstances, ce ne serait pas très sagace. Voyez-vous, toutes les personnes ce soir seront suspectes. Parmi elles, je vais découvrir le meurtrier de Mr Ackroyd.
— Vous en êtes si sûr que cela ? demandai-je, plutôt sceptique.
— Je vois que ce n'est pas votre cas, rétorqua sèchement le détective. Vous ne savez pas encore de quoi est capable Hercule Poirot.
Et, comme Ursula descendait l'escalier, il ajouta à son intention :
— Vous êtes prête, mon enfant ? Très bien, alors partons. Croyez-moi, miss Caroline, c'est pour votre bien que j'agis de la sorte. Je vous souhaite une bonne soirée.
Nous partîmes donc, sous le regard envieux de Caroline qui s'attarda sur le seuil pour nous suivre des yeux. On aurait dit un chien qui vient de se voir privé de sa promenade.
Tout était déjà prêt dans le salon des Mélèzes. Verres et sirops attendaient sur la table à côté d'une assiette de biscuits, et on avait apporté de la pièce voisine quelques chaises supplémentaires.

Poirot s'affaira à quelques modifications de dernière minute, avançant une chaise, déplaçant une lampe et se baissant parfois pour rectifier la position d'une des nombreuses carpettes. Il apporta un soin tout particulier à l'éclairage, qu'il dirigea du côté où étaient groupés les sièges, laissant dans une quasi-pénombre l'autre partie de la pièce où, supposai-je, il avait l'intention de s'asseoir. Nous l'observions, Ursula et moi, quand un coup de sonnette retentit.
— Les voilà, constata-t-il. Bon, tout est prêt.
La porte s'ouvrit devant les invités, et Poirot s'avança pour accueillir Mrs Ackroyd et Flora.
— C'est si aimable à vous d'être venues... et à vous aussi, major Blunt et Mr Raymond.
Le secrétaire affichait sa bonne humeur coutumière.
— Alors, commença-t-il en riant, quelle surprise nous réservez-vous ? S'agit-il d'une invention scientifique ? Allez-vous nous fixer des bandes enregistreuses aux poignets pour détecter les battements de cœur coupables ? Ce genre de machine existe bien, non ?
— J'ai lu quelque chose à ce sujet, admit Poirot, mais moi, je suis vieux jeu, et adepte des méthodes éprouvées. Je ne me sers que de mes petites cellules grises. Et maintenant, commençons, mais d'abord... j'ai une annonce à vous faire. À vous tous.
Il fit avancer Ursula en la prenant par la main.
— Je vous présente Mrs Ralph Paton. Le capitaine Paton et elle se sont mariés au mois de mars.
Mrs Ackroyd laissa échapper un petit cri.
— Ralph, marié ! En mars dernier ! Oh ! Mais c'est absurde ! Comment serait-ce possible ?

Elle dévisagea Ursula comme si elle ne l'avait jamais vue.

— Et marié avec Bourne ? Vraiment, monsieur Poirot, je ne puis vous croire !

Ursula rougit et voulut parler, mais Flora la devança. Elle s'approcha rapidement d'elle et dit en lui prenant le bras :

— Ne vous méprenez pas sur notre surprise, surtout. Mais Ralph et vous avez si bien gardé votre secret que nous ne nous doutions de rien. Cette nouvelle... me fait le plus grand plaisir.

— Vous êtes vraiment bonne, miss Ackroyd, répondit Ursula à voix basse, et j'aurais compris que vous soyez très fâchée. Ralph a très mal agi, surtout envers vous.

Flora lui tapota le bras d'un geste réconfortant.

— Ne vous inquiétez pas pour cela. Ralph était aux abois et c'était pour lui la seule échappatoire possible, j'aurais sans doute fait la même chose à sa place. Mais je trouve qu'il aurait pu me mettre dans le secret, je l'aurais épaulé de mon mieux.

Poirot tapa légèrement sur la table et se racla la gorge.

— La conférence va commencer, chuchota Flora, M. Poirot réclame le silence. Dites-moi au moins une chose : où est Ralph ? Si quelqu'un doit le savoir, c'est bien vous.

— Mais non, justement, s'écria Ursula, au bord des larmes. Je n'en sais rien !

— N'est-il pas aux mains de la police de Liverpool ? demanda Raymond. C'est ce que j'ai lu dans le journal.

— Il n'est pas à Liverpool, déclara Poirot d'un ton bref.

— En fait, observai-je, personne ne sait où il est.
— Sauf Hercule Poirot, bien sûr ! lança Raymond.

Le Belge prit la boutade au sérieux.

— Moi, je sais tout : n'oubliez pas cela.

Geoffrey Raymond haussa les sourcils et siffla entre ses dents.

— Tout ? Cela fait beaucoup, non ?

— Faut-il comprendre que vous pouvez réellement deviner où se cache Ralph ? demandai-je, plutôt sceptique.

— Qui vous parle de deviner, mon ami ? Je sais.

— Il est à Cranchester ?

— Non, pas à Cranchester, répondit gravement Poirot.

Il n'ajouta rien mais, sur un geste de lui, tout le monde prit un siège. Ce fut à cet instant que deux nouveaux arrivants firent leur entrée et prirent place près de la porte : Parker et la gouvernante.

— Nous voici au complet, déclara Poirot, une nuance de satisfaction dans la voix. Tout le monde est là.

La nuance n'échappa à personne et, sur tous les visages groupés à l'autre extrémité de la pièce, je pus lire la même fugitive expression de malaise. Comme si chacun des assistants avait le sentiment d'être tombé dans un piège et venait de l'entendre se refermer.

Poirot consulta une liste et lut d'une voix pleine d'importance :

— Mrs Ackroyd, miss Flora Ackroyd, le major Blunt, Mr Geoffrey Raymond, Mrs Ralph Paton, John Parker, Elizabeth Russell.

Puis il reposa le papier sur la table.

— Que signifie tout ceci ? s'enquit Raymond.
— Ce que je viens de vous lire est la liste des suspects. Chacun d'entre vous avait l'occasion de tuer Mr Ackroyd...

Mrs Ackroyd poussa un cri étranglé et bondit sur ses pieds.

— Je n'aime pas cela, geignit-elle. Je n'aime pas cela du tout. J'aimerais vraiment mieux rentrer.

— Il n'est pas question que vous partiez, madame, dit sévèrement Poirot. Pas avant d'avoir entendu ce que j'ai à dire.

Il se tut un instant et, à nouveau, s'éclaircit la gorge.

— Je vais tout reprendre du début. Lorsque miss Ackroyd m'a demandé de suivre cette affaire, je me suis rendu à Fernly Park, avec ce bon Dr Sheppard. Nous avons longé la terrasse et l'on m'a montré les empreintes laissées sur l'appui de fenêtre. De là, l'inspecteur Raglan m'a fait suivre le sentier qui rejoint l'allée centrale. Mon regard a été attiré par un petit pavillon d'été que je suis allé explorer avec soin. J'y ai trouvé deux choses : un lambeau de batiste empesée et un tuyau de plume creux. Le morceau de batiste m'a immédiatement fait penser à un tablier de femme de chambre. Et quand l'inspecteur Raglan m'a montré sa liste, j'ai tout de suite remarqué que l'une des femmes de chambre, Ursula Bourne, n'avait pas vraiment d'alibi. À l'en croire, elle se trouvait dans sa chambre entre 21 heures 30 et 22 heures. Mais supposons qu'elle se soit trouvée dans le pavillon ? Si c'était bien le cas, elle avait pu s'y rendre pour y rencontrer quelqu'un. Et nous savons, par le Dr Sheppard, que quelqu'un est effectivement venu de l'extérieur ce soir-là : l'inconnu qu'il a croisé devant la grille. Au premier abord le problème était résolu : l'inconnu venait voir Ursula Bourne. Ce tuyau de plume était la preuve de son passage au pavillon et je l'ai instantanément associé à l'usage de la drogue, et particulièrement à la « neige », nom que l'on donne à l'héroïne de l'autre côté de l'Atlantique, où sa consommation est beaucoup plus répandue qu'en Angleterre. De surcroît, l'homme qu'a rencontré le Dr Sheppard avait l'accent américain, ce qui me confortait dans mon hypothèse.

» À un détail près : *les heures* ne concordaient pas. Ursula Bourne n'avait pas pu se rendre au pavillon avant 21 heures 30, alors que l'homme avait dû y arriver quelques minutes après 21 heures. Naturellement, je pouvais supposer qu'il avait attendu une demi-heure. Ou alors qu'il y avait eu deux rendez-vous de suite dans le pavillon ce soir-là : c'était la seule autre possibilité. Et dès qu'elle me fut venue à l'esprit, je fis plusieurs découvertes. D'abord, miss Russell, la gouvernante, était allée consulter le Dr Sheppard ce matin-là, et avait paru s'intéresser beaucoup aux moyens de guérir les intoxiqués. J'établis aussitôt le rapport entre cette visite et le tuyau de plume d'oie, et en conclus que l'homme en question était venu à Fernly pour y rencontrer la gouvernante, et non Ursula Bourne. Mais alors, avec qui cette dernière avait-elle rendez-vous ?

» Je ne fus pas long à l'apprendre. Pour commencer, je trouvai une bague — une alliance — portant gravées une date et l'initiale « R ». Puis j'appris qu'on avait aperçu Ralph Paton sur le chemin du pavillon à 21 heures 25, et j'entendis parler de certaine conversation qui avait eu lieu dans les bois, près du village — les interlocuteurs étant le capitaine Paton et une inconnue. Je disposais donc d'une série de faits qui s'enchaînaient dans un ordre rigoureux : un mariage secret, des fiançailles annoncées le jour du meurtre, l'entretien orageux surpris dans les bois et le rendez-vous au pavillon d'été, le même soir.

» Incidemment, ceci me prouvait une chose : à savoir que Ralph Paton et Ursula Bourne — ou encore Ursula Paton — avaient de bonnes raisons de souhaiter la disparition de Mr Ackroyd. Mais une autre chose devenait ainsi parfaitement évidente : la personne qui se trouvait en compagnie de Mr Ackroyd à 21 heures 30 ne pouvait pas être Ralph Paton. Et nous arrivons à un nouvel et fort intéressant aspect de cette affaire : qui était dans la pièce avec Mr Ackroyd à 21 heures 30 ? Pas Ralph Paton : il était au pavillon d'été avec sa femme. Ni Charles Kent : il était déjà parti. Alors qui ? Ce fut à ce moment-là que je me posai la plus audacieuse, la plus lumineuse de toutes les questions : *y avait-il quelqu'un avec lui ?*

Penché en avant, Poirot lança ces derniers mots avec un accent de triomphe, puis il se redressa avec la mine d'un homme qui vient de frapper un grand coup.

Nullement impressionné, Raymond protesta poliment :

— Je ne sais pas si vous cherchez à me faire passer pour un menteur, monsieur Poirot, mais le fait est prouvé par un second témoignage, la seule incertitude concernant les mots eux-mêmes. Le major Blunt a lui aussi entendu Mr Ackroyd parler à quelqu'un, rappelez-vous. Il était sur la terrasse et, s'il n'a pu distinguer les paroles, il a parfaitement entendu des voix.

Poirot hocha la tête et répondit très calmement :

— Je n'ai pas oublié, mais le major Blunt a eu l'impression que c'était *à vous* que s'adressait Mr Ackroyd.

Raymond parut un instant désarçonné, puis se reprit.

— Blunt sait désormais qu'il s'était trompé.

— C'est exact, reconnut ce dernier.

— Il doit pourtant y avoir une raison pour qu'il ait pensé que c'était vous, observa Poirot d'une voix songeuse. Oh non ! s'écria-t-il en levant la main, ne protestez pas, je devine quelle raison vous allez me fournir, mais elle ne me suffit pas. Il nous en faut une autre et j'ai mon idée là-dessus. Une chose m'a frappé dès le début : la tournure de la phrase surprise par Mr Raymond. Elle me semblait bizarre et je m'étonne que personne ne l'ait fait remarquer.

Il réfléchit quelques instants et cita lentement, de mémoire :

— *Vos emprunts se sont répétés si fréquemment ces temps-ci que je crains de ne pouvoir accéder à votre requête.* Eh bien, cette façon de s'exprimer ne vous semble pas bizarre, à vous ?

— Pas à moi, dit Raymond. Il m'a souvent dicté des lettres pratiquement dans les mêmes termes.

— Précisément ! Et c'est là où je voulais en venir. Se serait-il exprimé ainsi au cours d'une conversation ? Il ne parlait pas à quelqu'un : il dictait une lettre.

— Alors... il la lisait à haute voix ? fit observer

Raymond d'un ton pensif. Mais il devait bien la lire à quelqu'un, tout de même ?
— Pourquoi ça ? Nous n'avons aucune preuve de la présence de qui que ce soit. On n'a pas entendu d'autre voix que la sienne, rappelez-vous.
— Mais personne ne lirait ce genre de lettre tout haut, à moins de... d'être un peu dérangé !
— Vous avez tous oublié un détail, observa doucement Poirot : la visite de ce représentant, le mercredi d'avant.
Tous les regards convergèrent sur lui. Avec un signe de tête encourageant, il reprit aussitôt :
— Mais oui, ce mercredi-là. Ce n'est pas le jeune homme lui-même qui a retenu mon attention, mais la firme qu'il représentait.
Raymond laissa échapper une exclamation de surprise.
— J'y suis ! La Compagnie du Dictaphone ! Alors, c'est à un dictaphone que vous pensez ?
Le détective fit un signe affirmatif.
— Mr Ackroyd s'était promis d'en acquérir un, rappelez-vous. J'ai eu moi-même la curiosité d'enquêter auprès de la compagnie et on m'a répondu que Mr Ackroyd avait effectivement acheté un appareil à leur représentant. Pourquoi il ne vous en a rien dit, je l'ignore.
— Il a dû vouloir me faire une surprise, murmura Raymond. Il prenait un plaisir presque puéril à surprendre les gens. Il aura voulu garder son secret un jour ou deux, tout en s'amusant avec son appareil comme un enfant avec un jouet neuf. Oui, cela se tient, et vous aviez tout à fait raison. Personne n'emploierait de phrases pareilles dans une conversation.

— Cela explique aussi l'erreur du major Blunt. Il a saisi des fragments de conversation enregistrée, et son subconscient en a déduit que c'était à vous que parlait Mr Ackroyd. Il avait l'esprit ailleurs et ne pensait qu'à la silhouette blanche qu'il avait entrevue, persuadé qu'il s'agissait de miss Ackroyd. Alors que cette chose blanche, c'était le tablier d'Ursula Bourne qui se faufilait vers le pavillon.

Revenu de sa première surprise, Raymond fit observer :

— Brillante idée, je vous l'accorde, et qui ne me serait certainement jamais venue. Mais si brillante soit-elle... elle ne change rien à rien. Mr Ackroyd était toujours vivant à 21 heures 30 puisqu'il enregistrait au dictaphone. Il semble évident que Charles Kent était déjà loin. Quant à Ralph Paton... ?

Le secrétaire hésita et jeta un coup d'œil furtif à Ursula, qui rougit violemment. Elle n'en répondit pas moins fermement :

— Ralph et moi nous sommes séparés juste avant 10 heures moins le quart. Il ne s'est pas approché de la maison, j'en suis certaine, et il n'en a jamais eu l'intention — au contraire. Il avait bien trop peur de se trouver face à face avec son beau-père.

— Je ne mets pas votre parole en doute, se défendit Raymond. J'ai toujours été convaincu de l'innocence du capitaine Paton. Mais nous devons penser qu'il comparaîtra devant la justice, et prévoir les questions qui lui seront posées. Il s'est mis dans un très mauvais cas, mais s'il donnait signe de vie...

— C'est votre avis ? l'interrompit Poirot. Le capitaine devrait se montrer ?

— Certainement. Si vous savez où il est..
— Je perçois que vous en doutez, et pourtant je viens de vous dire que je sais tout. La vérité sur l'appel téléphonique, les empreintes laissées sur l'appui de fenêtre, la cachette de Ralph Paton...
— Où est-il ? s'écria le major Blunt.
Hercule Poirot sourit.
— Pas bien loin.
— À Cranchester ? demandai-je.
Le détective se tourna vers moi.
— Vous me posez toujours la même question, c'est vraiment une idée fixe. Non, il n'est pas à Cranchester. Il est... ici !

Poirot tendit le bras d'un geste théâtral, index pointé, et nous nous retournâmes tous d'un même mouvement.

Ralph Paton se tenait debout sur le seuil.

24

RALPH PATON

Quant à moi, j'aurais bien voulu être ailleurs. Et c'est à peine si j'eus conscience de ce qui se passa ensuite, sinon des exclamations et des cris de surprise. Quand j'eus repris assez de contrôle sur moi-même pour me rendre compte de ce qui arrivait, Ralph Paton était aux côtés de sa femme et lui tenait la main, en me souriant.

Poirot souriait, lui aussi, et me montrait le doigt d'un geste éloquent :

— Ne vous ai-je pas répété trente-six fois qu'il ne sert à rien de vouloir cacher quelque chose à Hercule Poirot ? Ce qu'on lui cache, il le trouve toujours.

Sur quoi, il se tourna vers les autres :

— Un jour, souvenez-vous, nous avons tenu un petit conseil autour d'une table, juste nous six. Et j'ai accusé les cinq autres de me dissimuler quelque chose. Quatre m'ont livré leur secret, mais pas le Dr Sheppard. Pourtant, depuis le début, j'avais des soupçons. Le Dr Sheppard est allé aux *Trois Marcassins* le soir du meurtre, en espérant y rencontrer

Ralph. Il ne l'y a pas trouvé. Mais supposons, me suis-je dit, supposons qu'en rentrant chez lui il l'ait rencontré dans la rue ? Le Dr Sheppard était un ami du capitaine, n'est-ce pas ? et il arrivait tout droit du théâtre du crime. Il devait savoir que les choses se présentaient très mal pour son ami. Peut-être en savait-il plus que les autres...

— En effet, dis-je d'un ton morne, et je crois que je ferais mieux de passer aux aveux. Je suis allé voir Ralph, cet après-midi-là, et il a commencé par refuser de me faire ses confidences. Mais finalement il m'a tout révélé, son mariage et sa situation désastreuse. Dès que le meurtre a été découvert, j'ai compris que si cette situation venait à être connue, les soupçons ne pourraient que se porter sur lui, ou sur celle qu'il aimait. Et je l'ai mis en face des faits. L'idée qu'il pourrait être appelé à déposer et, ce faisant, à compromettre sa femme, l'a fait se résoudre à... à...

— À prendre la poudre d'escampette, acheva plaisamment Ralph, profitant de mon hésitation. Vous comprenez, Ursula m'avait quitté pour rentrer à la maison. J'ai pensé qu'elle avait très bien pu essayer d'obtenir une nouvelle entrevue avec mon beau-père. Il s'était déjà conduit si grossièrement envers elle, cet après-midi-là, que j'ai cru... j'ai cru qu'il s'était montré encore plus insultant, et même d'une façon impardonnable si bien que, sans plus savoir ce qu'elle faisait...

Il se tut, et Ursula dégagea sa main de la sienne.

— Tu as cru cela, Ralph ! s'exclama-t-elle en reculant d'un pas. Tu as vraiment cru que j'aurais pu faire une chose pareille ?

— Revenons-en au Dr Sheppard et à sa coupable

conduite dans cette affaire, intervint sèchement Poirot. Le docteur a accepté d'aider Ralph dans la mesure de ses moyens, et réussi à le cacher là où la police ne pourrait pas le trouver.
— Où cela ? demanda Raymond. Chez lui ?
— Ah ! mais non, pas du tout. Posez-vous plutôt la question que je me suis posée moi-même. Si ce bon docteur veut cacher le jeune homme, quel endroit va-t-il choisir ? Quelque part tout près de chez lui, forcément. Je pense à Cranchester. Un hôtel ? Non. Un... un meublé, dit-on ? Encore moins. Alors quoi ? Et je trouve : une maison de santé ! Une clinique psychiatrique. Et je veux vérifier ma théorie. J'invente un neveu un peu... un peu dérangé. Je consulte miss Sheppard sur les maisons les plus convenables. Elle m'en indique deux, près de Cranchester, auxquelles son frère a déjà adressé des malades. Je fais mon enquête et... et oui. J'en trouve une où le docteur a amené lui-même un patient le samedi matin. Ce patient, bien qu'il soit inscrit sous un autre nom, je le reconnais pour le capitaine Paton. J'acquitte les petites formalités d'usage et je suis autorisé à l'emmener. Il est arrivé chez moi hier matin de très bonne heure.

Je lançai à Poirot un regard sombre et murmurai :
— Le fameux expert de Caroline.. L'homme du ministère de l'Intérieur... Et moi qui n'ai rien deviné !
— Vous voyez maintenant, mon ami, pourquoi je trouvais votre manuscrit si... si réticent. Tout ce que vous disiez était vrai, mais vous ne disiez pas tout.

J'étais bien trop démonté pour discuter.

— Le Dr Sheppard s'est conduit en ami loyal, dit Ralph, il m'a soutenu tout au long de cette épreuve et n'a agi que pour mon bien. Je comprends maintenant, grâce à M. Poirot, que c'était une erreur. J'aurais dû me montrer tout de suite et faire face à la situation. Mais voyez-vous, là-bas, nous ne lisions pas les journaux et j'ignorais la tournure des événements.

— Le Dr Sheppard a fait preuve d'une discrétion exemplaire, observa sèchement Poirot. Mais les petits secrets, moi, je les découvre tous. C'est mon métier.

— Et maintenant, intervint Raymond avec impatience, racontez-nous tout, Ralph. Tout ce qui s'est passé ce soir-là.

— Vous le savez déjà, et je n'ai vraiment pas grand-chose à ajouter. J'ai quitté le pavillon vers 10 heures moins le quart et j'ai flâné dans les petits chemins, me demandant quel parti prendre. Je reconnais que je n'ai pas l'ombre d'un alibi, mais je vous donne ma parole d'honneur que je n'ai pas mis les pieds dans le cabinet de travail et que je n'ai pas revu mon beau-père, ni vivant ni mort. Peu m'importe ce qu'on en pensera, mais j'aimerais que vous, au moins, vous me croyiez.

— Pas d'alibi, répéta Raymond à voix basse. Dommage ! Je vous crois, bien sûr, mais... c'est très fâcheux.

— Bien au contraire, dit Poirot d'un ton réjoui, cela rend les choses plus simples. Oui, bien plus simples.

Nous le regardâmes tous sans comprendre.

— Vous suivez ma pensée, non ? Alors je m'expli-

que : pour sauver le capitaine Paton, le vrai coupable doit tout avouer.
Il sourit à la cantonade.
— Mais oui, je sais ce que je dis. Voyez-vous, si je n'ai pas demandé à l'inspecteur Raglan d'être des nôtres, c'est pour une bonne raison. Je ne voulais pas lui révéler tout ce que je savais... en tout cas pas ce soir.
Il se pencha en avant et sa voix, son attitude, tout en lui parut soudain différent. Dangereux.
— Moi qui vous parle, je sais que le meurtrier de Mr Ackroyd est en ce moment dans cette pièce, et c'est à lui que je m'adresse. *Demain, l'inspecteur Raglan apprendra la vérité.*
Un silence tendu s'installa, et il durait encore quand la vieille Bretonne entra, avec un télégramme sur un plateau. Poirot s'empara du pli, le déchira, et la voix sonore de Blunt s'éleva tout à coup.
— Le meurtrier est l'un d'entre nous, dites-vous ? Et... vous savez qui ?
Poirot avait lu le message. Il froissa la dépêche dans sa main et tapota la petite boulette de papier.
— Je le sais, oui... maintenant.
— Qu'avez-vous là ? demanda vivement Raymond.
— Un message radio, provenant d'un paquebot en route pour les Etats-Unis.
Cette fois, Poirot obtint un silence de mort. Mais il se leva et annonça en s'inclinant :
— Mesdames, messieurs, notre petite réunion va s'achever. Et rappelez-vous : *l'inspecteur Raglan apprendra la vérité demain matin.*

25

TOUTE LA VÉRITÉ

Un geste discret de Poirot m'enjoignit de rester après le départ des autres. J'obéis, m'approchai de la cheminée et me mis à remuer les bûches du bout du pied.

J'étais on ne peut plus intrigué par les déclarations de Poirot et, pour la première fois, je donnais ma langue au chat. Pendant un instant, j'avais été tenté de croire que la scène à laquelle je venais d'assister n'était qu'une gigantesque fanfaronnade. Et que le Belge, pour reprendre une expression française dont il usait souvent, nous avait « joué la comédie» dans le seul but de se rendre intéressant. Et pourtant, je ne pouvais m'empêcher de penser qu'il y avait du vrai là-dessous. J'avais perçu une véritable menace dans cet avertissement, et une non moins réelle sincérité. Mais je persistais à croire que le détective s'était fourvoyé.

Quand la porte se fut refermée sur le dernier de ses invités, il vint me rejoindre près de la cheminée et s'informa d'une voix tranquille :

— Alors, mon ami, que pensez-vous de tout cela ?

— Je n'en sais rien moi-même, répondis-je en toute franchise. Où vouliez-vous en venir ? Pourquoi n'avoir pas révélé immédiatement la vérité à l'inspecteur Raglan, au lieu d'adresser au coupable cet avertissement byzantin ?

Poirot s'assit, tira un étui de sa poche, y prit une minuscule cigarette russe et fuma quelques instants en silence.

— Servez-vous de vos petites cellules grises, dit-il enfin. Je ne fais jamais rien sans raison.

J'hésitai un moment, puis risquai avec précaution :

— À première vue, je serais tenté de croire que vous ignoriez vous-même l'identité du coupable, tout en étant convaincu qu'il se trouvait parmi les personnes présentes. Et vos paroles ne visaient qu'à le forcer à faire des aveux complets.

Poirot eut un hochement de tête approbateur.

— Brillante idée... mais pas la bonne.

— Je pensais que vous auriez pu vouloir l'obliger à se découvrir, non en passant aux aveux mais en essayant de vous réduire au silence, comme il l'a fait pour Mr Ackroyd. Et avant que vous puissiez le dénoncer demain matin.

— Un piège dont je serais moi-même l'appât ? Merci, mon ami, mais je ne suis pas assez héroïque pour cela.

— Alors je ne comprends plus. Vous prenez sciemment le risque de voir le criminel s'échapper en le mettant sur ses gardes ?

— Il ne peut pas s'échapper, déclara Poirot avec

gravité. Il n'a qu'une issue... et elle ne le mènera pas à la liberté.

— Vous croyez vraiment que l'une des personnes qui se trouvaient ici ce soir est l'auteur du crime ? demandai-je, sceptique.

— Oui, mon ami.

— Et laquelle ?

Un silence plana pendant quelques minutes. Puis, Poirot lança son mégot dans la cheminée et prit la parole d'une voix calme et réfléchie.

— Je vais refaire avec vous le chemin que j'ai moi-même suivi. Vous ferez chaque pas avec moi, et vous verrez vous-même que tous les indices convergent vers une seule personne, indiscutablement. Pour commencer, deux faits et un petit désaccord sur l'heure ont particulièrement attiré mon attention. Premier fait : le coup de téléphone. Si Ralph Paton était bien le meurtrier, cet appel était inutile et absurde. Donc, ai-je pensé, Ralph Paton n'est pas le coupable.

» J'ai vérifié que l'appel ne provenait pas d'une personne de la maison, et pourtant je restais convaincu d'une chose : c'est parmi les personnes présentes à Fernly ce soir-là que je trouverais mon criminel. J'en déduisis que le message avait été envoyé par un comparse... ou, en bon anglais, devrais-je dire un complice ? Cette conclusion ne me satisfaisait guère, mais je m'en contentai pour le moment.

» Je m'interrogeai ensuite sur la raison de cet appel : question difficile. Je la posai donc autrement : quel résultat avait-il produit ? Réponse : la découverte du crime le soir même, au lieu du lendemain matin, ce qui aurait probablement eu lieu sans cela. Vous êtes d'accord ?

— Ou-oui... oui. Mr Ackroyd ayant donné des ordres pour ne plus être dérangé, il est en effet probable que personne ne serait entré dans son cabinet ce soir-là.

— Très bien, nous avançons, semble-t-il. Mais moi, j'étais toujours dans le noir. À quoi bon amener la découverte du crime le soir même, plutôt que le lendemain matin ? La seule idée qui me vint à l'esprit fut la suivante : s'il connaissait l'heure de la découverte du crime, le meurtrier pouvait s'arranger pour se trouver sur les lieux quand on forcerait la porte, ou au moins tout de suite après. Et nous en arrivons à mon deuxième fait : le déplacement du fauteuil.

» L'inspecteur Raglan a écarté ce détail, qu'il a jugé sans importance. Moi, au contraire, je l'ai toujours trouvé d'une importance extrême. Vous avez joint à votre manuscrit un petit plan très clair du cabinet de travail. Si vous l'aviez sur vous, vous pourriez constater que, placé là où Parker l'a trouvé, ce fauteuil s'interpose exactement entre la porte et la fenêtre.

— La fenêtre ! m'écriai-je.

— Je vois que vous avez saisi ma première idée. J'ai d'abord supposé que le siège avait été déplacé pour cacher à un arrivant éventuel un indice quelconque en rapport avec la fenêtre. Mais je renonçai vite à cette supposition car, bien que ce fauteuil fût une vieille bergère à dossier haut, il ne cachait qu'une partie du vitrage, la moitié inférieure. Non, mon ami... mais rappelez-vous : il y avait une petite table, juste en face de cette fenêtre. Elle était couverte de journaux et de revues, et *invisible* quand la bergère était éloignée du mur. C'est alors que j'eus ma première intuition de la vérité, de façon encore très floue, mais instantanée.

» Supposons qu'il y ait eu sur cette table un objet qu'on voulût cacher ? Quelque chose que le meurtrier lui-même avait placé là ? À ce moment-là, je ne voyais pas du tout ce que cet objet pouvait bien être mais j'avais quelques petites idées intéressantes sur le sujet. Par exemple, il s'agissait d'un objet que le meurtrier n'avait pas pu emporter après avoir commis son crime. Mais qu'il devait à tout prix reprendre après la découverte du corps, et cela le plus tôt possible. D'où cet appel téléphonique, qui lui permettait de se trouver sur les lieux au moment opportun.

» Voyons maintenant qui se trouvait sur les lieux avant l'arrivée de la police. Quatre personnes : vous, Parker, le major Blunt et Mr Raymond. J'éliminai aussitôt Parker, qui était assuré de se trouver sur place à n'importe quel moment, et d'ailleurs c'était lui qui m'avait signalé ce fauteuil déplacé. Il était donc hors de cause, ou en tout cas disculpé du crime. Mais je croyais encore qu'il pouvait être le maître chanteur de Mrs Ferrars. Par contre, Raymond et Blunt restaient des suspects possibles. Car si le meurtre avait été découvert le matin de bonne heure, ils auraient très bien pu arriver trop tard pour faire disparaître l'objet posé sur la table ronde.

» Mais quel était cet objet ? Tout à l'heure, je vous ai exposé ma théorie sur ces fragments de conversation plus ou moins bien saisis par deux témoins. Dès que j'appris la visite du représentant, cette idée de dictaphone s'implanta dans mon esprit. Vous avez entendu ce que j'ai dit dans cette même pièce il y a moins d'une demi-heure ? Ils ont tous accepté mon hypothèse, mais un point capital semble leur avoir échappé. Si, comme nous le supposons, Mr Ackroyd se servait bien d'un dictaphone ce soir-là, pourquoi ne l'a-t-on pas retrouvé ?

— J'avoue n'avoir jamais pensé à cela.

— J'y reviens. Nous savons qu'un appareil de ce type a été livré à Mr Ackroyd, mais on ne l'a pas retrouvé parmi ses objets personnels. Donc, si on a enlevé quelque chose qui se trouvait sur la table, pourquoi ne s'agirait-il pas du dictaphone, précisément ? Cela n'a toutefois pas dû être facile. Certes, l'attention de tous devait se concentrer sur le corps de la victime et n'importe qui, sans doute, pouvait s'approcher de la table sans être vu. Mais on ne glisse pas discrètement un dictaphone dans sa poche, c'est un objet encombrant. Il fallait donc disposer d'un... comment dirais-je... d'un réceptacle.

» Vous voyez où je veux en venir ? La silhouette de notre meurtrier prend forme. Il s'agit d'une personne qui s'est trouvée immédiatement sur les lieux quand on a découvert le crime, mais qui aurait pu ne pas s'y trouver si cette découverte avait eu lieu le lendemain matin. Et de plus, d'une personne qui transportait le... le réceptacle nécessaire et donc...

J'interrompis cet exposé en m'écriant :

— Mais pourquoi enlever ce dictaphone ? Dans quel but ?

— Vous réagissez comme Mr Raymond. Vous tenez pour acquis que la voix reconnue par les deux témoins à 21 heures 30 était celle de Mr Ackroyd en

train de parler dans son dictaphone. Mais réfléchissez aux possibilités qu'offre cette invention si pratique. On s'en sert pour dicter, n'est-ce pas ? Après quoi, un secrétaire ou une dactylo le remet en marche et la même voix se fait entendre à nouveau.
J'en eus le souffle coupé.
— Vous voulez dire... ?
— Oui, confirma Poirot en hochant la tête, c'est bien ce que je veux dire. À *21 heures 30 Mr Ackroyd était déjà mort.* Ce n'était pas l'homme qui parlait, mais la machine.
— Et c'est le meurtrier qui l'a mise en marche. Mais alors... il était dans la pièce ?
— C'est possible, mais n'oublions pas qu'il existe certains systèmes de déclenchement faciles à brancher, sur le principe de la minuterie, par exemple, ou encore du réveille-matin. Si notre criminel en a fait usage, cela nous donne deux précisions supplémentaires pour notre portrait imaginaire. La personne en question savait que Mr Ackroyd venait d'acheter un dictaphone et elle possédait les notions de mécanique nécessaires.
» J'avais déjà trouvé tout cela quand nous découvrîmes les empreintes sur l'appui de fenêtre. À partir de là, j'envisageai trois hypothèses. 1 — Les empreintes étaient bien celles de Ralph Paton. Il était donc venu à Fernly ce soir-là et avait pu entrer dans le cabinet de son beau-père par la fenêtre et trouver le cadavre de celui-ci. Première hypothèse. 2 — Les empreintes avaient été laissées par une autre personne qui portait justement des chaussures à semelle en caoutchouc. Mais les habitants de la maison portaient tous des chaussures à semelle de crêpe, et il eût fallu que celles de l'inconnu pré-

sentent exactement le même dessin que celles de Ralph Paton. J'écartai d'emblée l'idée d'une telle coïncidence. D'ailleurs, d'après la serveuse du *Chien qui siffle*, Charles Kent était chaussé de bottines « qui ne tenaient plus que par les lacets ».
3 — Ces empreintes avaient été faites dans l'intention délibérée de détourner les soupçons sur Ralph Paton. Conclusion qui rendait nécessaire la vérification de certains faits.

» La police s'était procuré aux *Trois Marcassins* une paire de souliers bas appartenant à Ralph. Mais ceux-là, ni lui ni personne n'avait pu les porter ce soir-là, puisque le garçon d'étage les avait descendus pour les cirer. La police en avait déduit qu'il en portait de semblables, et je pus m'assurer qu'il en avait bien apporté deux paires. Mais si mon raisonnement était juste, le meurtrier avait aux pieds les chaussures de Ralph, ce qui signifiait que celui-ci s'était muni de *trois* paires de souliers bas identiques : cela me parut fort peu probable. Cette troisième paire de chaussures ne pouvait donc être qu'une paire de bottines. Je priai votre sœur de se renseigner sur ce point, en insistant sur l'importance de la couleur ; dans le seul but, je l'avoue, de lui masquer mes véritables intentions. Vous connaissez le résultat de son enquête : Ralph Paton avait bien emporté une paire de bottines.

» La première question que je lui posai quand il arriva chez moi hier matin fut celle-ci : quelles chaussures avait-il aux pieds ce fameux soir ? Il répondit sans hésiter que c'étaient des bottines, et d'ailleurs il les portait toujours, n'ayant rien d'autre à se mettre.

» Ainsi, notre portrait du meurtrier se précise. Il

s'agit d'une personne qui a eu l'occasion, ce jour-là, de dérober ses chaussures au capitaine Paton, aux *Trois Marcassins*.

Ici, Poirot s'interrompit pour reprendre bientôt en haussant légèrement le ton :

— Mais il y a plus : il fallait aussi que le meurtrier ait eu l'occasion de prendre le poignard dans la vitrine. Vous me répondrez que n'importe quelle personne de la maison aurait pu le faire, mais rappelez-vous : Flora Ackroyd a bien précisé que le poignard n'était plus dans la vitrine quand elle a examiné les objets qui s'y trouvaient.

Poirot fit une nouvelle pause avant de poursuivre :

— Et maintenant que tout est clair, récapitulons. Notre meurtrier est donc une personne qui est allée aux *Trois Marcassins* dans la journée, et qui était assez liée avec Mr Ackroyd pour savoir qu'il venait d'acheter un dictaphone. Une personne qui s'intéressait à la mécanique, qui a eu l'occasion de prendre le poignard dans la vitrine avant l'arrivée de miss Flora et qui disposait de... du réceptacle nécessaire pour cacher le dictaphone, une sacoche noire par exemple. Enfin une personne qui est restée seule dans le cabinet de travail pendant quelques minutes après la découverte du crime, au moment où Parker téléphonait à la police... Je n'en vois qu'une : le Dr Sheppard !

26

RIEN QUE LA VÉRITÉ

Un silence de mort régna pendant une longue minute.
Puis je me mis à rire :
— Vous êtes fou !
— Non, dit tranquillement Poirot, je ne suis pas fou. C'est le petit désaccord sur l'heure qui a tout de suite attiré mon attention sur vous, dès le début.
— Un petit désaccord ? questionnai-je, intrigué.
— Mais oui, rappelez-vous. Tout le monde a déclaré — vous aussi d'ailleurs — qu'il fallait cinq minutes pour aller de la maison à la grille, et encore moins par le raccourci qui mène à la terrasse. Or, selon votre propre témoignage et celui de Parker, vous avez quitté la maison à 9 heures moins 10. Mais il était 21 heures quand vous êtes arrivé à la grille. Et il faisait froid, personne n'a envie de flâner par ce temps-là. Alors, pourquoi le trajet vous avait-il pris dix minutes au lieu de cinq ? J'ai tout de suite remarqué aussi que rien ne nous prouvait que la fenêtre était fermée au moment de votre départ, sauf votre parole. Ackroyd vous avait

demandé de vérifier la fermeture de cette fenêtre, il n'a pas vérifié lui-même.

» Mais supposons que le loquet n'ait pas été mis ? Ces dix minutes vous auraient-elles suffi pour contourner la maison, changer de chaussures, escalader la fenêtre, tuer Ackroyd et gagner la grille, où vous étiez à 21 heures ? J'écartai cette hypothèse, car un homme aussi nerveux que l'était Mr Ackroyd ce soir-là vous aurait entendu pénétrer chez lui et se serait défendu.

» Mais si vous l'aviez tué avant de partir, pendant que vous vous teniez derrière son fauteuil ? Je vois les choses ainsi : vous sortez par la grand-porte, courez au pavillon, chaussez les souliers de Ralph que vous aviez apportés dans votre sacoche, marchez dans la boue, imprimez vos empreintes sur l'appui de fenêtre, entrez dans le cabinet de travail, fermez la porte de l'intérieur, retournez en hâte au pavillon pour remettre vos propres chaussures et courez jusqu'à la grille. (J'ai fait tout cela moi-même l'autre jour pendant votre visite à Mrs Ackroyd. Cela m'a pris exactement dix minutes.) Puis vous rentrez chez vous, ce qui vous donne un alibi puisque vous avez programmé le déclenchement du dictaphone pour 21 heures 30.

— Mon cher Poirot, dis-je d'une voix qui me parut à moi-même étrange et quelque peu forcée, vous avez trop ruminé cette affaire. Pourquoi diable aurais-je tué Ackroyd ? Qu'avais-je à y gagner ?

— La sécurité. C'est vous qui faisiez chanter Mrs Ferrars. En tant que médecin de son mari, personne n'était mieux placé que vous pour savoir de quoi il était mort. Quand nous avons causé dans le jardin, le premier jour, vous m'avez parlé d'un héritage que vous aviez fait un an plus tôt. Je me suis renseigné et n'en ai pas trouvé trace. Vous l'avez inventé, pour expliquer vos rentrées d'argent, les vingt mille livres de Mrs Ferrars. Vous n'en avez pas tiré grand profit, d'ailleurs. Presque tout a été englouti en spéculations, puis vous vous êtes montré trop gourmand et Mrs Ferrars a trouvé une issue que vous n'aviez pas prévue. Si Ackroyd avait su la vérité, il se serait montré sans pitié pour vous : vous étiez perdu.

— Et le coup de téléphone ? demandai-je, refusant de m'avouer battu. Vous avez une bonne explication pour cela aussi, j'imagine ?

— Je vous avouerai que ce fut là ma pierre d'achoppement. Surtout quand j'eus appris qu'on vous avait réellement appelé de la gare, car j'avais d'abord cru à une invention de votre part. Cela, ce fut une vraie trouvaille ! L'excuse qu'il vous fallait pour retourner à Fernly, découvrir le corps et être en mesure de reprendre le dictaphone, dont dépendait votre alibi. Je n'avais qu'une idée très floue de la façon dont vous aviez pu vous y prendre le jour où je suis venu voir votre sœur pour la première fois. Quand je lui ai demandé qui était venu à votre consultation du vendredi, je ne pensais pas à miss Russell. Sa visite fut une heureuse coïncidence, puisqu'elle vous a trompé sur l'objet de mes recherches, n'est-ce pas ? Et je trouvai ce que je cherchais. L'un de vos malades était steward sur un paquebot américain. N'avait-il pas toutes les chances d'avoir pris ce soir-là l'express de Liverpool ? Et une fois notre homme en mer, plus de danger. Je pris note que *l'Orion* appareillait le samedi, obtins le nom du steward et lui fis parvenir un message radio, pour lui poser une question bien précise. C'est la réponse que l'on m'a remise tout à l'heure devant vous.

Poirot me tendit la dépêche, et j'y lus ce qui suit : « Exact. Le Dr Sheppard m'avait demandé de déposer un pli chez un de ses patients. Je devais l'appeler de la gare pour lui transmettre la réponse. La commission dont on m'a chargé était : pas de réponse. »

— Brillante idée, observa Poirot. L'appel était bien réel et votre sœur en est témoin. Mais nous n'avions aucun moyen d'en connaître le contenu, sauf votre parole.

Je bâillai.

— Tout ceci est très intéressant, mais cela ne nous mène pas à grand-chose.

— Vous croyez ? Rappelez-vous ce que je vous ai dit : l'inspecteur Raglan saura la vérité demain matin. Mais, par amitié pour votre excellente sœur, je veux bien vous laisser une autre issue. Une trop forte dose de somnifères, par exemple. Vous saisissez ? Mais le capitaine Paton devra être disculpé, cela va de soi. Et je vous suggère de terminer votre si intéressant manuscrit... sans rien omettre, cette fois.

— Vous me semblez très fertile en suggestions, observai-je à mon tour. Est-ce tout ?

— Maintenant que vous m'y faites penser, j'ai encore une suggestion, en effet. Il serait très déraisonnable de votre part d'essayer de me réduire au silence, comme Mr Ackroyd. Comprenez-moi bien : avec Hercule Poirot, ce genre de méthodes ne mène à rien.

Je m'arrachai un semblant de sourire.

— Mon cher Poirot, je suis tout ce que vous voudrez, mais pas idiot.

Sur quoi, je me levai et étouffai un bâillement.

— Eh bien, il est temps de rentrer chez moi. Merci pour cette soirée si intéressante et si instructive.

Comme j'allais sortir, Poirot se leva à son tour et s'inclina devant moi avec sa politesse accoutumée.

27

RENDONS À CÉSAR...

5 heures du matin. Je suis très fatigué, mais j'ai fini ma tâche. La main me fait mal d'avoir tant écrit.
Curieuse fin, pour mon manuscrit. Et moi qui envisageais de le publier, en tant qu'histoire d'un échec de Poirot. Le sort a d'étranges caprices.
Dès le début, depuis le moment où j'ai aperçu Ralph Paton et Mrs Ferrars en tête à tête, j'ai pressenti le désastre. J'ai cru alors qu'elle se confiait à lui, en quoi je me trompais. Mais l'idée persista en moi-même après que j'eus suivi Ackroyd dans son cabinet... et, jusqu'à ce qu'il m'eût dit la vérité.
Pauvre vieil Ackroyd ! Il me reste la satisfaction de lui avoir donné sa chance : j'ai insisté pour qu'il lise cette lettre avant qu'il ne soit trop tard. Mais soyons honnête. Ne savais-je pas, au fond de moi-même, qu'avec une pareille tête de mule, mon insistance obtiendrait l'effet inverse ? D'un point de vue psychologique, sa nervosité de ce soir-là me parut très intéressante. Il flairait le danger et pourtant il ne m'a jamais soupçonné.

L'idée du poignard ne me vint qu'au dernier moment. Je m'étais muni d'une petite arme personnelle très maniable, mais changeai mes plans en apercevant celle-ci dans la vitrine. Elle, au moins, ne permettrait pas de remonter jusqu'à moi.

Je crois que j'ai toujours su que je finirais par tuer Ackroyd. Dès que j'avais appris la mort de Mrs Ferrars, j'avais eu la conviction qu'elle lui avait tout dit avant de mourir. Quand je le rencontrai et le vis si troublé, je m'imaginai qu'il devait connaître la vérité tout en se refusant à y croire... et qu'il voulait me donner une chance de me défendre. Je rentrai donc chez moi prendre les précautions nécessaires.

Si l'agitation d'Ackroyd n'avait eu pour cause que les fredaines de Ralph, rien ne serait arrivé. Deux jours plus tôt, il m'avait confié le dictaphone pour une vérification. L'appareil présentait un défaut de fonctionnement et je l'avais décidé à me laisser y jeter un coup d'œil plutôt que de le rendre. Je le modifiai à ma convenance et l'emportai ce soir-là dans ma sacoche.

Je suis assez content de mes talents d'écrivain, et en particulier du paragraphe suivant :

La lettre lui avait été remise à 9 heures moins 20. Il ne l'avait toujours pas lue quand je le quittai, à 9 heures moins 10 exactement. J'hésitai un instant sur le seuil, la main sur la poignée, et me retournai en me demandant si je n'oubliais rien.

On ne pouvait mieux dire et, comme vous voyez, tout est vrai. Mais imaginez que j'aie fait suivre la première phrase d'une ligne de points de suspension. Quelqu'un aurait-il seulement cherché à savoir ce qui avait pu se passer pendant ces dix minutes ?

Quand je me retournai sur le seuil, j'eus tout lieu d'être satisfait. Je n'avais rien oublié. Le dictaphone était posé sur la table, près de la fenêtre, programmé pour 21 heures 30 — un petit réglage ingénieux basé sur le principe du réveille-matin, et invisible de la porte car j'avais déplacé la bergère.

Je reconnais que ma rencontre inopinée avec Parker, en sortant de la pièce, me causa un choc. J'ai fidèlement rapporté l'incident.

Et ce passage où je relate ce qui s'est produit un peu plus tard, après la découverte du corps et lorsque j'eus envoyé Parker téléphoner à la police ! J'estime avoir choisi mes mots de façon on ne peut plus judicieuse : *je fis le peu qu'il y avait à faire !* Bien peu de chose, en effet. Simplement glisser le dictaphone dans ma sacoche et remettre la bergère à sa place, contre le mur. Je n'aurais jamais pensé que Parker s'aviserait de ce détail. Logiquement, il aurait dû, dans son trouble, se précipiter sur le corps sans rien voir d'autre. J'avais compté sans cette espèce de sixième sens des domestiques bien stylés : rien ne leur échappe.

Si seulement j'avais pu prévoir que Flora prétendrait avoir vu son oncle en vie à 10 heures moins le quart ! Cela m'a intrigué plus que je ne saurais le dire. D'ailleurs, tout au long de cette affaire, quantité de choses m'ont intrigué au plus haut point. À croire que tout le monde y mettait du sien.

Mais j'avais surtout peur de Caroline : je m'étais mis en tête qu'elle finirait par deviner. Cette allusion qu'elle avait faite un jour à ma faiblesse de caractère n'était-elle pas étrange ?

Mais elle ne saura jamais la vérité. Comme le dit Poirot, il me reste une issue..

Je peux lui faire confiance, il s'arrangera avec l'inspecteur Raglan. Je n'aimerais pas que Caroline sache. Elle m'est très attachée, et elle est si fière... Ma mort lui fera de la peine, mais aucune peine ne dure...

Quand j'aurai terminé ce manuscrit, je le mettrai sous enveloppe et l'adresserai à Poirot.

Et ensuite, que choisirai-je ? Le véronal ? Il y aurait là une sorte de justice poétique. Non que je me sente en rien responsable de la mort de Mrs-Ferrars : cette mort fut la conséquence directe de sa conduite. Elle ne m'inspire aucune pitié.

Et je n'en éprouve pas davantage pour moi-même.

Soit, ce sera le véronal.

Ah ! si seulement Hercule Poirot n'avait pas pris sa retraite, et n'était pas venu chez nous cultiver des courges !...

*Composition réalisée
par JOUVE - Paris I*^{er}

Impression réalisée sur CAMERON par
BRODARD ET TAUPIN
La Flèche
en janvier 1996

Imprimé en France
Dépôt édit. 2956 – janvier 1996
Collection 20 - Édition 01
N° d'impression : 2966C-5
ISBN : 2-7024-7839-5

52/6034/4